新訳文庫

ブラス・クーバスの死後の回想

マシャード・ジ・アシス

武田千香訳

kobunsha classics

光文社

Title : MEMÓRIAS PÓSTUMAS DE BRÁS CUBAS
1881
Author : Machado de Assis

目次

ブラス・クーバスの死後の回想

第四版への序文

『ブラス・クーバスの死後の回想』の初版は、一八八〇年代に雑誌「ヘヴィスタ・ブラジレイラ」に連載された。その後、本にするさいに、私はいくつかの箇所に修正を加えた。このたび第三版を出すにあたって見直すことになり、さらに少し手を入れ、二、三十行を削除した。このような構成で、以前多少なりとも公衆のご厚意をいただいた本作品が、ふたたび世に出ることになる。

カピストラーノ・ジ・アブレウは、本書の出版案内のなかで、次のように問いかけた。「『ブラス・クーバスの死後の回想』は小説か？」マセード・ソアレスは、当時、私に送ってくれた手紙のなかで、好意的に『故郷への旅』[1]に結びつけてくれた。最初の質問に対しては、すでに故ブラス・クーバス（これについては、このあとの序文をお読みいただければ、おわかりいただけよう）が回答済みで、それは是であり非である、つまり、ある人にとっては小説だろうし、ある人にとってはそうではない。そして後者の指摘に対しては、故人が次のように釈明している。「たしかにまとまりのない本で、わたし、ブラス・クーバスは、そこでスターン風[2]、あるいはグザヴィエ・ド・メーストル[3]風の自由な形式を採用したが、そこにペシミズムという疥癬《かいせん》をいくぶん織り込んだかどうか、それはわからない」。これらの人は、全員旅をしている。グザヴィエ・ド・メーストルは部屋の中を、ガレは彼の故郷を、スターンはよその土地を旅した。[4]ブラス・クーバスについては、おそらく人生を旅したと言えるだろう。

わたしのブラス・クーバスを特異な作者に仕立てあげているものは、彼がそこで「ペシミズムという疥癬」と呼んだ部分である。この本は見かけがどれだけ微笑ましく見えようとも、その真髄には苦く厳しい思いがあり、それがモデルに由来するものだとはとうてい言えない。器は同じ派の作かもしれないが、入っているワインは別である。これ以上言うと死者の批評に踏みこむことになるからやめるが、彼は自分にもっともよく、もっとも正しいと思える方法で、自分自身と他人を描いたのだ。

マシャード・ジ・アシス

1 ポルトガルのロマン主義作家アルメイダ・ガレット（一七九九〜一八五四年）の作品。

2 イギリスの作家ローレンス・スターン（一七一三〜六八年）のこと。構成や文体を含め、ひじょうに奇抜な作風として知られ、近代文学の一源流と目される。代表作は『トリストラム・シャンディ』。

3 フランスの作家（一七六三〜一八五二年）。決闘事件を起こし、四二日間の蟄居を命じられたときのことを、『わが部屋をめぐる旅』でエセー風につづった。

4 それぞれ『わが部屋をめぐる旅』（メーストル、一七九五年）、『トリストラム・シャンディ』（一七六〇〜六七年）のこと。

読者へ

まさかあのスタンダールが自著のひとつを百人の読者のために書いたと告白したとは驚きであり、胸が痛む。だが、まったく驚きではなく、おそらくは胸が痛むこともないのは、この別の本が、スタンダールのその百人にも読まれないことだろう。おそらくは五十人か、二十人、いや、せいぜい十人か。十人？ いや、五人だろうか。たしかにまとまりのない本で、わたし、ブラス・クーバスは、スターン風、あるいはグザヴィエ・ド・メーストル風の自由な形式を採用したが、そこにペシミズムという疥癬をいくぶん織り込んだかどうか、それはわからない。織り込んだかもしれない、なにしろ死者の作品である。私はそれを、戯言《ざれごと》のペンと憂鬱《ゆううつ》のインクを使って書いた。したがって、その組みあわせからどんなものが生まれるかは、難なく想像がつくだろう。さらにつけ加えると、この本はまじめな方々が読めば、純粋な小説のいくらかの体裁を見いだすだろうが、軽薄な方々は自分がふだん読む小説ではないと思うだろう。となると、この本は、世評を作りあげる二大柱のいずれの要素、すなわち、まじめな方々の評価も軽薄な方々の愛情も受けられないことになる。

それでもわたしは、好評を期待したい。そのためには何よりも、明快で長い序文を書かないにかぎる。最良の序文とは、極力内容を少なくするか、あるいは曖昧で中途半端な方法で書くものだ。したがって、こちら側の世で取り組むことになったこの回想記でわたしがどんな奇抜な手法を用いたかについては、あえて書かないでおく。書けば面白いだろうが、長文になりすぎるし、それにこの作品の理解のためには不要だろう。作品そのものがすべてである。もしもお気に召したらば、素敵な読者よ、わたしの苦労も報われる。だが、もしお気に召さなければ、びんたをお返しして、おさらばするだけである。

ブラス・クーバス

5　スタンダールが一八三四年に『恋愛論』の序文で、「私は百人の読者のためだけに書く」と書いたのを受けたもの。『恋愛論』は、一八二二年に二冊本で千部印刷されたものの、売

れ行きがすこぶる悪く、出版から一八三三年までの間に、わずか十七人しか読者を獲得できなかったと、スタンダール自ら一八四二年版の序文で告白している。

私の死体の

冷たい肉を最初にかじった

虫に

捧げる

懐かしい思い出のしるしに

この

死後の回想を

一章　作者の死去

しばらくのあいだ、わたしは心を決めかねていた。この回想を最初から書きはじめるべきか、それとも、最後からにするか。つまり、冒頭にわたしの誕生をおくか、わたしの死をおくかで、思い迷っていたのである。ふつうのやり方なら誕生から始めるだろうが、わたしは二つの考えから、異色の手法を採ることにした。まずは、わたしが死者になった作者ではなく、作者となった死者であるため、墓場もまたもうひとつの揺りかごとなったということだ。ふたつめは、そのほうが手記がもっと愉快で、目あたらしいものになると思うからである。モーゼもやはり自らの死を語ったが、死は冒頭ではなく最後においた。そこが、本書とモーゼ五書[6]との決定的な違いである。

というわけでわたしは一八六九年八月、ある金曜日の午後二時、カトゥンビ[7]の美しい屋敷で息を引きとった。頑健で意気さかんな、かれこれ六十四になる独身、所有財産はおおよそ三百コント、[8]墓場までは十一人の友人に見送られた。なんと十一人！　たしかに、案内も通知も出さなかった。おまけに空は雨模様——小雨だった——わびしい雨がしとしと降りつづいていたが、そのあまりにしとしとわびしい様子に、最期まで忠実だった友のひとりは、わたしの墓のわきで読みあげた弔辞にこんな気のきいた一文を入れてくれた。

「ご参列者の皆さま、亡くなられたお方をご存じの皆さまですから、きっと同じ気持ちでいらっしゃることでしょう。自然はまるで、泣いているようです。人類が誇るある有徳の士の、埋めようもない損失を惜しんでいるのです。この沈鬱な大気も、天の滴も、そして空の青をまるで幔幕《まんまく》のように覆いつくしているあの黒い雲も、すべては、もっとも奥にある腸《はらわた》までをかじられるような、自然の生々しくつらい痛みの表われなのでしょう。これらすべてが、われらが名高き故人への崇高な賛美なのです」

信義に厚き、良き友よ！　悔いはない、きみに遺した二十枚の株券に悔いはない。

こうしてわたしは人生の清算のときを迎え、こうしてハムレットの言う「未知《アンディスカヴァード》・の国《カントリー》[9]」へと向かったが、その若き王子のような不安と疑念を覚えることはなく、むしろのろのろ、よろよろと、まるで舞台から遅れて退場する者のように立ちさった。

時を失して、うんざりと。看取《みと》ってくれたのは九人か十人ほどで、そのなかには女性が三人いた。まずは、コトリンと結婚している妹のサビーナ。そして——その娘、まさに谷間の百合——それから……。まあ、そう焦らずに！　その三人目の女性がだれだったかは、じきにお話しする。今はただ、その名を明かせぬ女性が、肉親でもないのに肉親以上に悲しんでいた、それだけで我慢していただきたい。そう、それ以上の悲しみようだった。もちろん、わあわあ泣いたとか、ひきつけを起こして床を転げまわっていた、などとは言わない。そして、わたしの死去がえらく劇的だったとも……。たかが年寄りの独身男が六十四で死んでみたところで、悲劇に必要な小道具のすべてを揃えているはずがないではないか。かりに揃ったとしても、名の知れぬこの女性にとって、それを表に出すのは、もっともあってはならないことだった。彼女は枕元につっ立ち、まるで阿呆のような目をして、口をぽかんと開けたまま悲しみに暮れ、わたしの死がどうしても信じられないようだった。

「死んじゃった！　死んじゃった！」と独りつぶやく。

　そのときの彼女の想像力は、いうなれば、ある有名な旅行者[10]が見たとされるコウノトリのよう、イリッソス川からアフリカの川岸へ、廃墟や時代の流れをものともせず翼を広げて飛びたったという、あのコウノトリのように――女の想像力は、目前の朽ち果てた体の上ではばたき、若さにあふれるアフリカの川岸へと飛んでいった……。行かせておこう。われわれは、あとから追いかけよう。わたしが若き年にもどったときに、出かけていくとしよう。今はとにかくしずかに、手順にしたがって死んでいきたい。淑女たちのすすり泣きと、男たちのぼそぼそとした話を聞きながら。そしてまた、庭のカラジューム[11]の葉をたたく雨粒の音や、どこかの革屋の店先で研《と》ぎ師がナイフをとぐ甲高い音を伴奏にして。誓っていうが、こんな死のオーケストラでも、見かけよりははるかに悲愴感がなかった。あるときを境に、それは甘美にすら思えるようになった。生はわたしの胸のなかで身悶えすると、まるで波浪のような勢いで意識をさらい、わたしは肉体的にも精神的にも不動の境地へと降り下り、すると肉体はまず植物になり、それから石になり、泥になり、そしてついには無になり果てた。

死因は、肺炎。だが、肺炎というよりはむしろ、ある壮大で有益な発案こそがわたしの死の原因だったと言ったら、おそらく読者は信じないだろうが、しかし、これこそが真実である。そのことを、手短にご説明申しあげよう。あとのご判断は、自身でなさっていただきたい。

6　旧約聖書の「律法」といわれるもので、『創世記』、『出エジプト記』、『レビ記』、『民数記』、『申命記』で構成される。
7　リオデジャネイロ市の北部にある地区。
8　三百コントあれば、当時は大人の奴隷（二十五〜四十歳）が百六十人購入できた。標準のコーヒー農園が所有する奴隷数は三十人ほどだった。また、二百コントは一八六四年に、イザベル皇女が結婚の折、新居となる宮殿を購入するためにもらい受けた資金に相当する。一コントは千ミルレイスに相当し、一ミルレイスは千レイスに相当する。従って一コント＝千ミルレイス＝百万レイス。
9　シェイクスピア『ハムレット』第三幕。
10　シャトーブリアン『パリ－エルサレム紀行』の登場人物に言及しているのか。
11　葉脈が白や赤っぽい観葉植物。

二章　膏薬

　さて、ある朝、屋敷の庭を散歩していたら、わたしの脳の中にあった空中ブランコにあるアイデアがぶらさがった。このアイデアは、ぶらさがるやいなや大きく腕を動かしはじめ、足を振りだし、目を疑うような大胆きわまる宙返りの披露に及んだ。わたしは見とれた。と、とつぜん今度は大きく前に飛び出し、両腕両脚をXの字に広げてこう言った。「わたしが出す謎を解け、でないと、おまえを食ってやる」[12]
　そのアイデアこそが、ほかでもない、崇高なる医薬品、すなわち人類の憂鬱を和らげてくれる抗心気症《ヒポコンドリー》の膏薬《こうやく》の開発だった。わたしは、したためた特許申請書のなかで、政府に対しては真にキリスト教の精神にかなう成果を強調した。もちろん友人たちには、それほど大がかりで底知れぬ効果が期待される製品の販売であるだけに、金銭上の恩恵を否定することはなかった。とはいえ、生の反対側に来てしまった今となれば、何だって告白できる。わたしをとくに駆りたてたのは、新聞に印刷された文字を見る歓び。陳列棚やパンフレットや街角、さらには、薬の箱に印字された『ブラス・クーバス膏薬』という文字を見る快感だった。どうしてそれを否定する必要があるだろうか？　わたしは華やかなことが大好きだった。ポスターや、ほとばしるような涙が大好きだった。もしかしたら、謙虚な方々はそれを欠点だと言うかもしれない。だが要領のいい人なら、それを才能だと認めてくれることだろう。このように、わたしのアイデアにはメダルと同じように二つの面があり、いっぽうは世間に、もういっぽうは自分自身に向いていた。つまり、ひとつには慈善事業と利益があり、もうひとつには名声への渇望があった、言うなれば——名誉欲である。

聖職者で、手当を満額で受けとっていたわたしの叔父は、世俗の名誉欲は魂の堕落であるゆえ、永遠の名誉のみを追いもとめよと口すっぱく言った。それに対し、かつて歩兵連隊の軍人をしていたもうひとりの叔父は、名誉欲こそが人に宿る真の意味での人間らしさのきわみで、したがってそれが人間の純粋な姿であると言うのだった。

軍人と神父のどちらに軍配が上がるか、そこはぜひ読者にご判断いただきたい。わたしは膏薬に話を戻そう。

12　ソフォクレス『オイディプス王』の中でスフィンクスがオイディプスに謎をかけたときのセリフ。

三章　家系

それはさておき、わたしの二人の叔父について話したので、ここで家系の概略をご紹介しておこう。

当家の創始者は、十八世紀前半に活躍したダミアン・クーバスなる人物である。リオデジャネイロ生まれの樽《たる》職人だったが、もし樽しか作らずにいたら、おそらくは極貧のまま、無名のうちにこの世を去っていたことだろう。ところがそうはならなかった。彼は百姓になり、苗を植えて作物を収穫し、それを相当の額の浄らかな現金に換えた結果、莫大なる財産を息子ルイス・クーバス学士に遺してこの世を去った。この青年をもって、当家の代々の先祖――すなわち、わが家で先祖とされる人々――は始まることになる。というのも、ダミアン・クーバスは一介の樽職人、しかも腕の悪い樽職人に終わったが、ルイス・クーバスのほうはコインブラで学を修め、国家の要職に就いて、副王クーニャ伯爵[13]の私的な友人のひとりにまでなったからである。

それにしても、クーバスという姓ではいかにも樽職人《クーバス》くさい。ダミアンのひ孫に当たるわたしの父はそう考えて、この名を、ある騎士がアフリカ遠征のおり、ムーア人から三百もの樽を奪いとった功績に対して授与された褒賞《ほうしょう》だと主張した。父は想像力豊かな人で、駄じゃれという翼に乗って樽職人から脱出したわけである。父は人が好く、稀《まれ》に見るほど実直で立派な人物だった。たしかにちょっと怪しいところはあったが、この世のどこに怪しさのかけらもない人がいるだろうか。念のために言っておくと、父ですらそんな嘘八百をぶちまける前に、いちおうは詐称なるものを試してみたのだった。まずは自分が、わたしと同名である、かの有名なブラス・クーバス長官[14]の子孫だと名乗ったのである。サン・ヴィセンチ村を開き、一五九二年に没したあのカピタニア[15]の長官である。だからわたしにブラスという名前をつけたのである。ところが長官の末裔から抗議を受けるはめとなり、このときに父は想像力を働かせて、ムーア人の三百の樽という話を作ったしだい。

今もまだ親戚の何人かは存命で、たとえば姪のヴェナンシアはまさに谷間の百合、同年代のご婦人のなかの名花というべき存在だ。その父親のコトリンも生きていて、この男は……。いや、先を急ぐのはやめよう。ひとまずは、われらが膏薬の件を片づけることにしよう。

13　実在のクーニャ副王は一七六三〜六七年に在任。任期中にサルヴァドールからリオデジャネイロに総督府を移した。
14　実際にサン・ヴィセンチ村を開いたのはマルチン・アフォンソ・デ・ソウザで、一五三二年のこと。ブラス・クーバス長官はそのすぐ近くに拠点を定め、現在のサントスの前身の村を開いたことになる。
15　植民地時代に、開拓、入植、統治のために設けられた領地区分で、行政単位ともなった。

四章　固定観念

わたしのアイデアは何度も宙返りをしたすえに、固定観念となった。読者よ、固定観念だけはご勘弁。それにくらべたら塵芥《ちりあくた》のほうがまだいいし、目のゴミのほうがましというものだ。カヴール[16]を見るがいい。彼を殺したのは、イタリアの統一という固定観念だった。たしかにビスマルクは死ななかったが、とにかく肝に銘じておくべきことは、自然がとんでもなく気まぐれな存在であって、歴史は永遠のあばずれであるということだ。たとえば、スエトニウス[17]がわたしたちに伝えてくれるクラウディウス[18]は、たんなる間抜けだが――あるいはセネカ風に言えば「カボチャ」か――ティトゥス[19]はローマ中の寵愛に値するという。ところが、近代になって現われたさる教授いわく、その二人の皇帝のどちらが愛すべき存在なのか、本当に愛すべきローマ皇帝はだれかといえば、それはセネカの「カボチャ」のほうなのだ、と。それから、ああ、ボルジア家の花ルクレツィア[20]よ、ある詩人は貴女のことをカトリック版メッサリナ[21]と形容し、グレゴロヴィウス[22]なる疑い深い人物も現われて、貴女の徳の多くを打ち消したため、貴女は百合にもならなかったが泥の沼にもならなかった。さて、わたしはその詩人と賢者のあいだに立つことにしよう。

　歴史に栄えあれ、なんにでも合わせてしまう自由自在な歴史よ。さて、話を固定観念に戻してひとこと言っておくと、猛者《もさ》にしても狂人にしても、彼らを作りあげるのは固定観念である、そしていろいろなクラウディウスを作りあげるのは、曖昧で玉虫色をした流動的な観念だということである――スエトニウス式の見方ではこうなるだろう。

　わたしのアイデアはしっかりと固定していた。その固定ぶりといったらまるで……。いや、この世でじゅうぶんに固定したものなど、何も思い浮かばない。月か、あるいはエジプトのピラミッドか、潰《つい》えたドイツ議会か。どんな比喩がいちばんぴったりくるか、読者よ、ぜひお探しいただきたい。この回想記がなかなか本題に入らないと言って、そんなところで顔をしかめていないで、ぜひお探しいただきたいものだ。本題にはいずれ入る。どうやら貴君も、ほかの読者や貴君の同士と同じく、考察よりも逸話のほうをお好みのようだが、まあそれも当然だと思う。とにかく、いずれは本題に入る。だが、これだけは言っておかなければならない。この本は呑気《のんき》なペースで書かれている、しかも、世紀のもつ素速さからいまや解き放たれた人間ならではの、呑気なペースで書かれた高度な哲学書なのであるが、その哲学たるや一枚岩ではない。いま厳格だったかと思うと、すぐ戯言になり、何かを打ち立てることもないかわりに壊すわけでもなし、燃え上がりもしないが凍らせもしない。まあとにかく、暇つぶし以上、伝道書以下、という代物である。

さて、行ってみるとしよう。しかめた顔をお戻しいただき、膏薬に戻ろうではないか。歴史のことは、その優雅な貴婦人の気まぐれに相手をさせておこう。そもそも、われわれのなかにはだれも、サラミスの海戦[23]を戦ったり、アウグスブルグの信仰告白[24]を書いたりした人物はいないのだから。わたしはといえば、クロムウェル[25]をときに思いだすが、それはもしクロムウェル閣下だったら、議会を閉鎖したのと同じ手口でブラス・クーバスの膏薬をイギリス人に強要してくれたかもしれないと、そう思うからにすぎない。ピューリタンの勝利と薬品の勝利を一緒にするなどとんでもない、と笑いだすのはやめてほしい。なぜなら、堂々とひるがえる大きな公旗の下には、かならず陰で、いくつものプライベートな旗が慎ましやかにはためいていて、しかもそれらのほうが公的な旗よりも生き延びるものだからで、そんなことも知らない人などこにいようか。たとえは悪いが、下層の民がそのいい例だ。彼らは封建領主の陰に身を寄せるくせに、領主が倒れても生き残る。事実、彼らは力を持ち、城を手に入れた……。いやはや、くだらない比喩だ。

16 イタリアの初代首相。イタリア統一戦争を進めた。
17 古代ローマの歴史家（一～二世紀）で、『ローマ皇帝伝』の著者。
18 第四代ローマ皇帝（紀元前一〇～紀元五四年）。
19 七九～八一年のわずか三年在位したローマ皇帝。善政で知られる。
20 教皇アレクサンダー六世と愛人との娘。詩人、芸術家を保護した。兄は軍人・政治家のチェーザレ・ボルジア。
21 ローマ皇帝クラウディウスの妻（二三～四八年）。陰謀と淫乱ゆえに悪女として名高く、最後は重婚罪で処刑された。
22 プロイセン出身の『中世ローマ市史』を執筆した歴史家。
23 紀元前四八〇年にギリシア艦隊とペルシア艦隊の間で行なわれた戦いで、ギリシア軍の圧勝で終わった。歴史（história）が女性名詞であるため、前文で女性にたとえられている。

24 一五三〇年にアウグスブルグ国会で発表された。ルター派の基本的信条となる。

25 イギリス清教徒革命の指導者で、国王チャールズ一世を処刑して、一六四九年に共和制を樹立。一六五三年に護国卿となり、独裁を行なった。

五章　ある女性の耳の登場

わが新薬開発へ向けて準備と仕上げに明け暮れていた矢先のこと、わたしはまともに一陣の突風をくらった。すぐ病《やまい》の床に伏したが、治療を怠ってしまったのだ。脳には膏薬のことがあり、猛者と狂人のような固定観念に取りつかれていた。遠くのほうには、人群れうごめく地を離れ、まるで不死の鷲のように天の高みへとはるばる昇っていく自分の姿が見えた。そんな崇高な光景を目前にすると、人間は自分を襲う痛みも感じられなくなるもの。翌日には悪化し、ようやく治療を始めたが、中途半端で手だても講じず、養生も忍耐も怠った。そんなこんなで、永遠の境地まで連れてこられてしまったわけである。結果として、不吉な曜日である金曜日に死んだことは、もうご存じのとおりだ。以上、わたしを殺したのがわが新薬の開発だったことを、証明できたと思う。立証なるものの中には、多少の明解さを欠いても、それほど効果をそがれないものもある。

とはいえ、わたしがある世紀の頂点に立ち、新聞の長寿者番付に名を連ねるようなことも、あり得ない話ではなかった。なにしろわたしには、健康と強靭な体があった。新薬の開発に向けた基礎づくりなどせずに、なんらかの政治体制の整備や、宗教改革にあたることもできたはずだった。だがそれでも、そこへ一陣の風が吹いて、人間の計算などあっという間に呑み込んでしまえば、すべてが水の泡。人間の運命は、かくのごとく流れていくのだ。

そんなことを考えながら、わたしは女に別れを告げた。同時代の女性にくらべて慎みぶかいとは言わないが、美貌では明らかに群を抜いているこの女性、それは例の一章で述べた名の知れぬ女、イリッソス川のコウノトリのような想像力を備えると言った、あの彼女だ……。当時は五十四歳、もう衰え果てた姿ではあったものの、壮麗な衰え方だった。だが読者よ、なんと、われわれは愛し合ったのだった。もう何年も前のことになるが、彼女とわたしは愛し合い、その女がある日、すでに病身となったわたしの目の前の、寝室の戸口に現われる……。

六章　シメーヌ、だれがそんなことを言ったのか？　ロドリーグ、だれがそんなことを信じたのか？[26]

目の前の、寝室の戸口に現われた彼女は青白く、胸を詰まらせ、黒い服に身を包み、そこで一分ほど立ちどまる。入る勇気がないのか、それとも、わたしのそばにいた男の存在に遠慮をしたのか。その間、わたしは横たわるベッドから彼女をみつめたまま、何かを言うということも、何かをするということも思いつかなかった。会わなくなってもう二年がたっていたが、今のわたしが見ていたのは、そのときの彼女ではなく、かつての彼女であり、そしてかつての二人だった。なぜなら、神秘のエゼキヤが、太陽を青春の日々にまで退かせていたからだ。[27]太陽が退いたので、わたしはすべての苦しみを振りおとした。すると、つい先ほどまで、死が無という永劫のなかに撒《ま》き散らそうとしていたほんのひと握りの塵が、死の使いであるはずの時を上回る力を得た。もうどこのユヴェンタース[28]の水も、この単純な郷愁にはかなわなかっただろう。

どうか、わたしの言うことを信じてほしい。いちばん害が少ないのが、思い出だ。だれも現在の幸せは信じてはいけない。そこには一滴のカインの[29]涎《よだれ》がある。時がたち、興奮が冷めてこそ、初めて真の愉しみが味わえるというものだ。どうせどちらも幻想なのだから、苦しまずに愉しめるほうがいいではないか。

追憶は長く続かず、現実がすぐに支配し、現在が過去を追いはらった。おそらくわたしは、この本のどこかで、持論の人間の版《バージョン》に関する説を読者にご紹介することになるだろう。とりあえずいま重要なのは、ヴィルジリアが——そう、女の名はヴィルジリアといった——部屋に入ってきたことだ。しっかりとした足どりで、服装や年齢のかもし出す風格をみなぎらせながら、わたしの寝床までやってきた。あのよそ者の男は、立ちあがって出ていった。男は、わたしのところに毎日やってきては為替《かわせ》や植民地支配の話をし、さらには鉄道敷設の必要性を訴えていた。死にかけている人間にとって、これ以上に面白い話がどこにあろうか。男は出ていったが、ヴィルジリアはつっ立ったままで、その後もしばらくわたしたちは、ひとことも発せずにみつめあった。それにしても、だれが予想しただろう？　あれほどの大恋愛をした二人、とどまるところを知らずに交わしあった二つの情熱が、二十年後のこのとき、まさか影も形もなくなっていようとは。あるのはただ、二つのしなびた心。生に踏みにじられ、生にあきあきした心。二人が同じ程度かどうかはわからないが、とにかくあきあきしていた。ヴィルジリアには老境の美、凜《りん》とした母性的な雰囲気があった。チジュカ[30]のサン・ジョアン祭[31]で最後に会ったときほどには痩せていず、なかなか老けない質《たち》の彼女だったから、ようやくいま、黒髪のあいだに銀糸がところどころ交じりはじめていた。

「亡者参りか？」わたしは言った。「まあ、亡者だなんて！」ヴィルジリアは舌打ちした。それから、わたしの手をにぎって言った。「無精者をちょっと外に連れだそうと思ってね」

　昔のような涙ながらの愛撫はなかったが、声には友情がこもり、甘さがあった。腰をおろした。わたしは自宅にひとり暮らしで、ほかには看護師がいるだけだったから、なんの危険もなく話すことができた。ヴィルジリアは外の様子をえんえんと語った。面白おかしく、話の塩とも言うべき毒舌を、ある程度交えた。わたしはといえば、じきに娑婆《しゃば》とおさらばする身だけに、この世をけなし、思い残すことはもうないと自らに言いきかせることに悪魔的な楽しみを味わっていた。

「なんてこと考えるの？」ヴィルジリアが、いくぶん腹を立てて言葉をはさんだ。

「そんなこと言うなら、もう来ないわよ。死ぬ、だなんて！　いずれはみんな死ぬの。いま生きている、それだけでいいじゃない」

そして時計を見た。

「あら、いやだ！　もう三時。帰るわ」

「もう？」

「ええ。また明日かあさって来るわ」

「いいのか？」わたしは訊きかえした。「病人は独身だ、家には女っ気がない……」

「あら、妹さんは？」

「何日か泊まりに来ることになっているが、早くても土曜日だ」

ヴィルジリアは、しばらく考えてから肩をすくめ、真顔で言った。

「もう歳よ！　だれもわたしのことなんか気にもしないでしょう。でも、あやしまれないようにニョニョを連れて来るわ」

ニョニョというのは大学出で、彼女が結婚でもうけた一人息子であり、五歳のころは、知らぬまにわれわれの逢い引きの共犯者になっていた。二日後、二人はやってきたが、さすがに自分の寝室に並ぶ二人の姿を見るのは気恥ずかしく、せっかく青年がかけてくれた心やさしい言葉にもとっさの反応ができなかった。ヴィルジリアがわたしの気持ちを察して息子に言った。

「ニョニョ、この人はね、大ペテン師よ、だからだまされちゃだめ。話そうとしないのは、死にそうだと思わせたいからよ」

息子はほほえみ、たしかわたしもほほえんだと思う。こうしてすべてが、笑いで幕を閉じた。ヴィルジリアはにこやかに落ちつきはらい、汚れのない暮らしを送っているように思われた。視線にやましさはなく、仕種《しぐさ》にも何らあやしいところはなかった。言葉と精神の同価性、自己統制力、それほどのものは稀《まれ》なように見えたし、じっさい、そうだったと思う。たまたま話が、公然の秘密となっているある不倫話におよんだときも、話題の女に対して侮蔑の表情を見せたばかりか、多少の憤りすら見せたものだ。その女が友人であったにもかかわらず。息子は、母親の頼もしく立派な言葉を聞いて満足そうだったが、わたしは思わず自問せずにはいられなかった、もしビュフォン[32]が鷹に生まれていたら、鷹はわれわれのことをなんと言っただろうか……。

わたしの意識は、すでに混濁しはじめていた。

26 コルネイユ（一六〇六〜八四年）の悲劇『ル・シッド』の中の一節。
27 エゼキヤは、ユダの王（前七世紀）。旧約聖書『イザヤの書』第三十八章に書かれている、神のイザヤに対する約束に基づいている。（「見よ、わたしは日時計の影、太陽によってアハズの日時計に落ちた影を、十度後戻りさせる。太陽は影の落ちた日時計の中で十度戻った。」三十八章八‐九節）。
28 ローマ神話の《青春》の女神。青年男子の守護神として、成人式に賽銭が捧げられたという。同一神と目される女神へーベーは、神々の若さを保つ神酒（ネクタール）をふるまっていた。
29 旧約聖書『創世記』第四章に登場する、人類最初の兄弟であるカインとアベルのひとり。カインは弟のアベルを妬み、殺してしまう。人類はそのカインの子孫とされる。
30 リオデジャネイロ郡の行楽地となっていた森林地帯。
31 ブラジルの六月に行なわれる民衆の祭り。「聖ヨハネ祭り」の意。
32 フランスの博物学者（一七〇七〜八八年）。「文は人なり」の名言を残している。

七章　精神錯乱

　わたしの知るかぎり、自分の精神錯乱を記録した人はいない。それをわたしはやってみよう。科学はきっと感謝するはずだ。そんな精神現象の観察は苦手だという読者がいたとしたら、この章を飛ばして、本題に直行してくださってけっこう。だがどんなに好奇心に欠けてはいても、いつも言うように、この二、三十分ほどの間にわたしの頭の中で起こったことを知っておいて損はない。

　まずわたしは、ある中国人の床屋に変身した。器用に中国の役人のひげを剃る太鼓《たいこ》腹《ばら》の床屋で、その役人はいつも、わたしの仕事に飴と鞭で報いてくれた。役人の気まぐれ。

　それからすぐに、聖トマスの『神学大全』になったのを感じた。モロッコ革装幀の挿絵入りの一冊本で、銀製の留め金《とがね》がついていた。そう思ったとたん、身動きがまったくできなくなった。手が留め金に変わったので、腹の上で組んでみたら、だれかがはずしてくれたのを今でも覚えている（きっとヴィルジリアだ）。その姿かたちが遺体のようだったからだろう。

最後に人間の姿にもどったとき、一頭のカバが近づいてくるのが見えた。わたしはそのカバにさらわれた。恐怖からか、あるいは信頼のゆえか、わたしは黙って成り行きにまかせた。だが、まもなく、走り方が目の回るほどの勢いになったので、勇気を出して訊ねることにし、少し凝《こ》った言い方で、まるで行き先のない旅のようだと言ってみた。

「見当ちがいだ」とカバは言った。「われわれは、諸世紀の源流へ向かっている」

それはえらく遠そうだと、遠まわしに言った。だがカバは、わたしの言ったことがわからなかったのか聞こえなかったのか。もちろんそれは、そのいずれのふりもしていなかった場合だが。言葉を話すようだったので、先祖はアキレウスの馬かバラム[33]のロバかと訊ねたら、そうした四つ足動物特有の、耳を動かすという仕種で答えてきた。わたしのほうは目を閉じて、運を天に任せた。今だから言えるが、多少の好奇心すら覚えていた。諸世紀の源流とはどこだろう。それはナイルの源流ほどに神秘的なのか。

そしてなによりも、他の世紀末と同じくらいの価値があるのか、ないのか。病魔に冒された脳の思考。目をずっと閉じていたために途中は何も見えなかったが、ただ進むにつれて寒さがつのったこと、そしてある時点から、永久の氷《ひょうが》の地帯に入ったように思えたことだけは覚えている。じっさい、目を開けると、わが動物は白い雪原を疾駆し、あちこちに雪の山、雪化粧の木々、そして幾種類もの大きな動物がやはり雪をかぶっていた。すべてが雪。ついには、雪の太陽がわたしたちを凍てつかせた。話そうとしたが、こんな不安げな問いしか絞《しぼ》りだせなかった。

「今はどこだ？」

「もうエデンを過ぎた」

「そう、じゃあ、アブラハム[34]のテントで休もう」

「なにを言う、われわれは遡っているんじゃないか！」わたしの乗り物が、馬鹿にしたように言った。

わたしは恥辱と戸惑いを覚えた。旅はだんだん退屈に、また突拍子もないものに思え始め、寒さは身にこたえ、疾走は乱暴で、どんな結末が待っているか、皆目、見当がつかなかった。さらには——病人の憂慮というやつ——たとえ予告された終点に着いたところで、世紀が源流をおかされたことに腹を立て、年齢と同じほどに年季の入ったその爪で、わたしを潰さないとはかぎらないように思えてきたのだった。そんなことを考えているあいだにも、わたしたちはどんどん道をむさぼりながら進み、平原が足下をすっ飛び、ついにカバの足が止まったところで、わたしはより落ちついて自分のまわりを眺めることができた。眺めるだけだった。広大な雪の白以外は何も見えず、それはつい先ほどまで青かった空にまで侵入していた。ところどころに見えるのは、植物だろうか。巨大で奇怪な木々が、大きな葉を風になびかせていた。その一帯の静寂は、まるで墓場の静けさだった。事物の生命は人間の前に出ると愚者になる、とでも言えばよいか。

宙から降ってきたのか？　地から現われたのか？　それはわからない。とにかく巨大な人影だった。一人の女性の姿がふいに現われ、まるで太陽のように輝く双眸《そうぼう》がわたしをみつめていた。人物は、その姿ぜんたいに野性的な広大さを備え、すべてが人間の目の理解力を超えていた。輪郭は周囲に溶けこみ、厚みがあるように見える部分も、ほとんどが透けていた。わたしは驚きで何も言えず、叫び声ひとつあげられなかった。それでもしばらくたって、といってもほんのわずかな時間だったが、だれなのか、なんという名前なのかと訊ねた。精神錯乱による好奇心。

「自然《ナトゥレーザ》、あるいはパンドラと呼んで。わたしはあなたの母親にして敵」

この最後の言葉を聞いて、わたしは驚いてあとずさった。人影は高らかに笑い放ち、するとわれわれの周囲には、台風のような現象が起こった。木々が身をよじらせ、長い唸り声が外界の沈黙を打ちやぶった。

「驚くことはないわ」女は言った。「さすがのわたしの敵意も、人を殺すことはないから。だって、生があってこそだもの。生きるのよ。それ以外の苦は、要らないわ」

「生きる?」わたしは、まるで生きていることを確かめるかのように、爪を手に食いこませながら訊いた。

「そう。虫けらさん、生きるのよ。そんなボロ布のようなプライド、失うことを怖れちゃだめ。もうあと数時間、苦悩のパンと惨苦のワインを味わうの。生きるのよ。せっかく発狂したんだから、生きるのよ。それに、もしほんの一瞬でも正気を取りもどしたら、きっと生きたいって言うわ」

そう言うと、幻像は腕をこちらに伸ばしてきて、わたしの髪をひょいと摑《つか》むと、まるで羽毛ででもあるかのように体を宙に持ち上げた。このとき、初めて顔をまぢかに見ることができた。巨大だった。冷静そのものであり、どんな激しいこわばりも、憎悪や凶悪の表情も見当たらなかった。あるのはただ、独特だがごく普通のかんぺきな表情で、それは自己中心的《エゴイスティック》な無感覚の、永遠の聾唖の、そして不動の意思を示す表情だった。怒りは、あったとしても心の中に閉ざされていた。同時に、幻像の氷のような表情には、どこか力と生気とが交じりあった若々しさがあり、それを前にしたわたしには、自分が弱さのきわみの老いぼれのように思えてきた。

「わたしの言ったこと、わかった？」しばらくみつめ合ったすえに、女は言った。

「いや」わたしは答えた。「わかりたいとも思わない。きみは不条理だ。怪物だ。そう、夢を見ているんだ。いや、もしわたしが本当に発狂したのなら、きみは単なる狂人の妄想にすぎない。つまり空虚なものだ。存在しない理性には、支配することも触ることもできないのだから。君がナトゥレーザだって？　わたしが知っている自然《ナトゥレーザ》は母でしかなく、敵ではない。生を苦にはしないし、きみのように、墓場のごときそんな無関心な顔はしない。それに、なぜパンドラなんだ？」

「だって、わたしのポケットには善と悪が入っているから。その最大のものが、希望。人間の慰み。震えているの？」

「ああ。きみの目を見ていると、魂を奪われてしまう」

「そうでしょうね。わたしは生だけじゃないもの。死でもある。もうじきあなたには借りを返してもらうわ。大の好色家さん、無の快楽が、あなたを待っているわ」

その言葉が雷のように広大な谷間にこだましたとき、それはまるでわたしの耳に届く最後の音のように思えた。わたし自身がただちに分解していくような感覚に襲われた。とっさに、すがりつく目で彼女に向きあい、もうあと数年ほしいと頼んだ。

「それっぽっちの分《ふん》！」彼女は叫んだ。「なんのために、生のわずかな一瞬がほしいの？　食いつくし、そのあとで食いつくされるため？　そんな光景や闘争、もううんざりなんじゃないの？　もっと実害や苦痛が少ないものなら、もういやというほど見せてあげたでしょう？　朝の陽光に、夕暮れの憂鬱に、夜の静寂に、大地の移り変わり、眠り。まあ、これがわたしの手の中にある最高の贈り物かしら。それ以上、何がほしいの、崇高なおばかさん？」

「生きるだけでいい、それ以上は頼まない。それに、だれがこれだけの生への執着をわたしの心に植えつけたんだ、きみじゃないか？　そしてせっかく、その生をわたしが愛しているんだ。どうしてそのわたしを殺して、自分を痛めつけるんだ？」

「だって、わたしはもうあなたが必要じゃないもの。時間にとっては、過ぎていく分《ふん》なんてどうでもいい。大事なのはやってくるほう。やってくる分《ふん》は力強くて、溌剌として、まるで永遠を宿しているようよ。でも、けっきょくは死をもたらして、過ぎていくほうと同じように死滅していく。それでも、時間は続く。エゴイズムだとあなたは言うかしら？　そう、エゴイズムね。わたしには、それ以外の掟はない。エゴイズム、自己保存。ジャガーが子牛を殺すのは、ジャガーの論理が、生きなければならないということだから。だから、子牛の肉は柔らかければ柔らかいほどいい。それが万物の掟。さあ、登ってきて見てみるといいわ」

そう言うと、わたしをかっさらって、ある山の頂へ連れていった。わたしは山肌のひとつに目をやり、しばらくのあいだ、霧の向こうに遠く広がる独特なものをじっとみつめた。読者よ、なんとそれは、世紀の縮図だった。全世紀、全人種、全情念、帝国同士の騒乱、欲望と憎悪の闘争、生ける物と事物の相互破壊のパレードだった。それが、目の前の光景だった、むごいが面白い光景だった。人間と大地の歴史は、想像力や科学も歯が立たないほどの密度を伴っていた。というのも、科学のほうがうすのろで、また想像力のほうももっと虚《うつ》ろだからだ。その点、わたしがそこで見ていたものは、すべての時代が生きたまま凝縮された姿だった。それを描写するためには、稲妻をもしっかりと捉える必要があったろう。世紀は渦巻きながら行進していたが、精神錯乱者の目は他とはちがうから、わたしの前を行くものすべてが見えた――苦痛と悦楽――栄光と呼ばれるものから惨苦と呼ばれるものに至るまで。愛が惨苦を増幅させるのも見えたし、惨苦が脆弱《ぜいじゃく》さをつのらせるのも見えた。そこへ、がつがつとむさぼり食らう強欲がやってきて、そのあとからは燃えさかる怒り、よだれを垂らす妬み、汗まみれの鍬やペン、野望、飢餓、虚栄、憂鬱、富、愛。そのすべてが人間を、まるでおもちゃのガラガラのように揺すり、ぼろ布のようになり果てるまで破滅に追いこんでいった。それらは悪のさまざまな形態で、いま臓腑に嚙《か》みついたかと思えば、次は思考に嚙みつき、永遠にその道化の衣装をひるがえし、人類の周囲をうろつく。苦痛はいっとき後退しても、それにとってかわるのは、夢なき眠りともいうべき無関心か、あるいは、苦痛の異母兄弟たる快楽だ。すると人間は、打ちのめされて反抗的になり、事物の宿命に先駆けて走りだし、おぼろげで摑みどころのない幻像を追いかける。端切《はぎ》れでつくられている幻像の、ある端切れは、摑みどころなく、またあるものは不確かで、ほかのものは目に見えず、それらすべてが、架空の針による心もとないステッチで継ぎあわされていた。そしてこの幻像は——これぞまさに幸福という妄想だ——永遠に人間から逃げ続けるか、あるいは裾をつかませて、人間がそれを胸に巻きつけるとあざけるように笑い、夢まぼろしのごとく姿を消す。

　これほどの惨状をみつめるうちに、わたしは呻《うめ》かずにはいられなかったが、ナトゥレーザまたはパンドラはその呻きを、反論することも笑うこともせずに聞いていた。すると、どんな指令を機能障害におちいった脳が発したのか、わたしのほうが笑いだした——調子っぱずれの間抜けな笑い。

「きみの言うとおりだ」わたしは言った。「なかなか面白い。一見の価値はある——単調かもしれない——だが、見る価値はある。ヨブは、自分が母親の胎内に宿った日を呪った[35]というけれど、それはこんな光景を上から見たいと思ったからなんだね。さあ、パンドラ、腹を開けてわたしを呑みこんでくれ。たしかに面白い、だけどわたしを呑みこんでくれ」

　だが、その答えは、強制的に下を見させることだった。世紀は、あいかわらず猛スピードで渦を巻きながら過ぎていき、世代が世代に重なり、そのなかのいくつかは、囚われの時代を生きたヘブライ人[36]のように悲痛で、かと思えば、コンモドゥスの時代の放蕩者らのように楽しいものもあった。だが、すべてが最後は、定刻にきっかりと墓に入っていく。その場から逃げたいと思ったが、ある不思議な力がわたしの足を釘づけにしていた。そこでわたしはつぶやいた。――「なるほど。世紀が過ぎていけば、いずれはわたしの世紀がやってきて、それも過ぎれば、最後のやつがやってきて、永遠という謎も解けるのか」わたしはじっと目を凝らし、来ては過ぎていく時代を見守り、そのころにはもう落ちつきはらい、覚悟も決まって、なにやら愉快といってもいいほどの気分になっていた。そう、おそらくは愉快。それぞれの世紀にはそれなりの影と光があり、倦怠と闘争、真実と過ち、そして体系《システム》や新しい思想や、新しい幻想の行列があった。そして、どの世紀でも春の新芽が吹き、やがては紅葉を迎え、その後でまた若返る。生にはこのような暦のごとき規則性がある一方で、歴史や文明が作られ、裸で武器を持たなかった人間が武器を手にし、衣服をまとい、掘っ立て小屋と宮殿を建て、貧しい村や百戸の家から成るテーバイ[37]を開き、学問を打ち立て探究し、芸術を作って称揚し、雄弁家なり技術者なり哲学者が現われて、地球の表面を駆けずり回り、地球の奥まで下りたかと思えば雲の層まで昇り、そうやって神秘的な作品を創り上げることで、生きていくうえで欠けているものを満たし、孤独から来る憂鬱を紛らわした。わたしの目が見あきて集中力を失ったころ、ついに現世紀がやってくるのをとらえ、そのあとには未来をとらえた。現世紀はすばしっこく抜け目なく、快活に自信満々に、多少の乱れはあるにせよ堂々と物知り顔でやってきたが、最後はやはり最初のころの世紀と同じように、惨めな終わりを迎えて過ぎ去っていき、それ以降の世紀も同じようにすばやく単調に過ぎていった。わたしは注意力を倍に増やし、目を凝らした。ついに最後を見ることになるのだ——最後！　しかし、そのころにはもうパレードの速さは、あらゆる理解を超えるほどのものになっていた。そこではもう、稲光が一世紀に相当しただろう。そのせいか、事物はたがいに混じりはじめ、あるものは膨らみ、あるものは縮み、そして周囲に紛れてしまったものもあった。霧がすべてを覆い——例外はわたしを連れてきたカバだったが、そのカバはなんと縮みはじめ、どんどん、どんどん小さくなって、とうとう猫の大きさになった。いや、それは本物の猫だった。よく見ると、それはわが家の猫スルタォンが、寝室の戸口で紙の玉とじゃれていたのだった……。

33　ヘブライの占い師。旧約聖書の『民数記』に出てくる人物で、モアブ人の王バラクにイスラエルの民を呪うことを求められたが、ロバに人間の言葉で戒められ、彼らを祝福した。
34　神に選ばれた最初の預言者。ユダヤ、キリスト、イスラム各教徒の始祖とされる。
35　旧約聖書『ヨブ記』第三章。第一～二章において、どんな試練にも神を信じて耐え、敬虔な態度をとり続けた末、反抗的な態度に変わる。
36　ローマ皇帝（一六一～一九二年、在位一八〇～一九二年）。「暴虐帝」とも呼ばれる悪名高きローマ皇帝のひとり。
37　ここでは、エジプト文明の中心となった町。テーベ。ギリシアの都市国家テーバイの名を冠したとも言われる。

八章「理性」対「狂気」

もう読者もおわかりのように、「理性」の帰宅だった。「理性」は「狂気」に、出ていくように大声で、当然の権利を主張して、タルチュフ[38]が吐く次のせりふを唱えた。

ここはわたしの家です。出てゆくべきなのはあなたです。

だが、他人の家に愛着を持つのが「狂気」の昔からの悪い癖で、それに乗っとられたら最後、立ちのかせるのは並みたいていなことではない。じつに難儀で、なかなか追いだせない。とっくの昔に恥という感覚が麻痺している。いま奴が占拠している家の膨大な数を見れば、完全に占拠されたものから、暑い季節のみというものまでいろいろあり、この愛らしき放浪者が家主にとってどれほどの脅威であるか、わかろうというものだ。今回のケースも、わたしの脳の玄関で、ほとんどもみあいになった。というのも、そのよそ者が家を明け渡そうとせず、また家主のほうも自分の所有物を手放そうとしなかったからだ。とうとう「狂気」は、屋根裏の隅でも我慢すると言った。

「いえいえ」と、「理性」が言いかえした。「屋根裏を貸すのはもううんざりだし、経験ずみ。どうせあなたは、屋根裏からこっそりと食堂へ移動し、そこから応接間や、そのほかのところへ移ろうと思っているのでしょう」

「わかった。じゃあ、あとちょっとでいいから置いてほしい、わたしは、ある神秘を求めているもんで……」

「ある神秘？　なんの？」

「いや、二つの神秘だ」と「狂気」は言いなおした。「生の神秘と死の神秘。十分だけでいい」

「理性」は笑いだした。

「あなたは絶対に変わらない……変わるわけがない……変わらないですよ」

そう言うと相手の手首を摑み、外に引きずり出した。それから中に入り、鍵をかけた。「狂気」はまだぐずぐずと泣きつき、恨みごとを吐いていたが、すぐにあきらめて、あざけるように舌をぺろりと出すと、歩きだした……。

38 十七世紀フランスの劇作家モリエールの、同名の戯曲中の人物。ペテン師。

九章　転換

さてここで、わたしがいかに器用に、どんな大技《おおわざ》を使ってこの本の大転換をはかるか、お目にかけよう。見てほしい。わたしの精神錯乱は、ヴィルジリアがいるときに始まった。ヴィルジリアは、わたしの青春の大罪だった。だが青春にはかならず幼年期がある。幼年期があれば誕生がある。ということで、わたしたちは難なく、わたしの生まれた一八〇五年十月二十日に至った。いかがかな？　一見したところ、継ぎ目はまったくなく、読者の散漫な注意力をそらすものもいっさいなし。つまり本書は、手法というものの長所のすべてを活かし、かといって、それにも縛られてはいないということになる。じっさい、そろそろ潮どきだ。この手法というものは、その性格上、使わないわけにはいかないが、使うならネクタイやサスペンダーなどは外し、気軽な服装で気ままに使うことだ。向かいにお嬢さんがいても、街角にお巡りさんがいても気にしない、くらいの気持ちで。それは雄弁法と同じ。自然で人の心を虜にするような、純粋でわくわくする技があるいっぽうで、糊でがちがちになった中身のないものもある。さて、十月二十日へ行くとしよう。

十章　その日

その日、クーバス家の系統樹が、一輪の可憐《かれん》な花を咲かせた。わたしの誕生だ。取りあげてくれたのは、パスコエーラ。ミーニョ出身の名高い産婆で、自分はこれで一世代全部が貴族になるように世界の扉を開けたと、鼻高々に言ったものだ。父がこの放言を聞いたのは、あり得ない話ではない。だが、父が半ドブラ金貨[39]二枚で彼女に報いたのは、むしろ父親としての感慨からだったと思う。産湯につけられ、さらしを巻かれ、わたしはすぐにわが家の英雄になった。それぞれが、好き放題にわたしの未来を予測した。かつて歩兵隊士官だった叔父のジョアンは、わたしの目がボナパルトに似ていると言い、父はこれを聞いて吐き気を抑えられなかった。当時は一介の神父にすぎなかった叔父のイルデフォンソは、わたしに司教座聖堂参事会員の匂いを嗅ぎとった。

「この子は司教座聖堂参事会員になる。これ以上言うと一家の自慢になるから言わないが、わたしは神がこの子を司教になるよう仕向けても驚かない……。うん、司教にはなるな。不可能なことじゃない。ベント兄さん、どうかね?」

父は全員に、わたしが何になるかは神の思《おぼ》し召《め》し次第だと言った。そうして、まるで町や世界中に誇示するかのようにわたしを宙高く抱きあげ、全員に訊いた。自分に似ているだろ、なかなか頭がよさそうじゃないか、けっこうハンサムだろう……。

こういうことは、何年かあとに聞いたことをもとにおおまかに述べているだけで、その有名な日にあった詳細の大半を、わたしは知らない。知っていることといえば、近所中が生まれたばかりの赤子のお祝いに来たとか、メッセージを送ってよこしたとか、最初の数週間は大勢の人がわが家を訪ねてきたとか、それだけである。人力車《じんりきしゃ》という人力車はすべてが出払い、多くのフロックコートやズボンが取り出されたらしい。だが、いかにかわいがられたか、どれほどのキスや賞賛や祝福を受けたかについて語りはじめたら、この章が終わらなくなるので割愛する。とにかく、この章を終わらせねば。

もうひとつ。わたしの洗礼についても、何も言えない。なぜなら、これに関してはまったく聞いたことがなく、唯一知ったのは、それが翌一八〇六年のもっとも盛大な祝賀行事のひとつだったことだ。わたしは聖ドミンゴス教会で洗礼を受けたが、それは三月のある火曜日、きれいに澄みわたった晴天の日であった。代父母はホドリゲス・ジ・マットス大佐夫妻。夫婦ともども北部の旧家の出身だとかで、血筋が大の自慢。事実、その血はその昔、オランダ戦[40]で流されたらしい。たしか二人の名前は、わたしが最初に覚えたもののひとつだったと思う。きっと愛嬌たっぷりにその名前を言って、おませなところを披露していたにちがいない。なにしろ初めて会う人の前では、それを言わせられないことはなかったのだから。

「坊や、お客様に代父《パドリーニョ》さまのお名前を教えてさしあげなさい」

「代父さま？　パウロ・ヴァス・ロボ・セザール・ジ・アンドラージ・イ・ソウザ・ホドリゲス・ジ・マットス大佐さま。代母《マドリーニャ》さまはマリア・ルイーザ・ジ・マセード・ヘゼンジ・イ・ソウザ・ホドリゲス・ジ・マットス奥さま」

「なかなかお利口なお子さんですね」聞いた人は感心した。

「そう、なかなか利口なんですよ」父が同調する。目じりは誇らしく下がり、わたしの頭を撫《な》でながら、しばらくうっとりと、満足げにわたしをみつめた。

さらにもう一点、わたしが歩きはじめたときのこと。いつかは知らないが、普通よりは早かった。自然を急かそうとしてか、わたしは早くから椅子に摑《つか》まり立ちをさせ《せ》られ、おむつを持って引っぱられ、木の台車を与えられた。「お坊ちゃま、お一人で、お一人でなさいまし、お一人で」、乳母は言った。わたしは、目の前で母が振る缶のガラガラにつられて前に進もうとするが、あっちで転び、こっちで転びしていた。そうやって、ろくな歩き方ではなかったが、たしかに歩き、そのまま歩いていった。

---

39 当時の貨幣単位は「レイス」で表わされ、一ドブラ＝一万二千八百レイス。

40 オランダは十七世紀にブラジル北東部に侵攻し、一六二四～二五年にはサルヴァドールを、一六三〇～五四年にはオリンダを占領している。

十一章　子どもは人の父

わたしは成長した。そこに家族の干渉はなかった。まるでモクレンや猫が成長するように、しぜんに成長した。もしかしたら、猫のほうがわたしよりまだじっとしていただろうし、わたしの幼少時に比べれば、モクレンのほうが確実に落ちつきがあったと思う。ある詩人によれば、子どもは人の父だとか。[41]まさにそのとおりなので、その子どもの目立ったところをいくつか見ておこう。

五歳のころから、わたしには「悪魔小僧」というあだ名がぴったりで、じっさい、それ以外の何ものでもなかった。当時でもずばぬけた悪童で、小賢《こざか》しく無遠慮で、したいほうだいのワルガキだった。たとえば、いつぞやは女奴隷が作っていたココナッツ菓子をひとサジねだって断わられたために、彼女の頭を割り、その悪さでも腹の虫が治まらず、ひと摑みの灰を鍋に投げ入れ、その悪ふざけでもまだ我慢できずに今度は母のところまで行き、お菓子がだいなしになったのは女奴隷が「嫌がらせ」をしたせいだと言いつけた。さらに、わずか六歳のときのことだった。わが家の奴隷小僧《モレツキ》プルデンシオは毎日、わたしの馬になっていた。両手を床につき、手綱よろしく顎に縄をかけられた彼の背中に、ホウキを手にまたがり、それを鞭のごとく打ちつけながら、あっちからこっちへと何千回も行ったり来たりさせると、彼は言われるままに——ときには呻き声をあげたが——文句ひとつ言わずいいなりになって、言ってもせいぜいひとこと——「痛いです！　おぼっちゃま」——それに対して、わたしは言い返した——「こん畜生、黙れ！」。——訪問客の帽子を隠すのはお手のもの、お偉方には紙の尻尾をつけ、かつらを引っぱったり、ご婦人方の腕をつねったり、そんな類の手柄ばかりで、それも癇の強さの表われだったが、いま思えば、そうしたことは強靭な精神のなせる業だったにちがいない。その証拠に、父はわたしを心から絶賛し、人前でこそときには叱ることもあったが、それはたんに形式で、内輪だけになるとキスをしてくれたものだ。

だからといって、わたしが生涯ずっと、他人の頭を割ったり帽子を隠したりしていたとは思わないでほしい。たしかに強情で自分勝手で、人を食ったようなところはあった。そして、年じゅう帽子を隠していたばかりではないが、ときにはかつらの毛先を引っぱるぐらいのことはあった。

また、人間の不正を観察するのも大好きで、なんとかそれをやわらげようと説明を加え、分類して理解しようとしたが、厳格な基準にしたがうわけではなく、状況と場所しだいだった。母は自己流にわたしをしつけ、いくつかの決まりごとや祈りを覚えさせようとしたが、わたしは、祈りなんかよりは神経と血がわたしを支配していると感じていたし、良い決まりも、それを生かす精神を失っていたから、中身が空の形式になり果ててしまっていた。朝は粥《かゆ》を食べる前に、そして夜は寝る前に、われらが人に赦すごとくわれらの罪をも赦したまえと神に祈りながら、その朝と夜のあいだに大きな悪事をはたらき、父は父で騒ぎが収まればわたしの顔をぽんぽんと叩き、笑いながら叫んだ。「このワルガキめが！　ワルガキったら！」

そう、父はわたしのことが大好きだった。母は体が弱く脳も足りなかったが、心ゆたかなお人好しで、根っから信心ぶかかった――美人だが家にこもり、裕福だが謙虚で、雷と夫を恐れていた。地上では夫が神だった。こんな二人の協力からわたしの教育は生まれ、よい部分もあったが概して弊害のほうが多く、不完全で、部分的にはマイナスになった。司教座聖堂参事会員の叔父は、兄弟として、それでは教育よりも放縦を与えているようなもの、しつけではなく甘やかしだと忠告したことがあった。だが父は、わたしの教育には現行の制度よりもすべてにおいて優れた方式を採用していると言いかえした。そうすることで、兄弟を煙に巻くことはできなかったが、自分をごまかしていたのだった。

継承と教育と並んで、もうひとつわが家の風変りな実例がある。家庭環境である。両親を見たから、今度は叔父を見よう。まずそのひとりのジョアンは、口の軽い男で、生活が派手で毒舌家。十一歳のときから、あることないこと入りまじる話の輪にわたしを入れてくれたが、話はどれも猥談か下ネタと決まっていた。わたしのうぶさも尊重しなかったが、兄弟の聖職服《スータン》も尊重しなかった。聖職の叔父の違うところは、兄弟が話をいかがわしい方向に向けるや、ただちに逃げ出したことである。わたしはちがった。そのまま居残り、最初こそ意味がわからなかったが、しだいにわかるようになって、しまいには面白くなった。しばらくたつと、わたしのほうから出向くようになった。こちらのほうの叔父はわたしのことが大好きで、菓子をくれたし、散歩にも連れだしてくれた。家に泊まりがけでやってくると、庭の奥や洗い場で、洋服をぱんぱん叩く女奴隷らを相手に饒舌《じょうぜつ》をふるう姿を見ることが少なくなかった。そこでなら、いくら小話や笑い話や質問を連発し、大声で笑っても、だれにも聞こえなかった。洗い場は母屋から遠かったのだ。黒人の女たちは腰帯を巻き、服の裾を二〇センチほどたくし上げ、桶の中に入りこんでいる者もいたし、外にいる女は覆いかぶさるようにして服を叩いたり石鹸をつけたり絞ったりしながらジョアン叔父の笑い話を聞いて茶々も入れ、ときおりこんな言葉をはさんだ。

「ひええ、ひどいね！　ジョアンさまったら、人が悪いね！」

対照的なのが、司教座聖堂参事会員の叔父だった。こちらの叔父はひじょうに厳格で純粋だったが、そんな彼の天性も高邁な精神を高めるには至らず、凡庸な精神を補うだけだった。教会の本質的な部分に目を向けるような人間ではなく、外側の部分、すなわちヒエラルキーや出世やサープリス[42]や拝礼といったものに目を向ける人間だった。祭壇よりも香部屋[43]寄りだったといえる。典礼がひとつでも抜けようものなら、十戒にそむく以上に激怒した。今はもうかなりの年月がたっているから、彼がテルトゥリアヌス[44]の一文を難なく言えたかどうか、あるいはニカイア信条[45]の歴史をすらすらと唱えられるかは定かでない。だが、歌ミサのどの時点で司祭が何度拝礼すべきかについて、叔父以上によく知る人はいなかった。司教座聖堂参事会員になること、それが唯一、彼の人生の野心で、それこそが望みうる最高の名誉だと心から語っていた。信仰に篤《あつ》く、慣例に厳しく、規則の遵守に細かく、柔弱で内気、上に対してはぺこぺこし、見ならうべき美徳がないわけではないが、それを他人に吹きこんだり課したりするための力が決定的に欠けていた。

母方の叔母ドナ・エメレンシアーナについては何も言わないが、この叔母こそが、わたしに対してもっとも権威をふるった人物だった。彼女はほかの人たちと大きく違っていたが、ほんのわずか一、二年、一緒に暮らしただけだった。そのほかの親類縁者に関しては、わざわざ名を挙げるまでもないだろう。生活を共にしたこともなく、ごくたまに会うだけ。重要なのは家庭環境のあらましで、それを書けばこうなる——品性の凡庸さ、華美な外見へのこだわり、派手好き、意志の薄弱さ、気まぐれの優位性、等々。そんな土壌とそんな堆肥から、この花は生まれたのだった。

41　ワーズワースの「虹」（一八〇二年）にその一節がある。現在では、「三つ子の魂、百まで」の意のことわざともされている。

42　聖職者が着用する広袖の白い聖衣。

43　祭壇の隣りに位置し、祭器具、祭服、典礼書などが保管され、神父や侍者が祭服を着用したり、典礼の準備をする小部屋。

44　二～三世紀のキリスト教神学者。

45　「我らは信ず。唯一の神……」から始まるキリスト教の正統的な教義が明らかにされている信条。三二五年のニカイア公会議、三八一年のコンスタンティノポリス公会議を経て制定されるが、これが東方教会と西方教会の分裂の原因を作った。

十二章　一八一四年のエピソード

とはいえ、一八一四年の愉快なエピソードを、さわりも語らずに先に進みたくはない。それは九歳のときだった。

ナポレオンは、わたしが生まれたころにはすべての栄光と権力を手にしていた。皇帝の座に就いて、人々の称賛を全面的に獲得していた。父はわが家の高貴さを他人に説くうちに、自分までがその気になって、ナポレオンに対して純粋に頭の中だけの憎悪を抱くようになっていた。わが家の激しい対立は、これが原因だった。というのも、叔父のジョアンが、階級意識と同業のよしみのせいか、将軍への憧れによって暴君ぶりを赦していたのにくらべ、神父の叔父のほうはそのコルシカ人に対して妥協せず、ほかの親戚も真っぷたつに割れていたからである。喧嘩《けんか》や対立は、そこから生じていた。

リオデジャネイロにナポレオンの最初の失脚の一報が届くと、とうぜんわが家にも大きな衝撃が走ったが、嘲笑や嘲罵は起こらなかった。敗者は歓喜に湧く人々を見て、ここは沈黙を守るのが礼儀だと判断した。なかには寝返って拍手を送る者までいた。人民は心から歓び、王室に対する親愛の情を惜しみなく表わした。照明《イルミネーション》、祝砲、テ・デウム[46]、行列、歓呼の声。わたしも、その数日間は、聖アントニオ[47]の日に叔父がくれた新しい短剣を手に、仮装した。だが正直を言えば、わたしはボナパルトの失脚よりも短剣のほうに興味があった。この現象をいちども忘れたことはない。われわれにとって自分の剣のほうが常にナポレオンの剣より偉大であるというその考えは、それ以来、いちどもわたしの脳裏から離れたことがない。しかも生前、わたしが多くのスピーチを聞き、立派な考えやごたいそうな言葉の溢れるページをいくつも読んでいたことに注意してほしい。それにもかかわらず、なぜだかはわからないが、わたしの口をついて出てくる賛美の言葉の奥に、何度か経験者ならではのこんな考えがこだましたものだ。

「よけいなお世話だ、てめえの短剣はどうなんだ」

せっかくの公式の慶事なのに、匿名のまま、人民の喜びのほんの一部の分け前にあずかるだけではもったいない、ここはチャンスを生かし、ぜひとも皇帝失脚を祝って午餐会を開いたほうが都合よく、それは不可欠であると、わが家はそう考えた。しかもどうせなら、陛下の、それが無理でもせめて大臣の耳にはうわさが届くほどの規模にしたい。即、実行に移された。祖父のルイス・クーバスが遺した古い銀食器一式が取りだされ、フランドルからはテーブル・クロスが、インドからは大きな水差しが取り寄せられた。まるまると太った豚が一匹屠《ほふ》られ、アジューダ48の修道院にコンポートとマーマレードの注文が出された。大掃除が始まり、家の中がぴかぴかに磨きあげられた。客間、階段、蠟燭《ろうそく》立て、蠟受け、膨大な数のシャンデリアのガラス、どれも贅をつくした年代物ばかり。

その時刻になると、選りすぐりの社交界が出現した。治安判事、三、四名の軍人、数名の実業家や文人、多数の役人、ある者は妻子を連れ、またある者は同伴していなかったが、全員の気持ちはただひとつ、七面鳥に舌鼓を打ちながらボナパルトの記憶を葬り去りたいということだった。これはもう午餐会ではなくテ・デウムだとは、列席していた文人のひとり、ドトール《ドクトル》・ヴィラッサの言葉。連詩《グロザ》で名を馳せる彼は、もてなしの料理にミューズの前菜を添えた。まるで昨日のことのように覚えている。彼はすっくと立ちあがり、長いポニーテールに絹のジャケット、指にはエメラルドの指輪。神父の叔父に、もういちどお題をいうように言い、そのお題が復唱されると、あるご婦人の額を食い入るようにみつめ、それから咳払いをして右手を上げ、人差し指だけを立て、残りの指はぜんぶ折って天井を指した。そしてその姿勢のまま、お題を詩にして返した。一編どころか三編も作り、まだいくらでも作れますと豪語した。別のお題を要求し、それが出されると直ちにそれを詠《うた》いこみ、すぐにまた別のお題、別のお題と求め続け、とうとう列席していたご婦人のひとりが、黙っていられず感嘆の声を上げた。

「奥さまはそうおっしゃいますが」ヴィラッサは謙虚に切り返した。「それはボカージュ[49]をお聞きになったことがないからです。わたしが聞いたのは前世紀末のリスボンでした。あれは本物です！　それはすらすらと！　しかもなんという詩！　わたししたちは、一時間も二時間もやりあいましたよ、ニコラの居酒屋でしたが、拍手喝采と歓呼を浴びながら詠ったものです。あのボカージュの才能はとてつもない！　たしか同じことを、数日前でしたか、カダヴァル[50]公爵夫人もおっしゃっていましたね……」

その人名がひときわ強く発音されると、一同から賞賛と驚きの声が上がった。つまり、これほどの才能の持ち主、これほど気さくな人が、詩人と勝負するばかりかカダヴァル家の夫人ともお近づきだったとは！　ボカージュと、カダヴァル家の夫人！　そんな人と同席して、淑女連中は自分たちまでが昇格した気分になった。男性陣は尊敬の眼差しを向け、なかには嫉妬する者もいたし、半信半疑の者も少なくなかった。だが、詩人はなおも続けた。形容詞には形容詞を、副詞には副詞を重ね、すべてを「専制君主」と「横領者」に合わせて韻を踏ませた。デザートの時間だったが、だれも食べることは頭になかった。詩の合間には歓談が起こり、満腹のおしゃべりに賑わった。とろんとした目、熱く生き生きとした目、そうした視線が気怠《けだる》く流れたり、あるいはテーブルの端から端へと、すばしっこく走りまわったりしたが、そこには菓子や果物がぎっしりと並べられ、ここにはパイナップルの輪切り、あっちには切り分けられたメロン、ガラスのコンポート皿には細くていねいにおろされた卵の黄身のような色のココナッツ菓子が透けて見えていた――さらには、こってりとした黒蜜と、そこからそう遠くないところにはチーズとヤム芋が置かれていた。ときおり、広がりのある楽しい笑いがぱっと花を咲かせ、家族のような笑いが午餐会の政治的な重々しさを打ち砕いた。一同が共にする大義名分の狭間では、やはり小さな私事がうごめいていた。若い娘たちは、チェンバロの伴奏で歌うモジーニャとメヌエット、それからイギリスのソロの歌曲の話をしていた。とうとう、自分が子ども時分にどんな遊び方をしたかを見せるためだけに八拍子のダンスを踊ると言いだす、いい歳をしたご婦人までが現われた。わたしのすぐそばにいた男性は、ルアンダ[52]から受けとった手紙によれば、間もなく到着するという黒人奴隷の最新情報を伝えていた。甥が約四十頭分の商談を取りつけたと書いてよこしたのだと言い、また別の手紙には……。ちょうどポケットに持っているが、この場で読むわけにはいかない。とにかく今回の船だけでも、少なくとも百二十の黒人が期待できると、太鼓判を押していた。

「パン、パン、パン」とヴィラッサが手を叩いた。まるでオーケストラの演奏が停止するかのように、一瞬にしてざわめきが収まり、全員の視線がいっせいに詩人に集まった。遠くにいる人はひとことも聞きもらすまいと耳の後ろに手を当て、大半の人が詩の始まる前から、なかば穢れのないほのかな賞賛の笑みを浮かべていた。

　さて、わたしはといえば、一人さびしく忘れられ、大好物のコンポートを物欲しげに眺めるばかり。詩が終わるたびに、今度こそ最後と期待をして喜ぶがそうはならず、デザートは手つかずのまま。だれも第一声を上げようとも思わなかった。父は父で、主人《ホスト》席から招待客の歓びをたっぷりと味わいながら、みんなの愉しそうな丸々とした顔や料理や花を眺め、よい午餐会ならではの、いちばん遠い精神同士をもむすびつけてしまう家族的な雰囲気を堪能していた。わたしはそれを見ていた。なぜならわたしは、取り分けてくれと言わんばかりに、視線をコンポートから父、父からコンポートへと往復させていたからだったが、それも無駄というものだった。父にはなにも見えていなかった。見ていたのは、自分自身だけだった。そのあいだも詩は、まるで土砂降りのように降りつづき、わたしは欲求と要求を抑えるほかはなかった。できるだけ我慢したが、限界があった。小声でねだってみた。だが、最後は叫びに叫び、足を踏み鳴らした。わたしの頼みとあらば太陽でもくれかねない父は、奴隷を呼んで菓子を取り分けさせた。だが遅かった。叔母のエメレンシアーナは、わたしを椅子から引きずりおろし、わたしが泣き叫んで抵抗するのもかまわず、女奴隷に引き渡した。

詩人の罪は、ほかでもない。コンポートをお預けにしたうえ、わたしがつまみ出される原因を作ったこと。仕返しを企む理由はそれで十分だった。なんでもいいが、大きな見せしめになるような、やつを笑いものにできる方法がいい。なんたってまじめなドトール・ヴィラッサだ。ゆったりと節度をわきまえた、四十七歳の妻子ある男性だ。紙の尻尾やかつらでは満足できなかった。もっとこっぴどいものでなければ。わたしは残りの午後の間じゅうずっと彼を見張り、みんなが庭にふたたび出たときに、あとをつけた。ドナ・エウゼビアと語らう姿が見えた。彼女はドミンゲス軍曹の姉妹にあたる恰幅《かっぷく》のよい中年の女性で、美人ではなかったが醜くもなかった。

「わたし、あなたのこと、とっても怒っていますのよ」彼女は言った。

「なぜ?」

「なぜって……。なぜかはわからないけど……。それがわたしの定め……いっそのこと死んだほうがいいなんて、ときどき思うの……」

彼らは小さな茂みに入りこんでいた。あたりは夕闇、わたしはあとをつけた。ヴィラッサの目はワインと欲情の火花を散らしていた。

「そうさせて」

「だれも見てない。死んだほうがいいだって、ぼくの天使さん? なんてことを考えるんだ? そんなことをしたら、ぼくも死んでしまうよ、わかってるだろう……。いや……。ぼくは毎日死んでいる、この熱い思いと恋しさで……」

エウゼビアは、ハンカチを目に当てた。詩人は記憶のなかの文学の一節を探し、次の句をみつけた。あとで確かめると、オペラ『ユダヤ人』[53]の一節だった。

「泣かないで、愛しい人よ。夜明けにふたつの暁光《ぎょうこう》を求めないでおくれ」

そう言うと、彼女を引き寄せた。彼女は少し抵抗したが、身を預けた。顔と顔が合わさり、チュッという音がほんのかすかに聞こえた。たったひとつの、このうえなく臆病な口づけ。

「ドトール・ヴィラッサがドナ・エウゼビアにキスをした！」わたしは庭を走り回ってこう叫んだ。

わたしのその言葉は、まさに爆弾だった。驚きのあまり、だれもが動きを失った。視線が人群れから人群れをさまよい、しのび笑いと囁きがそっと交わされ、母親らは夜露を口実に娘を引っぱっていった。父は、わたしの非礼に本気で腹を立てているかのように繕《つくろ》いながらわたしの耳を引っぱったが、翌日には朝食[54]を食べながらその一件を思い出し、わたしの鼻をつまみながら笑って言うのだった。「このワルガキめが！　このワルガキ！」

46　カトリックの聖歌。「感謝の賛歌」。
47　リスボンで生まれたカトリックの聖人（一一九五〜一二三一年）で、リスボンの守護の

聖人。遺失物や失恋、縁結びの聖人としてブラジルでの人気も高い。この聖人の日六月十三日は、リスボンでは聖アントニオ祭が祝われ、ブラジルでは、サン・ジョアン祭の一環として祝われる。

48　十八世紀半ばにリオデジャネイロの、現在はシネランジアがある場所に建設された女子修道院。一九二〇年に取り壊された。

49　ポルトガルの新古典主義の代表的詩人（一七六五〜一八〇五年）。

50　一六四八年に、ジョアン四世（ブラガンサ王朝初代の王）によって創設されたポルトガルの伝統的な貴族。

51　十八世紀から十九世紀にポルトガルとブラジルで流行した歌謡。

52　アンゴラ（旧ポルトガル植民地）の首都。

53　ポルトガルのアントニオ・ジョゼ・ダ・シルヴァ（一七〇五〜三九年）による作品。

54　原語は「almoço」。「almoço」は現代では「昼食」を指すが、当時は朝八時ごろの食事を指した。一方、「jantar」（現代語では「夕食」の意）は、昼の十二時から二時で、夕刻の食事には「ceia」を使った（だいたい八〜九時）。この翻訳では、時間帯に合わせて、「almoço」に「朝食」、「jantar」に「昼食」を当てた。

十三章　ひとっ跳び

さあ、両足を揃えて、学校はひとっ跳びで越えよう。退屈な学校、習ったのは、読み書き、計算、小突いたり殴られたり、悪さをすること。丘でも浜辺でもなんでも、怠けられるところならどこでもよかった。

つらい時代だった。叱責、処罰、長ったらしい退屈な授業、それ以外はほとんどなし、ほんのわずかで、たいしたことはなかった。唯一きつかったのは、あの体罰の木べら……。ああ、木べらよ、幼少期のテロルよ。おまえはまさに「無理やりにもつれて《コンペーレ・イン》きなさい《トラーレ》」[55]。あの骨ばったハゲの老いぼれ教師は、おまえを使ってアルファベットや発音や文法、それ以外に彼の知っているところをわたしの頭に叩き込んだ。聖なる木べらよ、近代人にさんざん罵られた木べらよ。あのままおまえの呪縛を受けつづけていたら、どんなにかよかったことだろう。あのままうぶな心と無知と、自分の短剣を持ち続け、そう、あのナポレオンの刀剣よりもはるかに価値のある、一八一四年の短剣！ それにしても、わが老師よ、あなたはいったい何を初等教育に求めていたのか？ 教室で暗誦し、お行儀よくすることか。それなら、人の最終教育たる人生が求めるものと大差ない。違うのは、あなたは恐怖を与えたが、腹は立たなかったことだ。今でもまだ、教室に入ってくるあなたの姿が目に浮かぶ。白い革サンダルに外套、手にはハンカチ、つるっパゲの頭を見せて、ひげはきれいに剃っていた。椅子に腰をおろし、大きく息を吐き、唸るような声を出すと最初の一服、そのあとで出席を取って授業に入る。それをあなたは、じつに二十三年間にわたってひっそり黙々と、時間どおりにピオーリョ通り[56]の小さな家の中でこなし、あなたの凡庸さで世の中を煩わせることもなく、ついにある日、深い闇に沈んだが、だれもあなたのために泣く者はなく、唯一例外は、老いた黒人――それ以外はだれ一人、読み書きの基礎を教わったこのわたしですら、泣くことはなかった。

その教師の名はルドジェロといった。そのフルネームを、このページに書き留めておきたい。ルドジェロ・バラッタ《ゴキブリ》――因果な名前だ。子どもからは、永遠のからかいとひやかしのきっかけになった。とりわけ、仲間のひとりのキンカス・ボルバはこの教師に容赦なかった。週に二、三度はズボン——紐つきのぶかぶかのズボン——のポケットか、あるいは机の引き出しやインク壺のそばに、ゴキブリの死骸を忍ばせた。もしそれを授業中に見つけようものなら、跳びのいて、ぎらぎらとした目で一同を見まわし、寄生虫だの、チンピラだの、しつけが悪いだの、くそガキだの、言えるかぎりの呼び名でわれわれのことを罵った。——ある者は震えあがり、またある者はぶつぶつ文句を言ったが、当のキンカス・ボルバは平然と宙をみつめたままだった。

花形。キンカス・ボルバは、それだった。あれほど憎めない、発想のゆたかないたずらっ子は、子どものころにも、いや、そのあとにも先にもお目にかかったことがない。まさに花形で、それは学校ばかりか、町でもそうだった。母親は夫に先立たれた、ある程度自由になる資産を持つ女性で、息子をかわいがり、甘やかしほうだい、身ぎれいにおしゃれをさせ、派手で目立つ下男をつけさせ、この下男はわれわれが学校をさぼるのを見逃してくれたから、わたしたちは鳥の巣を捕ったり、トカゲを追いかけるためにリヴラメントの丘やコンセイサンの丘に行ったり、あるいは二人、無頼の徒のようにあてもなく単純に町をぶらついたりしたものだ。それから、あの皇帝の姿！聖霊降臨祭[57]で皇帝になったキンカス・ボルバは、なかなかさまになっていた。それ以外の子どもの遊びでも、彼はいつも王や大臣や大将など、なんでも最高の地位を選んだ。とにかく粋な悪童で、風格もあれば華もあり、態度やふるまいには独特の品格があった。だからこそよけいに、あの彼が……。いや、ペンを止めよう。先回りするのはやめる。ここはまず、われわれが政治的独立を果たした一八二二年に、ひとっ跳びするとしよう。それは、わたしが生まれて初めて囚われの身となった年でもあった。

55　新約聖書『ルカによる福音書』第十四章二十三節。

56　リオデジャネイロの町の中心街にある、現在のカリオカ通り。

57　イエス・キリストの復活後、使徒たちの上に聖霊が降りたことを記念するカトリックの祝日で、十九世紀のリオデジャネイロでは、五月または六月から七月末まで二、三カ月にわたって祝祭が続いた。その祭りの皇帝役を子どもの中から選ぶ風習があった。

十四章　ファースト・キス

十七歳のときだった。口許にうっすらとひげが生えてきたので、伸ばして口ひげを生やすことにした。きりりと引きしまった快活な目、それこそがわたしの、本当に男らしい顔そのものだった。いくぶん傲慢なところがあって、大人びた子どもなのか、子どもっぽさを残した大人なのか区別がつかなかった。だがとにかく、ちょうどブーツをはき拍車をつけ、手には鞭、身体には血潮をたぎらせ、気むずかしいが丈夫で、俊足の悍馬《かんば》にまたがって人生街道を歩みはじめたばかりの、ハンサムで豪胆な美青年だった。その馬たるや、まるでロマン主義がわざわざ中世の城まで行って、われわれの世紀の街路に連れてきたような、そして昔のバラードに出てくるような馬だった。だが最悪なことに、さんざん乗りまわしたために道端で乗り捨てざるを得なくなったが、ちょうどそこへ写実主義がやってきて、馬が皮膚病に蝕まれ、蛆に食われているところをみつけ、不憫《ふびん》に思って自分の本に転載したのだった。

そう、わたしはハンサムで優美で裕福な青年だった。だから、わたしのところに思わせぶりな顔で寄ってきたり、媚《こ》びるような目で見あげたりする淑女が一人や二人でなかったことは、かんたんに想像がつくだろう。なかでも、とりわけわたしを捕らえて放さなかった女性は、あの……あの……。言っていいのかどうか。なにしろ純潔なこの本のこと、少なくとも意図はそう、意図は純潔そのものだ。まあ、いい。言うならぜんぶ、言わないならいっさい何も言わないこと。わたしの心を捕らえたのは、スペイン女性のマルセーラ、当時の青年たちの呼び名にしたがえば〝麗しのマルセーラ〟だった。たしかにそれだけのことはあった。アストゥリアスの野菜農家の娘だとかで、それはある日、彼女が心を開いたときに本人の口から聞いたことだが、巷の説によれば父親はマドリッドのある文士で、彼女がわずか十二歳のときにフランス軍侵攻に遭い、負傷して投獄されたあげく銃殺されたことになっていた。いわゆるスペイン風逸話《コサス・デ・エスパーニャ》である。父親がだれであろうと、法律家であれ百姓であれ、とにかく本当に言えることは、マルセーラには田舎の娘らしい純朴さはなく、規範の道徳などほとんど理解できなかったことだ。いい娘で、快活でくったくはなかったが、豪勢に、せわしなく、金と若い男を相手に町じゅう自由奔放に四輪馬車を走らせることは許されなかったから、多少は時代の厳格さに潰され気味だった。その年は、シャヴィエールとかいう結核わずらいで金持ちの――まさに真珠のような――男に死ぬほど夢中になっていた。

彼女を初めて見たのは、ホシオ・グランジ広場[58]だった。独立宣言が出された直後の花火が照らす夜のこと、まさに春の祭典、人民の魂の黎明だった。われわれ、つまり人民とわたしはともに若かった。幼年時代を卒業し、若き血潮をぎらぎらとたぎらせていた。人力車から降りてくるところを見かけた彼女は、愛らしくあでやかで、すらりと波打つ不敵な体には、清純な女性にはぜったいない何かがあった。「ついていらっしゃい」彼女が下男に言った。するとわたしが、あたかも命令が下されたかのように、下男同然についていき、朝日をいっぱいに浴び、胸を高鳴らせて恋に落ちるにまかせた。途中で、〝麗しのマルセーラ〟という掛け声を聞いて、その名はすでに叔父のジョアンの口から聞いていたことを思いだし、こうしてわたしは、正直に言おう、よろめいてしまった。

三日後、叔父がこっそり、カジュエイロスで開かれる若い女性たちの夜会に行ってみないかと誘ってくれた。行ったら、マルセーラの家だった。重い結核をわずらうシャヴィエールが晩餐会のホストで、わたしはほとんど、いや、いっさい何も食べず、ただただ家の主をみつめていた。スペイン女性のなんと可憐《かれん》なこと！　ほかにも数人の女性——全員がその道の人——がいて、どの女も美しく魅力的だったが、なんといってもそのスペイン女性は……。熱狂、数口のワイン、高慢で短慮な性格、これらすべてが、わたしをひとつの行動に向かわせた。帰りがけの玄関で、わたしは叔父に少し待ってくれるように言うと、ふたたび階段を駆けのぼった。

「あら、何かお忘れ？」踊り場に立っていたマルセーラが訊いた。

「ハンカチです」

応接間に戻るための道を彼女が開けてくれたそのとき、わたしは彼女の手を摑むと自分のほうに引き寄せ、接吻した。彼女が何かを言ったか叫んだかどうか、だれかを呼んだかもまったくわからない。とにかくわたしは再び階段を、台風ほどの勢いで、酔っぱらいのようにおぼつかない足取りで駆けおりた。

58　リオデジャネイロ市の現チラデンテス広場。

十五章　マルセーラ

ホシオ・グランジからマルセーラの心までは三十日を要したが、そのときに乗っていたのは、もはややみくもの欲望に駆られた悍馬ではなく、狡知さとしぶとさを兼ねそなえた忍耐のロバだった。というのも、女性の気を惹きつける方法にはふたつあって、ひとつはエウローペ[59]の牡牛に代表される乱暴な方法。もうひとつはレダ[60]の白鳥やダナエー[61]の黄金の雨のような婉曲な方法なのだが、これらは三つともゼウス神の発案であり、さすがに時代遅れだということで、馬とロバに換えられたのだ。わたしがそのためにどんな策略を使ったかは言わない。何を貢《みつ》いだかも、どれだけ確信と恐怖に交互に見舞われたかも、どれだけ期待に裏切られたかも、そしてそれ以外、この準備段階でどんなことが起こったかもいっさい言わない。ただ、ロバが十分に悍馬に匹敵するはたらきをしたことは言っておこう——サンチョの、まさに哲人とも言うべきそのロバは、わたしをさっき述べた期間内に彼女の家へ届けてくれた。わたしはロバを下り、尻をポンと叩いて草を食《は》ませてやった。

わが青春の初めてのときめきよ、おまえがどれだけ甘かったことか！　きっと聖書の創世にある初めての太陽の効果も、そうだったのだろう。さあ、花咲く世界の地表をさっと照らし出した、初めての太陽の効果を想像してほしい。そう、まさにそれだった。友である読者よ、もしあなたがもう十八歳というときを経験ずみならば、あそうだったと思いだすにちがいない。

わたしたちの熱愛には、いや熱愛というより、関係か、どんな呼び方でもいいが、それにはふたつの時代、すなわち執政官の時代と皇帝の時代があった。前者は短く、シャヴィエールとわたしが統治したが、彼はまさか自分がローマの統治をわたしと分かち合っているとは絶対に信じようとしなかった。だが、もはやその自信が証拠に勝てなくなると、シャヴィエールはついにバッジを外し、わたしは全権を掌握した。カエサル時代の到来である。わたしの天下。だが悲しいかな、それは無償ではなかった。わたしは金を集め、それをふやし、作り出す必要に迫られた。最初は父の甘さにつけ込んだ。父はわたしが頼むものは何でも、叱ることもなくその場で、冷たい顔ひとつせずにくれた。周りには、若いのだから、自分もかつてはそうだったと言った。だがいかんせん、度が過ぎた。父は少し懐を引きしめ、その後もどんどん、どんどん締めた。今度は母のところへ行き、こっそりといくらかを融通してもらった。しかし、そんなものは高《たか》が知れている。わたしは、最後の手段に出た。父の財産を担保に金を引き出しはじめ、いつの日か利子をつけて返すことで借用書に署名した。

本当にもう、とマルセーラは、わたしが絹製品や宝石を持っていくたびに言った。本当にあなたって人は、喧嘩する気……？　こんなことして……こんなに高価なものを……。

だが、宝石であれば、そう言いながらも指と指のあいだにそれを置いて見入り、わざわざいちばん明るいところへ行ってじっさいにはめ、笑いながらせわしない心からのキスを何度も浴びせてくれた。口では文句を言っても、目からは幸せがあふれ、わたしはそんな彼女を見るだけで幸福を実感した。わが国の古い金貨が大好きで、わたしは手に入るかぎりを持っていった。マルセーラはそれらをひとまとめにして鉄製の小箱にしまい、その鍵がどこにあるかはだれも知らなかった。奴隷を怖れて隠していたのだ。カジュエイロスの家は持ち家だった。家具は重厚で質もよく、ジャカランダ製で彫刻が施されて、ほかのすべても同様だった。装飾品、鏡、水差し、食器――これはインド製のみごとな品で、控訴院判事からの贈り物だった。このくそ食器め、見るだけで神経にさわった。それをわたしは、何度も持ち主に直接言った。彼女の昔の恋の戦利品を見るたびに覚えたいら立ちを隠さなかったのだ。わたしが言うのを聞いて彼女は笑ったが、そこにはある清らかな表情が浮かんでいた――清らかさと、それ以外の何かがあったのだが、それが何だったか当時のわたしにはわからなかった。だが、今ならわかる。その一件を思いだして思うのは、おそらくそれは複合的な笑いで、たとえば、シェイクスピアの魔女とクロプシュトック[63]の熾天使《してんし》のあいだに生まれる人物が浮かべるような笑いだった。説明になっているかどうかわからない。とにかく彼女は、わたしのなかに遅まきの嫉妬が生まれたと知るや、好んでそれを刺激しているように思えた。いつかもそうだった。あれはわたしが、彼女がある宝石店で見かけたという首飾りを持っていってやれなかったときのこと。彼女は、ちょっと冗談を言っただけ、わたしたちの愛にはそんな俗っぽい刺激は必要ないと言った。

「わたしに対してそんな悲しいことを考えたら、赦さないわよ」と指で威嚇し、話を切りあげた。

だがすぐにまた、まるで小鳥のようにとつぜん、両手を開いてわたしの顔を覆い、わたしを自分のほうに引きよせて、子どもの悪戯のように愛らしくふるまった。それから籐の長椅子にもたれかかると、先ほどの話をさらりと、まったく悪びれることなく蒸し返した。彼女の愛情を金で買おうなんて絶対に赦さない。これまで見かけは売ってきたけれど、真の姿はわずかな人のためにとってある。たとえばドゥアルチ、あのドゥアルチ少尉の場合もそうで、二年前、彼女は本気で愛していたけれど、彼は相当の犠牲を払わないと高価な贈り物ができなくて、それはちょうど今のわたしのようだった、だから値の張らないものしか遠慮なく受け取らなかった、たとえばこの金の十字架がそう、これは、いつかお祭りのときにくれたもの。

「この十字架よ……」

そう言って手を胸元に入れ、首から青いリボンに通してかけている金の十字架を取りだした。

「あれ、でもその十字架って」わたしは言った。「きみのお父さんからもらったんじゃ……」

マルセーラは憐れむように首を振って言った。

「嘘だって気づかなかったのね。あなたを悲しませたくなかったから言わなかったの。さあ坊《シキット》や、いらっしゃい。そんな風にわたしのこと疑っちゃいや……。たしかにほかの男を愛したわ。でも、それが何なの、終わってるんだもの。わたしたちだって、いずれは別れるわけだし……」

「そんなこと言わないでくれ！」わたしは叫んだ。

「すべては終わるもの。いずれは……」

最後まで言い終えられなかった。嗚咽《おえつ》に声を詰まらせながら彼女は両手を差しのべ、わたしの手を取ると、わたしを胸に抱きよせて耳元でささやいた「ぜったい、ぜったいに終わらないわね！」。わたしは目を潤ませて感謝した。翌日わたしは、彼女がいらないと言ったその首飾りを届けた。

「ぼくのことを思いだしてもらえるように、別れたあとも」わたしは言った。

マルセーラは最初こそ怒って黙っていたが、そのあとの行動はみごとだった。首飾りを街路に投げ捨てようとしたのだ。わたしは彼女の腕を押さえ、そんなばかな真似はやめて、首飾りを受け取ってくれと頼んだ。彼女はにっこり微笑んで受け取った。だが、彼女はわたしのそうした犠牲にじゅうぶん応えてくれた。わたしの心の奥底の思いまでを見透かし、彼女が応えてくれなかった欲望はひとつとしてなかった。心を込め、無理をせず、言わば良心と必要性という心のルールにしたがって。欲望はひとつとして理性的であったためしはなく、それはつねに純粋な気まぐれで子どもっぽく、たとえばこんな服装をしてくれとか、あんな飾りをつけてくれとか、洋服はこれではなくあれがいいとか、散歩に行こうなどといったもので、彼女はなんでもにこにこと口達者に聞き入れてくれた。

「あなたはきっとアラビアの出身ね」

そう言いながら、うっとりするほど従順に、ドレスやレースやイヤリングをつけてくれた。

59　ギリシア神話の中のゼウスが恋した相手で、ゼウスは白い牡牛の姿をとって彼女に近づいた。彼女はやがて牡牛の背に乗って海を渡り、クレタ島に上陸、愛を交わす。

60　ギリシア神話の中で、ゼウスが白鳥の姿となって交わった女性。ヘレネー、ポリュデウケースが生まれた。

61　ギリシア神話の中で、ゼウスが黄金の雨に身を変じて、彼女のひざに流れいって交わった。ペルセウスが生まれた。

62　南米原産のマメ科の樹木で、家具用の最高級材。ブラジリアン・ローズウッドと呼ばれることもある。

63　フリードリヒ・ゴッドリープ・クロプシュトック（一七二四〜一八〇三年）。ドイツ古典主義時代初期の代表的詩人。

十六章　非道徳的な考え

ここでふと非道徳的な考えが浮かんだが、これにともない、文体の修正を一カ所しなくてはならない。たしか十四章だったたか、わたしはマルセーラがシャヴィエールに死ぬほど夢中だったと書いた。だが、死んではいず、生きていた。生きると死ぬのは同じではないと、そちらの世の宝石屋は全員そう口をそろえる。なにせ、文法には通じた連中だ。よき宝石屋よ、もしあなたがたの宝石と信用買い制度がなかったら、いったい今ごろ、愛はどうなっているだろう？　なにしろ世界の心の取り引きの三分の一か、五分の一を占めるのである。これこそがわたしの検討しようとした非道徳的な考えなのだが、非道徳的というより、不明瞭か。というのも、わたしの言いたいことはおわかりいただけないだろうから。つまり、わたしが言いたいのは、世界一美しい頭は、高級な宝石のティアラをつけてもその美しさが減ることはなく、またそれが受ける愛も減らないということだ。たとえば、マルセーラはたいそう美しく、またわたしを愛してくれた……。

十七章　空中ブランコとその他のことについて

……マルセーラはわたしを、十五カ月間と十一コント分愛してくれた。そんなに、である。父は、十一コントのことを風の便りに聞きつけると、本気で飛びあがった。いくらなんでも若気の至りの限界を超えていると思った。

「こうなったら」父は言った。「ヨーロッパに行け。大学に留学だ。コインブラがいいだろう。おまえにはまじめな人間になってほしい。怠け者や泥棒はだめだ」。わたしが驚いた表情をすると、「だってそうだろうが。まさに、泥棒だ。おれが息子にされたことは、それ以外の何ものでもない……」

父はポケットから、すでに父によって清算されたわたしの借用書を取りだし、わたしの顔の前でそれを振りながら言った。「見ろ、このドラ息子。これが家名を守るためにやることか？　おまえは、おれやご先祖さまが賭博や遊びにうつつをぬかしながら金を稼いだとでも思っているのか！　この道楽者が！　今度ばかりは心を入れ替えろ、じゃないと、無一文になるぞ」

父は激怒していたが、怒りは抑えぎみで短かった。わたしは黙って聞き、留学の命令にもそれまでとは違って逆らわなかった。マルセーラを連れていこうと企んでいたのだ。彼女のところへ行った。危機を訴え、提案した。マルセーラはじっと宙をみつめながらわたしの話を聞き、すぐには答えなかった。わたしがしつこく言うと、自分は残る、ヨーロッパへは行けないと言った。

「どうして？」

「行けないわ」と辛そうに言う。「あちらの空気は吸えないわ、哀れな父さんを思い出すもの、ナポレオンに殺された……」

「どっちのお父さん？　野菜作りのほう？　弁護士のほう？」

マルセーラは眉間にしわを寄せてセギディーリャス[64]を口ずさんだ。それから、暑いとこぼし、アルア[65]を一杯持ってくるよう言った。女奴隷が銀盆に載せて運んできたが、それもわたしの十一コントのうちだった。マルセーラは飲み物をていねいに注いでくれた。だがわたしの返答は、その銀盆を、コップもろとも手で打ちはらうことだった。

液体が膝にこぼれ、その拍子に黒人女が声をあげ、わたしは出ていけと叫んだ。二人になると、絶望の思いのたけをぶちまけた。それではまるで、怪物だ。わたしのことなどいちども愛してくれたことはないのだろう、わたしをどん底に突きおとし、心からの謝罪の言葉ひとつない。わたしはさんざんののしり、ひどく取り乱した。マルセーラはじっと座ったまま、爪で歯をかちかち叩き、まるで大理石像のように冷たかった。思わず絞め殺してやりたくなった。それが無理でも、せめて足で踏みつけて辱しめてやりたかった。たぶん、そうしようとしたはずだった。ところがじっさいの行動は別だった。なんとわたしは、自分から彼女の足もとに身を投げだし、後悔のあまり懇願しはじめたのだ。彼女の足に接吻し、その数カ月間の二人だけの幸せな日々をふりかえり、昔どおりのやさしい呼びかけを何度もくりかえしながら床に座りこみ、彼女の膝のあいだに頭を突っこんで、手をしっかりと握りしめた。しゃくりあげながら、半狂乱になって涙ながらに頼んだ。どうか見捨てないでくれ……。マルセーラは、ほんのわずかのあいだわたしを眺め、二人とも押し黙ったあと、とうとうやさしくわたしを引き離して、呆れたように言った。

「うんざりさせないで」

立ちあがると、まだ濡れている衣服をはたいて、寝室のほうへ歩いていった。「だめだ！」わたしは叫んだ。「入っちゃだめだ……。そんなのいやだ」。彼女の両手をとろうとしたが、遅かった。彼女は部屋に入り、閉じこもってしまった。

わたしは茫然とそこを出た。だれもわたしだとわからないような、人気《ひとけ》のない怪しげな街区をさまよいながら、死ぬような二時間を過ごした。絶望をやけ食いのように噛みしめつづけた。これまでの恍惚の日々や時間や瞬間を思い起こし、それらこそが永遠で、先ほどのはすべて悪夢だと信じて喜びに浸ったかと思うと、自分をごまかして、そんな思い出なんて無益な重荷にすぎないと打ちはらった。そしてただちに船で旅立ち、人生に区切りをつけようと決めた。わたしの出立を知ったらマルセーラはきっと恋しさと後悔で苦悩するだろう、いい気味だと思ったのだ。なんたって気が変になるほどわたしを愛してくれているのだから、何かは感じてくれるはず、思い出のどれかひとつぐらいは、あのドゥアルチ少尉のように……。と、そこで嫉妬の歯がわたしの心にかみついた。自然全体が、マルセーラは連れていくべきだと叫んだ。

「なんとしても……。首に縄をつけてでも……」わたしはこぶしで宙を殴りつけながら言った。

そこへ、救いのアイデアが浮かんだ……。おお、わが罪の空中ブランコ、秘蔵の発想の空中ブランコよ！　救いの妙案が、膏薬の発案と同じように、漕ぎだした（二章）。そのアイデアとはほかでもない、彼女を魅了すること、とことん魅了し、陶酔の境地に至らせ、引きずっていくこと。泣きすがるよりも、もっと具体的な方法で頼むことを思いついた。結果は考えなかった。わたしは究極の借金に頼った。オゥリーヴィス通り[66]へ行き、町で最高級の宝石、象牙の櫛にはめ込まれた三つの大きなダイヤモンドを買い求め、マルセーラの家に走った。

マルセーラはハンモックに身をもたせ、気だるそうに片足を垂らし、絹のストッキングをはいた小さな足を覗かせ、髪はばっさりおろして、眠たそうに静かな目をしていた。

「いっしょに行ってくれ」わたしは言った。「資金は用意した……。金はたくさんある、欲しいものはなんでもある……。ほら、受け取ってくれ」

そう言うと、ダイヤモンドの櫛を見せた。マルセーラはかるく驚いて半身を起こし、片肘をついて身体を支え、ほんの短いあいだ櫛に目をやったが、すぐに視線をそらした。完全に自分を抑えていた。そこでわたしは両手を伸ばして彼女の髪を手に取り、すばやく束ねておおざっぱに結いあげ、ダイヤモンドの櫛で留めた。それから後ろに下がり、もういちどそばに寄って髪の乱れを整え、片ほうを引っぱり、曲がりなりにも左右のバランスをとったが、すべてに、こまやかさと母親のような愛情を込めた。

「さあ、できあがり」わたしが言った。

「ばか！」これが最初の反応だった。

だが次の反応は、わたしを抱き寄せ、わたしの献身に接吻で報いることだった。すべての中でもっとも熱い接吻。それから櫛を外し、材質と作りを褒めるあいだも、わたしのほうをちらちらと見ながら首をふりふり、叱るように言った。

「あなたって人は！」

「いっしょに来てくれるね？」

マルセーラは一瞬考えた。わたしから壁へ、壁から宝石へと視線を移すときの表情は気に入らなかったが、きっぱりとこう答えてくれたときには、すべての悪印象が消えた。

「行くわ。出発はいつ？」

「二、三日後」

「行くわ」

わたしはひざまずいて感謝した。最初のころのマルセーラが戻っていたので、それを言うと、彼女は微笑んで宝石をしまいに行き、わたしはそのあいだに階段を下りた。

64 スペイン・アンダルシア地方の舞曲。
65 発酵させたトウモロコシの粉に、パイナップルの皮、おろした生姜、レモンなどの果汁、サトウキビの汁などを入れて作った飲み物。十九世紀には、貧しい層の人々や奴隷たちのあいだで、よく飲まれた。
66 リオデジャネイロ市内にある現ミゲル・コウト通りで、十九世紀には貴金属店が密集していた。

十八章　廊下の幻像

階段を下り終わると、暗い廊下の奥でわたしはひと息つこうとして立ちどまり、自分自身をまさぐり、まとまらない考えを呼び起こし、多くのあい反する奥深い感覚が入り混じるなかで、ようやく自分を取りもどした。幸せを実感していた。ダイヤモンドが多少はその幸せに影を落としていたのもたしかだが、美女がギリシア人と彼らの贈り物の両方を十分に愛せることも、それに劣らないほどにたしかなことだった。それにわたしは、愛しのわがマルセーラを信じていた。悪いところはあるが、わたしを愛してくれている……。

「天使だ！」わたしは廊下の天井を見上げながらそうつぶやいた。

と、そこで目にしたのは、まるでせせら笑うようなマルセーラの目。つい先ほどまでわたしに一抹の疑念を投げかけていたあの視線、それが、ある鼻の上から火花を散らしていたが、その鼻とはバクバラーのものであると同時に、わたしのものでもあった。『千夜一夜物語』の、哀れな恋する男バクバラーよ！　わたしはまさにそこで、高官の妻を追って廊下をずっと走っていくおまえを見た。女は持てるものでおまえを誘い、おまえはひたすら走って、走って、走りつづけ、ついには長い並木道に行きあたり、そこから通りに出ると、全ての革細工職人からいっせいに嘲りを受け、めった打ちにされた。すると、なにやらマルセーラの廊下が並木道に、通りがバグダッドのもののように思えてきた。じっさい、玄関に目をやれば、歩道には三人の革細工職人が立ち、ひとりは聖職衣、もうひとりは制服、三人目は平服を身につけ、その三人が揃って廊下に入ってきて、わたしの両腕を掴んで馬車に乗せ、右には父、左には神父の叔父、御者台には制服の男、わたしは警察長官の家へ連行され、そこからリスボン行きらしきガレー船に乗せられた。わたしがどれだけ抵抗したか、想像してほしい。だが、どんなにあらがっても無駄だった。

三日後、わたしは打ちひしがれ、黙りこくったまま湾口を出た。まったく泣かなかった。固定観念があったからだ……。忌まわしき固定観念よ！　このときの固定観念は、マルセーラの名前を連呼しながら海へ飛び込むことだった。

十九章　船上で

乗客は十一人、頭を病んだ男と付き添いの妻、外遊に出る二人の青年、実業家四人と使用人二人だった。父はわたしのことを全員に頼み、まずは船長のところへ行ったが、彼は自分のことだけでも大変だった。というのも、ほかのことに加えて、彼は末期の結核を患う妻を連れていたからだ。

船長はわたしの不吉な計画に感づいたのか、あるいは父がひとこと言っておいたのか、とにかくわたしから目を離さず、どこへ行くときもわたしを呼んだ。自分がいっしょにいられないときには、妻のところへ連れていった。妻はほとんどいつも寝椅子で過ごし、ひどい咳をしていたが、自分がリスボンの郊外を案内すると請けあった。痩せてはいなかったが透きとおり、いつ死んでもおかしくなかった。船長は死期が近いことを信じないふりをしていたが、そうやって自分をごまかしていたのだろう。わたしは何も知らず、また何も考えていなかった。こんな海のただなかで、結核の女性の運命などわたしとどんな関係があろう？　わたしにとっての世界は、マルセーラだった。

　ある夜のこと、一週間ほどたったころだっただろうか、わたしは死ぬための絶好の機会をみつけた。注意を払いながら甲板に上がったが、船長が舷側のところで遠く水平線をみつめていた。

「嵐ですか？」

「いや」と、びくっと震えて答えた。「いや。この夜のすばらしさを味わっているんですよ。ほら、天国みたいでしょう！」

　この人物には似合わないもの言いで、荒々しいその風貌は一見、その凝った表現からかけはなれていた。わたしは彼をみつめた。船長はわたしの驚きを愉しんでいるようだった。何秒かして船長はわたしの手を取り、月を指して、夜に捧げる頌歌《オード》を作らないかと訊いてきた。わたしは自分は詩人ではないと答えた。船長は何かをつぶやいたが、二歩ほど進み出ると、ポケットに手を突っこんで皺くちゃになった紙を取り出した。それからランプの灯りにかざし、ホラティウス風[67]の海の人生の自由をうたったオードを詠んだ。彼の作だった。

「どうかね？」

なんと答えたかは覚えていない。とにかくわたしの手を力強く握りしめ、しきりに礼を述べていたことは覚えている。それからすぐに、今度はソネットを二編暗誦した。さらにもうひとつ詠もうとしたそのとき、奥さんが呼んでいるという知らせがきた。「すぐに行く」と言い、三編目のソネットをゆっくりと心をこめて暗誦した。

わたしは独りになった。ところが、船長のミューズがわたしの精神から悪い考えを吹きはらってしまっていた。わたしは、死の代行でもある睡眠を選んだ。翌日起きたら、船は嵐の中で、頭を病んだ男以外の全員が恐怖に慄《おのの》いていた。頭を病んだ男は、娘が迎えに来た、四輪馬車で来たと言いながら、ぴょんぴょん飛び跳ねていた。娘の死が原因で発狂したのだとか。いや、わたしは絶対に忘れない。大勢の人が見守り、大風が唸りをあげて吹き荒れるなかで、飛び出んばかりの目をして、真っ青になり、長い髪を逆立てて歌い踊りつづけた、あの哀れな男のおぞましい姿を。ときおり立ちどまっては骨ばった両手を挙げ、まずは指で十字を切り、次に格子、それからいくつか輪を描いて、げらげらと手のつけようもなく笑う。もう彼の妻の手には負えなかった。死の恐怖にとりつかれて、天の諸聖人に向かってひとり祈るしかなかった。ようやく嵐が弱まった。正直に言えば、それはわたしの心の嵐にとって最高の気晴らしになった。ついさっきまで自分から死を迎えようとしていたわたしが、いざそれが向こうからやってくると、それをまともにみつめることはできなかった。

船長が、怖くはなかったか、危ない目には遭わなかったか、なかなか崇高な光景ではなかったかと訊いてきた。すべてが友人としての興味からだった。とうぜん、話は海の人生の話題になった。船長は、漁歌は好きかと訊いてきた。わたしは正直に、それがどういうものか知らないと答えた。

「お聞かせしよう」彼は言った。

そうして小さな詩を暗誦し、それからもう一編――牧歌を――詠み、ついには五編のソネットを詠むことになり、それをもってその日の文学談義は幕を閉じた。翌日は、船長は何を暗誦するでもなく、まずは海の職業に就くことになったのも深い理由《わけ》があったからだと、説明をはじめた。祖母が彼を神父にしたかったからという。事実、彼にはいくらかのラテン文学の素養があった。けっきょく神父にはならなかったが、詩は天職だったから、詩人であることはやめなかった。それを証明するためか、彼はすぐにその場で何百編もの詩を暗誦した。わたしはある現象に気がついた。あまりに彼が身ぶりや手ぶりを使うのでいちど笑ってしまったのだが、船長は暗誦しているとき自分の内面ばかりをみつめていたため、それ以外のものは何も見えず、また聞こえてもいなかった。

日は過ぎ、海も、詩も、そして、それとともに彼の妻の命も、少しずつ流れ過ぎていった。もうほとんど先はなかった。ある日、朝食のすぐあとで船長が、週末まではもたないだろうと言った。

「そんなにはやく！」わたしは叫んだ。

「夜中は容態がかなりひどくなってね」

見舞いに行った。たしかにほとんど死にかけていたが、それでもまだ、リスボンで数日休んだらいっしょにコインブラへ行こう、わたしを大学へ連れていくことが目標だからと言った。わたしは居たたまれず、奥方のところを離れた。船長のところに行くと、彼は舷側に当たっては砕ける波を眺めていて、わたしは慰めの言葉をかけた。船長は礼を言い、自分たちの愛の日々を語り、妻の貞節と献身を褒めたたえ、彼女のために作った詩があると言って、それを諳《そら》んじてくれた。ちょうどその最中に、妻のところから呼び出しがかかった。いっしょに駆けつけると、危篤状態だった。その日とその翌日は壮絶だった。三日目は、死だった。わたしはその光景に耐えきれず、その場から逃げた。三十分後、ロープの束の上で頭を抱えて座る船長の姿があった。追悼の言葉を述べた。

「聖女のような死だった」船長は答えた。だがこの言葉を弱さととられまいとしてか、船長はすぐに立ちあがって頭を振ると、しばらくのあいだ感慨深げに水平線をみつめた。「さあ、開かずの墓に送るとするか」

事実、その数時間後、遺体は慣例の儀式にのっとって海に投げ入れられた。悲しみが全員の表情をふさぎこませた。遺された夫の顔つきは、激しい雷にやられた丘のようだった。重い沈黙。波がぽっかりと腹を割り、遺体を呑み込んで閉じた――かすかな襞――参列者は散りはじめた。わたしはそのまま数分ほど船尾に留まり、じっと一点をみつめた。仲間の一人が眠る、海の不確かな一点を……。そこから船長のところへ行って、悲しみをまぎらそうとした。

「ありがとう」彼はわたしの意図を汲んで言った。「ご厚意はぜったいに忘れない。神の報いがありますように。かわいそうなレオカディア! おまえは天でぼくたちのことを思い出してくれるね」

不覚の涙を袖で拭った。わたしは慰めを彼が生きがいとする詩に求めた。彼が詠んでくれた詩を話題にし、それを活字にしたいと申しでた。船長の目が少し元気を取りもどした。「お願いしようかな」とは言ったが「でも、わからない……出来はまだまだだから」。わたしはそんなことはないと言い切り、作品をまとめて、船を下りる前に渡してほしいと言った。

「かわいそうなレオカディア！」彼はわたしの依頼に答えずにつぶやいた。「遺体が……海に……天……船……」

翌日、船長はわたしのところにきて、作ったばかりの哀歌を詠んでくれたが、そこには妻の死と水葬の様子がうたいこまれていた。真に心のこもった声で、手を震わせながら詠じてくれた。最後に、詩は失った宝に値するだろうかと訊いてきた。

「しますとも」わたしは答えた。

「出来はよくないかもしれないが」と、一瞬間をおいて続けた。「心はだれにも否定できない。ただ、もしその心が詩の完璧さを邪魔していなければ、だが……」

「そんなふうには思えません。完璧な詩だと思います……」

「そう、そうだといいが……。船乗りの詩だ」

「詩人の船乗りですね」

彼は肩をすくめて視線を紙に落とすと、もういちどその詩を詠みあげたが、そのときにはもう震えはなく、文学的な意図を強調し、イメージと詩句の音楽性に重きを置いていた。最後に、彼の作品のなかでもっとも完成度の高いものになったと言った。わたしもそう思うと言うと、彼はわたしの手を強く握りしめ、わたしの洋々たる未来を予言した。

67　古代ローマ時代のラテン文学黄金期の詩人で（紀元前六五〜紀元前八年）、主な作品に『風刺詩』、『詩集』、『詩論』がある。

二十章　わたしは卒業する

洋々たる未来！　この言葉が耳の奥で高く響きわたるあいだ、わたしはふたたび視線を遠くに投げかけ、ぼんやりと浮かぶ神秘の水平線に目をやった。あるアイデアが別のアイデアを追いだし、野望がマルセーラを打ちくずした。洋々たる未来？　博物学者か文人か、考古学者か銀行家か政治家か、はたまた司教か、――司教でもいい――とにかく地位と箔、名声と高い位さえあれば。野望がこのとき、まるで鷲のヒナのように卵の殻を中からやぶり、黄褐色のするどい瞳を覗かせた。愛よ、さらば！さらば、マルセーラ！　恍惚の日々、金に糸目をつけぬ宝石、放埒な生活、さらば！わたしはこれから苦労と栄光へ向かうのだ、おまえらは子どもの半ズボン時代に置いていこう。

こうしてわたしはリスボンで下船し、コインブラへと向かった。大学ではきびしい学課が待っていた。わたしはそれをごく平凡に修め、だからといって学位を取り損ねることはなく、所定の年限を修了した時点で、厳粛なスタイルにのっとってそれを授与された。華麗な祝典が、わたしを誇らしさと名残り惜しさ《サウダージ》でみたした――主として名残り惜しさだったか。わたしはコインブラで派手な浮き名を流していた。放埒で軽佻浮薄で、騒ぎばかり起こす生意気な学生で、アヴァンチュールづけで、実践的なロマン主義と理論的な自由主義を実行し、黒い瞳と書面上の憲法を信奉していた。脳内に定着したとはとてもいえない学問を、大学が羊皮紙によって保証してくれたその日には、正直に言おう、誇らしく思った半面、騙《だま》されたような気分になった。つまり、こういうことだ。学位とは、奴隷解放証書なのだ。たしかに自由も与えてくれたが、責任も与えられた。わたしはそれをしまい、きわめて落胆しながらモンデーゴ[68]の川岸を後にしたが、早くもいくらかの衝動と好奇心と欲望を感じていた。他人を押しのけ、権勢をふるい、大いに楽しんで生きたいと――つまり大学生活を、このあともずっと続けたいと……。

68　コインブラの町を流れる川。

二十一章　ロバ引き

そんなとき、わたしの乗っていたロバがいきなり止まった。鞭を入れると、まずは二度、それから三度跳ね、さらにもう一度跳ねてわたしを鞍から振り落としたが、悲惨だったのはわたしの左足が鐙《あぶみ》に引っかかったことだ。とっさにロバの腹にしがみつこうとするが、そのときにはもう、ロバはびっくりしてそのまま街道を駆けだした。いや、言い方が悪い。駆けだそうとして二度跳び上がったが、ちょうどそこに居合わせたロバ引きが、すんでのところで手綱を引いて取り押さえてくれたのだ。そのロバ引きが、なんの苦労もなんの危険も冒さなかったわけではない。わたしは、ロバが押さえられたところで、足を鐙からはずして立ちあがった。

「危機一髪でしたよ」ロバ引きは言った。

そのとおり。もしロバがあのまま走っていたら、わたしは大けがをし、その悲劇の結末に死が待っていなかったとは言えない。頭が割れるか鬱血するか、どんな障害が脳内に起こっても、満開のわたしの学問はパア。ロバ引きはおそらく、わたしの命を助けてくれた。きっとそうだ。わたしはそれを、どきどきと心臓を打たせる血の中で実感していた。よきロバ引きよ！　わたしが自分を取りもどしているあいだ、彼は丁寧にロバの鞍を、それはみごとな手さばきで調《しつら》えてくれた。わたしは持ち合わせの五枚の金貨のなかから、三枚やることにした。それがわたしの命の値段だからではない――命に値段はつけられない。わたしを救い出すために見せてくれた献身ぶりに値するからである。よし、金貨三枚をやろう。

「準備できました」彼が手綱を差しだしながら言った。

「いや、もうちょっと」わたしは答えた。「そっとさせてくれ。まだ立ち直っていない……」

「何をおっしゃいますか！」

「だって、死にかけたんだよ」

「たしかに、あのままロバが走っていればそうなった可能性はありますが、神さまが助けてくだすったおかげで、事なきを得ました」

わたしは荷袋のところへ行って古チョッキを取りだしたが、そのポケットには五枚の金貨があり、わたしはそのあいだも礼として多すぎはしないか、二枚で十分ではないかと考えていた。いや、一枚か。じっさい、一枚でもじゅうぶん喜びに震えるだろう。服装を観察した。どうせ金貨なんて一度も目にしたことがない、そこいらの貧乏人だ。ならば、一枚か。取りだすと、太陽にきらりと反射した。ロバ引きには見えていない、わたしは彼に背を向けていたから。だが、おそらく察したのだろう、ロバに向かって意味ありげに語りかけはじめた。たしなめているのだ。ちゃんと言うことを聞かないと、「ドトール様」にお仕置きされるぞと。父親ばりのモノローグ。おお！接吻の音まで聞こえた。ロバ引きがロバの額にキスをしたのだった。

「おいおい、やるね！」

「すみません、こいつったら、あまりに愛嬌たっぷりの目で見るもんで……」

わたしは笑い、迷ったあげくにクルザード[69]銀貨を一枚握らせると、ロバに跨《またが》りゆっくりと歩を進めはじめたが、いくぶん恥ずかしくもなった、というより銀貨の効果に多少の不安を覚えていたと言ったほうがいい。だが数メートルほど行ったところで振りかえると、ロバ引きはふかぶかとお辞儀をし、見るからに嬉しそうだった。あれでよかったのだと自分に言い聞かせた。じゅうぶんに支払ったか、いや、むしろ払いすぎたかもしれない。身につけていたチョッキのポケットに指を突っこんで、数枚の銅貨の感触を確かめた。ロバ引きにはこっちのヴィンテイン[70]をやるべきだったか、銀貨ではなく。奴だってべつに、何かの見返りを期待してやったわけでもないし、徳を積もうと思ったわけでもなく、ただ自然の衝動と性格と、職務上の習慣に従っただけのこと。それに、ちょうどその場に居合わせたこと、つまりそのあとでも先でもなく、まさにその悲劇の瞬間に居合わせたことじたいが、神の摂理の単純な道具だったようにも思えた。考えようによっては、その行為の意義は、実質ゼロなのだ。そう思ったらとたんに落ちつかなくなり、自分はなんと浪費家なのだろう、昔の蕩尽《とうじん》にもこりず、さらにクルザード銀貨をどぶに捨ててしまったのか。わたしは（もう何もかも言ってしまえ）、後悔した。

69　クルザード銀貨は、百レイス、二百レイス、四百レイス、八百レイス、千二百レイスのものがあった。
70　ヴィンテイン銅貨は、二十レイスに相当し、当時最小値の貨幣だった。

二十二章　リオへの帰還

　ロバの野郎、おまえのせいでわたしの思考の糸が切れてしまった。こうなったらもう、そこからリスボンまでのあいだに何を考えたかも、リスボンで何をやったかも言わないし、イベリア半島やそれ以外のヨーロッパでのことや、当時、若返っているように見えた旧ヨーロッパのことも言うまい。ロマン主義の黎明に立ち会ったこと、自分もイタリアの懐に抱かれて流行の詩を作ったことも言わない。何も言わないことにする。そんなことをしたら旅行日誌になってしまい、回想記ではなくなるし、これは回想記なのだから、対象は人生の本質だけなのだ。

　放浪の旅を始めて数年ほど経ったころ、わたしは父の懇願に応じた。「帰ってこい」、父は最後の手紙で訴えてきた。「早く帰ってこないと、母さんは死んじゃうぞ！」　この最後の言葉は衝撃だった。わたしは母を愛していた。今でも、船の上で祝福してくれた母の姿がありありと浮かんだ。「可哀想な息子よ、もう二度とあなたには会えないのね」と哀れな母はわたしを胸に抱きしめ、すすり泣いた。それらの言葉が今、まるで成就された予言のようにわたしの中でこだましていた。

じつはわたしは、いまだバイロン卿の詩情の香るヴェニスにいたのだった。そこで夢にどっぷりとつかり、あたかも「平穏なる共和国《セレニッシマ・レプブリカ》」にいるかのような気になって、昔を生きなおしていた。まさにそう。いちどは宿の主に向かって、今日は総督[71]がおでかけになる日か、と訊ねたことまであった。「総督って、なんのことです、ご主人《シニョール・》さま《ミーオ》？」はっとわれに返ったが、幻覚だったとは言わなかった。そうやって訊くのがアメリカ式の冗談なんだと言った。彼は理解を示し、アメリカ式の冗談は好きだと言いそえた。さすがは宿の主だ。だがわたしは、それらすべてを放りだした。宿の主も総督も嘆きの橋も、ゴンドラもバイロン卿の詩も、リアルト[72]の女たちも、すべてを放りだし、弾丸のように一路、リオデジャネイロへ向かった。

帰国し……。いや、これ以上、この章を引き伸ばすのはやめよう。ときどきわたしは、われを忘れて書きまくることがあり、そんなときはペンがどんどん紙を食らっていき、作者であるわたしに大きな支障を来たすことがある。長い章立てが似あうのは鈍重な読者。われわれのは二つ折り判の読者ではなく、十二折り判の読者なのだから、少ない文章にたっぷりの余白、そして優美な字体、金の小口、装飾模様……とくに装飾模様……。やめよう、これ以上、長びかせるのはやめておく。[73]

71　ヴェネツィア共和国は、現在のヴェニスを本拠として、七世紀末から一七九七年まで続いた。「ドージェ」と呼ばれる総督が独裁的な権限を持っていた。

72　ヴェニスの商業中心地。娼婦たちのいる一画があった。

73　折り判は、原紙を何回折って一ページのサイズにしたかを示す。折り数が少ないほど大型の本になる。

二十三章　悲しいが、短い章

帰国した。遠くに見える故郷を見て、新鮮な気分にならなかったとは言わない。だがそれは、政治的な祖国ゆえではない。生まれ育った場所のなせる業。道、塔、街角の水場、ショールを羽織る女性、物売りの黒人など、記憶に刻まれた子ども時代のさまざまな風物詩。まさに、復活だった。精神は小鳥のように、月日の流れをものともせずに故郷の泉へと羽ばたき、いまだ人生の濁流に呑みこまれぬ冷たい清水を飲みにいった。

よく見れば定番の表現だ。もうひとつ、悲しい定番を使うが、それは家族の悲嘆である。父は涙を流して抱きしめてくれた。「母さんはもう長くない」そう言った。事実、いま母の命を脅かしているのはリウマチではなく胃癌だった。哀れな母は無惨に苦しんでいた、なぜなら、癌は人徳とは無関係だからだ。蝕《むしば》むときは蝕む。蝕むのが務め。当時、もうコトリンと結婚していた妹のサビーナは、疲労で倒れる寸前だった。かわいそうに！　夜はせいぜい三時間しか寝ていなかった。叔父のジョアンですら悲しみに沈んでいた。ドナ・エウゼビアもほかのご婦人がたと見舞いに来て、劣らぬ悲しみと献身を見せていた。

「ああ、わたしの息子！」

痛みがしばし、執拗な手をゆるめた。微笑みが病人の顔をぱっと照らしたが、その上で死が永遠の翼を羽ばたかせていた。それは、顔というより髑髏《されこうべ》。美貌はかつての栄華のように消え去っていた。残るは骨ばかり、それ以上は痩せようがない。とても母だとはわからなかった。もう八、九年会っていなかった。ベッドのそばにひざまずき、わたしは母の両手を自分の手で包みこみ、じっと静かに黙ったまま、話す勇気も出ず、話せば言葉のひとつひとつが嗚咽に変わりそうで、それによって先がないと本人に告げることになるのを恐れた。だが、杞憂《きゆう》だった！　母にはもう、死期が近いことがわかっていた。それをわたしに言った。じっさい、わたしたちは翌朝、それを確かめた。

臨終の苦しみは長く、長く凄絶で、その凄絶さたるや精緻で冷たく執拗で、わたしの胸は悲しみと恐怖でいっぱいになった。人の死に立ち会うのは初めてだった。死は耳で聞いて知っているだけだった。見たことがあるのは、せいぜい墓地まで見送ったときの遺体の顔に浮かぶ石と化した死、あとは故事を尊師が修辞法で増幅することで、オブラートに包んだ理念としての死――カエサルが迎えた裏切りの死や、ソクラテスのおごそかな死、それから大カトーの誇り高き死。だが、この存在と非存在の戦い、痛ましい、悶え苦しむ進行形の死、政治あるいは哲学という装置も施されていない愛する人の死、これはわたしが初めて向きあうことができたものだった。泣きはしなかった。その光景のあいだも泣かなかったのを覚えている。　阿呆のような目をし、のどは締めつけられ、意識は口をぽかんと開けていた。何なんだ？　こんなにやさしい被造物が、こんなに温かく、これほど聖女のようで、いちどたりとも他人に辛い涙を流させたことのない心やさしい母が、そして汚れのない妻が、なぜこんな死に方をしなければならないのか。なぜ、情けもない病の執拗な牙の餌食となって、苦悶の死を迎えねばならないのか？　正直なところ、それらすべてがわたしにとって不可解で、理不尽で、狂気の沙汰に思えた……。

悲しい章だ。もっと明るい章に行こう。

二十四章　短いが、明るい章

わたしは失意の底に沈んだ。俗事と見栄の忠実な権化ともいうべき当時のわたしが、である。生や死の問題など、いちどたりともわたしの脳を悩ませたことがなかったし、「不可解」という淵を覗きこんだことも、その日までいちどもなかった。わたしには真髄が欠けていた、刺激や、眩惑になるべき真髄……。

まったくの真実を言えば、わたしがそのとき考え込んでいたのは、モデナ[74]で会ったある床屋の意見についてだったが、その床屋がほかの人と異なっていたのは、まさにその意見をいっさい持たないという点だった。それこそ床屋の鑑《かがみ》。散髪にどれだけ時間がかかろうが、けっして客を飽きさせなかった。手入れの合間に多くの名言や笑い話を交え、そのどれにもスパイスが効《き》いて、味があった……。それ以外の哲学はなし。わたしもそうだ。べつに、大学が何も教えてくれなかったとは言わない。だが、わたしはただ公式や語彙や骨組を暗記したにすぎない。大学の扱いもラテン語と同じだった。ヴェルギリウスの詩を三編と、ホラティウスの詩を二編、あとは道徳と政治に関する成句を一ダースほど、会話で使うためにポケットに忍ばせた。扱い方は歴史や法学も同じ。すべてのなかからわたしが集めたのは、表現法に、外皮に、装飾に……。

おそらく読者は、わたしがあまりにも赤裸々に自分の凡庸さをさらし、強調することに驚いていることだろう。だが、この赤裸々こそが死者の美徳の筆頭であることに注意してほしい。生前は、世間の目や利害の対立、欲の攻防のせいで、われわれはどうしても古いぼろ着には目をつむり、ほころびや修繕の跡もごまかし、意識や良心に新たな発見が浮かんでも、それを世の中には見せないよう強いられる。だが、そうやって強いられることのもっともよい面は、他人をごまかすその力で自分自身をもごまかせることであって、それというのも人間は、そうすることで心の負担のもととなる恥や、忌まわしい悪徳ともいうべき偽善を避けられるからだ。だが、死後はなんたる違い！　すっきり清々《せいせい》！　なんたる自由！　まるで、マントを脱ぎ捨て、飾りたてるスパンコールをどぶに捨て、ボタンもはずして化粧も落とし、アクセサリーも取って、かつてはどんな人間だったか、そしてどんな人間でなくなったかを、包み隠さず語るようなもの！　なにしろここには、隣人も友人も、敵も知人も他人もいない。観客席はないのだ。世間の目、すなわちこのするどい裁きの目は、われわれが死の領土に一歩足を踏み入れたとたんに美徳を失う。それがここまで届き、わたしたちを検証や裁きにさらさないとは言わない。だが、われわれのほうが、そんな検証や裁きを気にしなくなるのだ。生者諸君よ、死者の無関心ほど計りしれぬものはない。

74　イタリア北部にある町。

二十五章　チジュカにて

おっと！　つい筆が滑り、くどくなるところだった。淡々といこう。ちょうど、母が亡くなったあとの数週間を過ごしたチジュカでの生活のように。

七日めの追悼ミサが終わると、わたしは一挺の銃と数冊の本と服と葉巻、それから奴隷小僧を一人――十一章に登場したプルデンシオだ――伴《とも》にして、わが家の所有する古い家にこもった。父はなんとかわたしの決意を変えさせようとしたが、わたしは父にしたがうことはできなかったし、したくもなかった。妹のサビーナは、わたしをしばらくのあいだ――少なくとも二週間は――自分のところに泊めたがり、義兄弟はわたしをなかば強引に連れていこうとした。このコトリンという男はなかなかいい奴で、以前はそそっかしかったが、今は慎重になっていた。現在は食料雑貨を商い、朝から晩まで熱心にねばり強く働いていた。夜は窓辺に腰かけ、ひげを指にからめながらそれ以外のことは考えていなかった。妻と当時いたひとり息子を愛していたが、その息子をこの数年後に亡くしていた。吝嗇《りんしょく》だといううわさだった。

わたしはいっさいを放棄した。精神は消耗していた。たしかこのころだったと思う、わたしの中に、心気症という黄色く孤独で物憂げな花、芳醇で繊細な香りを放つ花が咲きはじめたのは。「悲しくてもそれを口に表わさないのがいいのだ！」[75]――シェイクスピアのこんな言葉に目がとまったとき、正直に言えば、それが心の中でこだますするのを感じた。甘美なこだまだった。今でも覚えているが、タマリンドの木の下に、その詩人の本を開いて座り、精神が本人よりもさらにうつむいていた――まさに哀しげな雌鳥を言うときにわれわれが使う特有の表現、ジュルルそのものだった。胸を締めつけていたのは自身の陰鬱な痛み、一種独特の感覚で、なにか倦怠の快楽とでも呼べるものだった。倦怠の快楽。読者よ、この表現を覚えておいてほしい。しっかりと頭に入れて分析してほしい。そして、もしそれが理解できなかったら、あなたはそちらの世とあの時代の、もっとも繊細な感覚のひとつを知らないと思っていい。

たまに狩りをする以外は、寝るか本を読むかで――本はたくさん読んだ――それ以外はみごとに何もしなかった。引き寄せられるがままに考えから考えへ、想像から想像へと舞い移るそのさまは、まるで放浪中か、飢えきった蝶。時間が一滴また一滴と落ちていき、太陽は沈み、夜のとばりが山と町を覆っていた。だれひとり、わたしを訪ねては来なかった。ひとりにしてほしいと、強く言っておいたこともある。一日、二日、三日、とうとう丸一週間がそのように、ひとことも発することなく過ぎてみると、さすがにチジュカから飛び出し、喧噪に戻りたくなった。事実、七日経ったころには孤独に辟易《へきえき》していた。苦悩はやわらぎ、精神も、もはや銃や本だけを相手にしたり森や空を眺めたりするだけでは飽き足らなくなっていた。若さが反発し、生きることを必要としていた。生の問題と死の問題を衣装箱にしまい、詩人の心気症もシャツも瞑想も、ネクタイもそこに入れて閉めようとしたまさにそのとき、奴隷小僧プルデンシオが、家からほんの二百歩ほど行ったところにある紫色の家に、前日、ある知り合いが引っ越してきたと言いにきた。

「だれ?」

「旦那さまは、覚えておいでではないかもしれませんが、ドナ・エウゼビアです……」

「覚えている……。あの方が?」

「奥さまとお嬢さまです。昨日の朝、来られたのだとか」

すぐにわたしの頭にはあの一八一四年の事件がよみがえり、気恥ずかしくなった。だが、そのあとの展開をみれば、わたしの言ったとおりだったではないかと言いきかせた。じっさい、詩人ヴィラッサと軍曹の姉妹が親密な関係になるのは避けられないことだった。わたしの留学前に、すでに女児の誕生がいわくありげに口の端にのぼっていた。叔父のジョアンがあとから手紙で送って寄こしたところによれば、ヴィラッサは死ぬときに、ドナ・エウゼビアに相当の財産を遺し、それが町じゅうの話題になったという。叔父のジョアン自身、大のスキャンダル好きだったこともあって、手紙ではそれ以外の話題はなく、しかも便せん何枚にもわたっていた。その後の展開が、わたしの言ったことが正しかったことを証明していた。とはいえ、たとえそれが間違っていたとしても、一八一四年など遠い昔、いたずらもヴィラッサも茂みの口づけも、その年とともに過ぎたこと。それに、ドナ・エウゼビアとわたしのあいだには、なんの近しい関係もないではないか。わたしはそう考えて、衣装箱の蓋を閉めた。

「旦那さまは、ドナ・エウゼビアには挨拶にいらっしゃらないんですか？」プルデンシオが訊いた。「亡くなった奥さまのご遺体の装束《しょうぞく》は、あの方が着せてくださったんですよ」

臨終と埋葬のさいに、彼女の姿がほかのご婦人がたに交じって見えたのを思いだした。だが、まさか彼女が母に最後の親切をしてくれていたとは。奴隷小僧がそう言うのも無理はない。挨拶には行くべきだろう。わたしはただちにそれを実行し、それから町へ下りることにした。

75 『お気に召すまま』第四幕、第一場。

131

二十六章　作者は迷う

とつぜん、声が聞こえる——「おい、こんな人生はないだろ！」。父だった。ポケットに二つの提案をたずさえてやってきたのだ。わたしは衣装箱に座り、騒ぐことなく迎えた。父はしばらく突っ立ったままわたしを眺めた。それから、胸をつかれたかのように両手を差しのべた。

「息子よ。神のご意思に耳を傾けなさい」

「傾けてますよ」わたしはそう返し、父の手にキスをした。

朝食をすませていなかったので、一緒にとった。どちらも、わたしが引きこもるきっかけとなった悲しい原因には触れようとしなかった。触れたのはたった一度だけ、話の成りゆきで、父が摂政《せっしょう》時代の話をしたときだった。そのときに、当時の摂政の一人からもらったお悔やみの手紙に言及したのだった。父はその手紙を持ち歩いていて、かなり皺くちゃになっていたが、それはすでに大勢の人たちに読んできかせたからだろう。たしか摂政のひとりと言ったと思う。わたしには二度読んでくれた。

「そのお心遣いには、もうお礼を言いに行ってきたよ」そして言った。「おまえも行ったほうがいい……」

「ぼくが？」

「そう、おまえがだ。偉い人だ。今ではときどき皇帝の代行もする。それから、おまえに提案しようと、ひとつアイデアを持ってきたんだが、計画というかなんというか……何もかも言ってしまうと、計画は二つある。下院議員のポストと結婚だ」

父はこれを、ゆっくりと間を置きながら言い、ずっと同じ口調ではなく、単語によって言い方や気持ちのこめ方を変えたが、それは、そうやってできるだけわたしの精神に深く刻み込もうという魂胆だった。とはいえ、父の提案はあまりに当時のわたしの心境とはかみ合わなかったので、わたしがよく理解するところまではいかなかった。父はそれでもめげずに繰り返し、議席と婚約者を絶賛した。

「受けてくれるね？」

「政治はわかりません」一瞬おいて言った。「婚約者に関しては……、どうか、熊のように生きさせてください。わたしは熊なんです」

「熊だって結婚するよ」父は混ぜ返した。

「じゃあ、メス熊を連れてきてください。メスの大熊座なんかどうです……」

父は笑ったが、笑ったあとですぐにふたたび真剣に話し始めた。わたしには政治家のキャリアが必要だと言い、二十以上にわたる理由を、独特の変わり身の速さを使いつつ、共通の知り合いの例を次々と引き合いに出して挙げた。婚約者に関しては、会うだけでじゅうぶん。会ったら即座に、一日たりとも待つことなく、彼女の父親に申し込みに行くはずだ。まずはそうやって魅了、それから説得、最後は脅しをかけてきた。わたしは返事をせず、楊枝《ようじ》の先を削ったり、パンの柔らかい部分で団子を作ったりしながら、ほほえんだり考えこんだりしていた。なにもかもぶちまけてしまえば、提案に対しては従順でもなければ、反抗的でもなかった。わたしは戸惑っていた。わたしの半分はシン《イエス》という答えだった。美しい妻と政界のポスト、称賛にじゅうぶん値する資産だ。だが、もう半分がナォン《ノー》と言っていた。というのも、わたしには母の死が、物事の脆さを証明する何よりの例に思えていたからだ。愛情も、家族も……。

「最終的な返事をもらわないうちは帰らん」父は言った。「最・終・的な返事だ！」

音節ごとに指を振って強調しながら、そう繰り返した。

父はコーヒーの最後の一滴を飲んだ。それから姿勢を正すと、すべてについて語りはじめた。上院のこと、議会のこと、摂政制のこと、復古のこと、エヴァリスト[76]のこと、購入を考えている馬車のこと、われわれのマタカヴァーロス[77]の家のこと……。わたしはテーブルの端っこに座り、鉛筆で紙に落書きをしていた。単語や文や詩句や鼻や三角、それらを何度もでたらめに思いつくままに書いていた。

arma virumque cano[78]

A

Arma virumque cano

arma virumque cano

arma virumque

virumque

arma virumque cano

これらすべてが機械的だった。とはいえ、一定の論理、一定の演繹的推理はあった。たとえば、virumqueがあったから、わたしは第一音節をきっかけに詩人の名前に到達できた。つまりvirumqueと書こうとしたら、――Virglioが出てきたので、そのまま続けたのだった。

Vir　Virglio　Virglio　Virglio　Virglio　Virglio

父はその無関心さに少々気分を害し、立ち上がってわたしのところにやってきて、ふと紙に目をやると……。

「ヴィルジリオ！」と叫んだ。「さすがだな、おまえ！　おまえの婚約者はまさにヴィルジリアというんだよ」

76　エヴァリスト・ジ・ヴェイガ（一七九九〜一八三七年、第一帝政時に数少ない書店を営む。ジャーナリスト、詩人、ミナス・ジェライス州の下院議員）のことか。

77　リオデジャネイロの町の通りの名前。現ヒアシュエロ通り。

78　ヴェルギリウス『アエネイス』の冒頭の一節。「わたしは戦争と一人の英雄を歌う」の意。

二十七章　ヴィルジリア？

ヴィルジリア？　というと、何年か後のあの女性……？　そう、まさにあの女性、一八六九年にわたしの最期を看取ることになり、それより前、そのはるか前には、わたしのもっとも内奥にある感情の大きな部分を占めた、あの女である。そのときの彼女は、まだわずか十五、六歳。おそらくはわが民族のなかでもっとも大胆で、したがって確実にもっとも奔放な被造物だっただろう。だが、そのときすでに当時の女性たちのなかで群を抜いた美貌を誇っていた、とは言わない。なぜならば、これは小説ではないからだ。小説では、作者が現実に金メッキをかけ、そばかすやニキビに目をつむるのだから。だが、だからといって、彼女の顔にそばかすやニキビがあったとも言わない。彼女は美しくみずみずしく、自然の手を離れたときからすでに、創造という秘密の目的を遂げるために個人から個人へと継承される、あの儚《はかな》くして永遠の魔力をたっぷりと持っていた。それがヴィルジリアだった。色は白く、透きとおるように白く、華があって、無知で子どもっぽく、神秘の衝動をみなぎらせていた。多くの怠惰といくらかの信心深さ——信心というより、おそらくは畏《おそ》れだろうか。そう、たぶん畏れだったのだと思う。

読者よ、以上の十行ほどのうちに読めるのが、のちのわたしの人生に大きな影響を与えることになる人物の、肉体的かつ心的な素描である。十六歳にしてそうだった。今これを読んでいるきみ、もしきみがまだこの本が日の目を見るころに生きていれば——これを読んでいるきみ、愛しいヴィルジリアよ、今日の言葉づかいと、初めてきみに会ったときに使った言葉の違いに気づかないだろうか。信じてほしい。当時だって、今と同じくらいに本心を言っていたのだ。死んだから無愛想になったわけでも、不当になったわけでもない。

「でも」と、きみは言うだろう。「どうやって当時の真実を取りだして、何年もたったいま、それを表現できるの？」

ああ、失礼な奴だ！　わからない奴め！　それがあるからわれわれは大地の主になれるわけだし、それが過去を復元する力になるわけで、そうやってわれわれは、自分たちの印象の不安定性と、われわれの愛情の虚無性に触れられるんじゃないか。人間は考える葦だなんて、パスカルに言わせておけばいい。違う。人間は考える正誤表、そう、そうなのだ。人生の各局面が一つの版で、それはその前の版を改訂する。そして、それもいずれは修正され、ついに最終版ができあがるが、それも編集者が虫にただでくれてやることになる。

二十八章　ただし……

「ヴィルジリア?」わたしは口をはさんだ。

「そう。それが婚約者の名前だ。天使だ。この馬鹿。まさに翼のない天使だよ。そうだな、背はこのくらいで、はつらつとしていて、目は……。ドゥトゥラのお嬢さんだ……」

「ドゥトゥラって?」

「顧問官のドゥトゥラだよ。知らないかい? 政界の大物さ。さあ、どうだ、いいだろう?」

すぐには答えなかった。何秒間かブーツの先をみつめた。そのあとで、その二つの件、つまり立候補と結婚を検討はしてみてもいいが、ただし……。

「ただし……?」

「ただし、その両方を受けることを強要しないでほしい。ぼくは結婚と政治家はべつだと思……」

「政治家はみな結婚するべきだ」父親がぴしゃりと遮った。「ま、勝手にしろ。おれはどんなことでも受けいれる。ひと目見れば、ぜったいに確信に変わる！　それに、婚約者も国会も同じだよ……つまり、まあいい……いずれわかる。いいだろう、猶予をやる。ただし……」

「ただし……？」と、わたしは父の声をまねて割って入った。

「ああ、このワルガキめ！　ただし、いつまでもこんなところに埋もれたまま、無為にさびしく暮らすのだけはやめてくれ。そんなふうにお前が輝かないために、おれは金や手間ひまをかけて努力したんじゃない。お前は輝くべきだし、そのほうがお前にとっても、われわれみんなにとってもいい。われわれの名前を継ぎ、それを継いでさらに高める必要がある。いいか、おれはもう六十になるが、もし必要ならば、一分たりともためらわず人生をやり直す。プラス、無名を恐れろ。ビリだけは避けろ。いいか、人間の価値はさまざまだが、もっとも安全なのは他人の意見によって価値を高めることだ。持っている地位を無駄にするな。そして資力も……」

そうやって魔術師は、ちょうど子どものころのわたしを早く歩かせようとして、みんながおもちゃのがらがらを振ったようにわたしの前を進んでいき、心気症の花は身を閉じてつぼみとなり、それにかわって別の、もっと黄色味も、もの憂げさも少ない花を咲かせた——名声欲、ブラス・クーバス膏薬である。

二十九章　客

父の勝利だった。わたしはディプロマと結婚、すなわちヴィルジリアと下院議員のポストを受け入れる気になった。わたしが承諾したとき、父は政治的柔軟性を見せて言った。「二人のヴィルジリアだ」、父は二度、力づよく抱きしめてくれた。父はついに、自分と同じ血を実感することができたのだった。

「一緒に山を下りるか？」

「明日にします。その前に、ドナ・エウゼビアに挨拶しますので……」

父は顔をしかめたが、なにも言わなかった。別れを言って下りていった。わたしはその日の午後、ドナ・エウゼビアを訪ねた。着くと、ちょうど黒人の庭師を叱りつけているところだったが、すべてを放りだし、大はしゃぎでわたしのところにやってきて声をかけ、心から歓待してくれたため、わたしはすぐに打ちとけた。たしか、あのたくましい両腕で抱きしめてまでくれたものだ。ベランダで自分のそばに座らせると、何度も歓びの声を上げた。

「まあ、ブラジーニョ！　男前になって！　まったく、ついこのあいだまで……。まあ、男前になって！　すてきよ！　本当にまあ！　わたしのことなんて、あまり覚えていないでしょう……」

覚えている、わが家のこれほどの親友を忘れるわけがないと、わたしは言った。ドナ・エウゼビアはたいそう懐かしそうに母のことを話しはじめ、あまりの懐かしそうな様子にわたしはすぐに引きこまれてしまったが、悲しくもなった。彼女はそれをわたしの目から察し、会話の手綱を引き、わたしの話をするようせがんだ。留学のこと、勉強のこと、恋のこと……。そう、恋のことも。そして自分は、年老いてもおてんばだと言った。それを聞いて、思わず一八一四年の事件がよみがえった。彼女、ヴィラッサ、茂み、接吻、わたしの叫び声、そんなことを思いだしていたところへ、ドアのきしむ音が聞こえ、つづいて、スカートの擦れる音とこんな言葉が耳に届く。

「お母さま……お母さま……」

三十章　茂みの花

声とスカートの主は褐色肌《モレーナ》の若い女性で、女性は見知らぬ人がいるのに気づくと、一瞬戸口で立ち止まった。短いとまどいの沈黙。ドナ・エウゼビアがそれを打ちやぶり、意を決してさらりと言った。

「こちらへいらっしゃい、エウジェニア」と彼女は言った。「ドトール・ブラス・クーバスよ。ご挨拶なさい。クーバスさんのところのご子息よ。ヨーロッパから帰っていらしたの」

そしてわたしのほうを向いて言う。

「娘のエウジェニアです」

茂みの花、エウジェニアはわたしの会釈にろくに応えず、恥ずかしそうに驚いた様子でわたしのほうを見ていたが、ゆっくりと母親の椅子のそばまでやってきた。母親は、毛先が乱れていたお下げの片方を直した。「もう、おてんばなんだから！　クーバスさんにはきっと想像もつかないと思うわ……」そう言って娘の手にあまりに愛情たっぷりに接吻するものだから、わたしは多少なりともぐっと胸にきた。母が思い出され、さらには——すべてを言おう——わたしは父親になることそばゆさを覚えた。

「おてんば？」わたしは言った。「でも、見たところ、もうそんなお歳じゃないでしょう」

「何歳だと思われますか？」

「十七」

「その一つ下です」

「十六ですか。じゃあ、もう立派なお嬢さまですよ」

エウジェニアは、わたしの言葉に覚えた喜びを隠せなかったが、すぐに取りつくろい、もとのつんとした無口のすまし顔に戻った。たしかに、じっさいよりも女性らしく見えた。若い娘のように遊んでいるときは子どもなのかもしれないが、こうして静かに感情を表に出さずにいると、既婚女性の物腰があった。そんな雰囲気が手伝って、初々しさが抑えられていたのだろう。わたしたちはすぐに親しくなった。母親はしきりに娘を褒め、わたしはそれをにこやかに聞き、彼女は目をきらきらと輝かせながら微笑み、それはまるで、彼女の脳の中で金色の羽とダイヤモンドの目をした小さな蝶が舞っているかのようだった……。

あくまでも脳の中である。なぜなら、じっさい外ではためいていたのは黒い蝶だったからで、それは突如ベランダに入りこんできて、ドナ・エウゼビアの周りでさかんに羽を動かしはじめた。ドナ・エウゼビアが悲鳴を上げて立ちあがり、とぎれとぎれの言葉で罵った。「あっちに行って……。しっ、この悪魔！……ああ、マリアさま……」

「怖がることはありません」わたしは言った。そしてハンカチを取りだして蝶を追いはらった。ドナ・エウゼビアはふたたび腰を下ろしたが、息は荒く、少し恥じ入ってもいた。娘は、もしかしたら怖さで青ざめていたのかもしれないが、それを懸命に隠していた。わたしは二人と握手をしてそこを出、二人の女性の迷信深さを心の中で笑った。哲学者風の、冷ややかな、高等な笑いだった。夕方、ドナ・エウゼビアの娘が下男をしたがえ、馬に乗って通っていくのを見かけた。彼女は鞭の先で挨拶を送ってきた。正直に言えば、もう数歩先でもういちど振り返ってくれるのではないかと期待した。だが、振り返らなかった。

三十一章　黒い蝶

翌日、町へ下りる仕度をしていたら、わたしの部屋に一匹の蝶が入ってきた。昨日のと同じくらいの黒さだったが、大きさはそれをはるかに上まわっていた。前の日を思いだし、わたしはくすっと笑い、すぐにエウゼビアの娘のこと、その驚き、だがそれにもかかわらず崩すことのなかった気丈さを思いうかべた。蝶は、わたしの周りでさかんに羽を動かした末に、わたしの額にとまった。振りはらうと、窓ガラスのところへ行ってとまった。だがわたしがふたたび振りはらったため、今度はそこから父の古い肖像画のところへいき、その上にとまった。夜のように黒かった。いったん落ちつくと羽を動かしはじめ、その悠然とした態度が、なにやら人を小馬鹿にしているようで、わたしはひどく不愉快になった。肩をすくめて部屋を出た。だが数分後に戻ると、まだ同じところにいる。わたしはしゃくにさわり、タオルに手をかけ、それで叩いたら、蝶は落ちた。

死んで落ちたわけではない。体をまだよじらせ、触角をぴくぴくさせていた。わたしは哀れになり、手のひらにとって窓の桟《さん》の上に置いてやった。だが、遅かった。不幸な蝶は数秒内に息絶えた。わたしは少しいやな気分になり、心の中にしこりが残った。

「ちくしょう、なんで青くなかったんだ?」わたしはつぶやいた。

その考えは――それは蝶が創造されて以来なされた、もっとも深遠な思考のひとつだ――悪事を働いたわたしを慰め、自分と和解させてくれた。しばらく死骸を眺めながら、いくぶん同情を覚えたことを告白しておこう。わたしは蝶が朝食後、上機嫌に森を出てきたのかもしれないと想像した。美しい朝だった。慎ましやかなその黒い姿で、ぶらりとそこまで出てきて、広大な蒼穹の下で蝶の舞いを愉しんでいたのではないか。空は、どんな羽にとっても常に青い。わたしの部屋の窓の前を通りかかり、入ったらわたしがいた。思うに、人間を見るのは初めてだったのだ。だから人間がどんなものか知らず、わたしの身体のまわりを数えきれないほど回るうちに、わたしが動くこと、目や腕や脚があることを知り、神のような風格と巨大な身体を持つことに気がついた。そこで蝶はつぶやいた「この方はきっと蝶の創造主にちがいない」。そう思ったら、圧倒されて恐ろしくなった。だが、恐怖とは暗示をかけるもの。創造主を喜ばせるいちばんいい方法は額にキスすることだとそそのかされ、そこでわたしの額にキスをした。わたしに追いはらわれたので窓ガラスのところへ行ったら、そこからわたしの父の肖像画が目に入ったが、そのとき、蝶が中途半端に真実を発見しなかったとは言いきれない。つまり、そこにいるのが蝶の創造主の父だと思って、取りなしを頼もうと飛んでいったというわけである。

　だが、そんな冒険も、タオルの一撃でおしまい。蝶にとっては、青い広大な空間も、花々のにぎわいも、生い茂る青葉も、一枚の麻の二パルモ[79]のフェイスタオルの前では、なんの価値もなかった。見るがいい！　蝶より高等であることがどれほどいいことかを。というのも、とうぜんだが、たとえその蝶が青かったりだいだい色だったりしても、命は安泰ではなかったのだから。目の保養だといって、わたしがピンで刺し殺していなかったとは言いきれない。そう、あり得ない話ではなかった。そう考えて、わたしはふたたび慰められた。中指と親指を合わせ、ひと弾《はじ》きすると、死体は庭に落ちた。その時がきていたのだ。そこへ周到な蟻がやってきて……。いや、やはり最初の考えに戻ろう。やはり蝶は、青色に生まれていたほうがよかったのだと思う。

79　長さの単位で、一パルモ＝約二二センチ。

三十二章　生まれつき悪い足

それからわたしは、出立の準備を終えにかかった。もうこれ以上、もたもたはしまい。ただちに下りる。何があっても下りる。たとえ、だれか几帳面な読者に呼びとめられ、こんな質問を向けられても。前章はたんなる嫌みなのか、あるいは冷やかしなのか……。ああ、だが、ドナ・エウゼビアが想定外だった。準備ができたところへ、家に入ってきたのだ。出発を延ばして、ぜひその日の昼食へどうぞと誘いにきたのだった。わたしは断わりにかかったが、あまりにしつこく、断わっても断わっても食いさがるため、受けないわけにはいかなくなった。なんといっても、彼女には借りがあった。わたしは行った。

その日のエウジェニアは、わたしのことを思って、装飾品をいっさいはずしていた。たぶんわたしのためだったと思う――もしふだんからそうでなければの話だが。前日につけていた金のイヤリングも、このときの耳にはぶらさがっていず、二つの耳が二ンフのような頭に品よくかたどられていただけだった。シンプルな白いモスリンのドレスにも飾りはなく、胸元はブローチではなく大粒の真珠のボタンがあしらわれ、それ以外にはもうひとつ袖口を閉じているのがあるだけで、ブレスレットはどこにもなかった。以上は身体のことだが、精神も同様だった。明確な考え、気取らない立ち居ふるまい、ある程度の自然な愛嬌、大人の女性の風格、それから、まだほかにもあったかどうか。そう、口は母親そっくりで、わたしは思わず一八一四年の一件を思い出し、この娘にもそのお題で詩を作りたい衝動に駆られた……。

「さあ、庭をご案内しましょう」わたしたちがコーヒーの最後の一滴を飲むなり、母親が言った。

ベランダに出て、そこから庭へ向かったとき、わたしはある状況に気がついた。エウジェニアが少し足を引きずっていたのだが、本当にわずかだったので、足を怪我したのかと訊いてしまったのである。母親は口をつぐんだ。だが、娘はためらうこともなく答えた。

「いいえ、わたし、生まれつき足が悪いんです」

わたしは自分を恨んだ。なんて失礼でいやな奴だと自分を責めた。少しでも足が悪いという可能性に思い当たっていれば、何も聞かずにすんだものを。そこで最初に会ったとき——前日——にはゆっくりと母親の椅子のところへ行ったこと、またその日会ったときは、すでに食卓についていたことを思い出した。たぶん障害を隠すためだったのだろう。ならばなぜ、今はそれを告白したのか？　彼女を見たら、悲しそうな表情をしていた。

わたしは自分の失言の痕《あと》を消そうとした。——それは困難なことではなかった、というのも、母親が自ら白状したとおり、年老いてもおてんばで、すぐに話題を振ってきたからである。わたしたちは庭をすべて見て、彼女は木々や花やあひるの池、さらには洗濯場など、きりがないほどのものを説明しながら案内していったが、その間もわたしは横目でエウジェニアの目を観察していた……。

誓って言う、エウジェニアの視線は、足を引きずってはいなかった。まっすぐで、完全に健康だった。それは黒く静かな瞳から放たれていた。たしか二度か三度、多少翳りを帯びながら落とされたことはあったが、たった二、三度である。概してそれは素直にわたしをみつめ、傲慢なところも構えたところもなかった。

三十三章　下りぬ者は幸いなり

最悪なのは、悪い足。あれほど澄みきった瞳にあれほどみずみずしい唇、そしてあれほどまでに堂々とした風格。なのに足が悪いとは！　こんな対比を見せつけられると、自然とはときにとてつもないあざけりだと思う。足が悪いのになぜ美人なのか？美人なのになぜ足が悪いのか？　これこそが夜、わたしが家に帰る道すがら発しつづけた問いだったが、謎の答えは解けなかった。謎が解けないときのいちばんいい方法は、それを窓からはたき出すこと。わたしがしたのもそれだった。タオルを手に取ると、わたしは脳内を飛びまわるこのもう一匹の黒い蝶を振りはらった。ほっとして就寝した。だが、夢とは精神の隙間なのであって、ふたたびその虫の侵入を許し、その結果、わたしはひと晩じゅうそれに説明を与えぬまま謎を掘りつづけることになった。

翌朝は雨だったので、わたしは町へ下りるのを延ばした。その翌日は、朝晴れて青い空が広がっていたが、それにもかかわらずわたしは留まり、三日目も四日目も同じように過ぎて、とうとう週末になった。さわやかに晴れわたり、心を誘う朝。下界では家族と許嫁と国会がわたしを呼んでいたが、わたしはそのいずれにも応じず、わが「足の悪いヴィーナス」のもとで陶然となっていた。陶然とは文体を高めるための言い方で、じっさいは陶然ではなく、好意というべきか、一種の肉体的および精神的な満足だった。たしかに彼女のことは愛しく思った。そんな純真で、愛と侮蔑から作られた足の悪い不義の子たる被造物のところにいるのは居ごこちがよく、だが彼女のほうがもっと、わたしとともにいてここちよかったと思う。しかも、チジュカだ。素朴な田園詩。ドナ・エウゼビアが監視していたが、大したことはなかった。彼女は必要性と都合をうまく調整していた。娘は初めて体験する本能の炸裂のなかで、わたしに満開の心を捧げてくれた。

「明日、山を下りられますの？」彼女が土曜日に訊いた。

「そのつもりです」

「お下りにならないで」

わたしは下りず、福音書に新たな一節を加えた──「幸いなるかな、下りぬ者。彼らには若き乙女らの初接吻《キス》が与えられるだろう」じっさいに、その初接吻は日曜日のことだった——ほかの男はだれも受けたことのない、初めての接吻、しかも盗んだわけでも奪ったわけでもなく、まるで正直な債務者が借金を返すかのごとく、清らかに捧げられた接吻。憐れなエウジェニア！　もしきみが、あのときわたしの頭にどんな考えが去来していたかを知ったなら！　きみは感動のあまり震えながらわたしの肩に腕を回し、わたしのなかに待望の夫を見出していたまさにそのときに、わたしは一八一四年と茂みとヴィラッサに目を向けながら、疑いを挟んでいたのだ。やはり血は争えない、生まれには逆らえないと……。

予期せずエウゼビアが入ってきたが、それほど急ではなかったため、間近に向き合っているところは見られなかった。わたしは窓のところへ行った。エウジェニアは片方のお下げを直しながら座った。なんと愛らしい擬装！　なんという際限のない、こまやかな技！　なんと奥深いタルチュフぶり！　それらすべてを、ごくしぜんに、生き生きと、まったく仕組むことなく、食欲のようにしぜんに、そして睡眠のようにしぜんに、行なったのだった。それに越したことはない。ドナ・エウゼビアは、なにも怪しまなかった。

三十四章　繊細な心へ

いま、わたしの本を読んでくれている読者の五人か十人の中に、ひとつぐらいは繊細な心が宿っていて、それは前章を読んできっとやりきれない気持ちを抱き、エウジェニアの行くすえを思って震えはじめ、おそらくは……、そう、おそらくはその奥で、わたしのことをシニカルなやつだと思ったことだろう。わたしがシニカルだって？　繊細な心よ、冗談じゃない。ディアーナ[80]の脚にかけて言う。そんな不当な評価は、血で洗うべきだ。もちろん血にこの世の何かを洗えればの話だが。いや、繊細な心よ、わたしはシニカルではない。わたしは人間だったのだ。わたしの脳は、あらゆるジャンルの劇が上演される舞台。聖劇も厳粛な劇も、感傷劇も華麗な喜劇も、ドタバタの笑劇も宗教劇も道化劇もかかる。そう、繊細な心よ、言うなれば、万魔殿《パンデモニウム》、あらゆる物や人が入り乱れ、そこではなんでも観《み》られるのだ。スミルナ[81]のバラからあなたの裏庭に植わるヘンルーダ[82]にいたるまで、そしてクレオパトラの見事なベッドから、物乞いが寒さに震えながら眠る浜辺の一角にいたるまで。その中では、あらゆる類とあらゆる様相の思考が交錯する。そこには、鷲なら鷲だけ、ハチドリならハチドリだけという場はない。ナメクジや蛙の場もある。だから、繊細な心よ、先ほどの意思表示は取り消すことだ。神経をただして眼鏡を拭くがいい——というのも、ときには眼鏡のせいということもあるから——では、いっきに茂みの花の話を終わるとしよう。

80　ギリシア神話の処女神アルテミスと同一視されたローマの女神。本来は樹木の女神だが、農民のあいだで崇拝されるようになり、この結果、多産の神となった。月の女神でもある。

81　現在のイズミルで、エーゲ海に面するトルコの都市。

82　ミカン科のハーブ。虫よけの効果があることで知られ、昔は魔よけのハーブとして信じられた。

三十五章　ダマスクスへの道

さてそれから一週間後、ダマスクスへ行く途中で神秘の声が聞こえ、わたしの耳元で聖書の言葉（『使徒言行録』、第九章七節）を囁いた。「立って町に入れ」。声はわたし自身から出たものだったが、出どころは二つあった。まずは憐れみ。少女の純真さを前にして、わたしは武装を解かれてしまった。そして、恐怖、本気で少女を愛し、娶ることになるのではないかという恐れである。足の悪い妻！　わたしが山を下りることにしたこの理由を、彼女は間違いなく察し、じっさい口にした。ある月曜の午後のベランダで、明朝、下りることにしたと告げたときだった。「さようなら」彼女はわたしにこともなげに手をのべ、ため息をついた。「正解よ」わたしが何も言わないので、続けた。「わたしと結婚するというばかなまねから逃げて、正解よ」。わたしは、ちがうと言おうとした。彼女はゆっくりと涙をこらえながら立ち去った。数歩先で追いつき、わたしはどうしても下りなければならない、だが、彼女のことが好きじゃなくなるわけではない、ものすごく好きだと、天の諸聖人に誓った。すべてがそらぞらしい誇張法で、彼女はそれを何も言わずに聞いていた。

「信じてくれるね？」わたしは最後に言った。

「いいえ。だから申しあげたでしょ、正解だって」

彼女を引き留めようとしたが、投げかけてきた視線はもはや懇願《おねがい》ではなく、睥睨《ひとにらみ》だった。わたしは翌朝、いくぶん苦い思いを抱き、しかしもう一方ではいささか満足もしながらチジュカを下りた。途中自分に言いきかせた。父にしたがって正しかったのだ、都合から言えば政治の道に入るのがいいのだ……憲法も……婚約者も……わたしの馬も……。

三十六章　ブーツについて

父はわたしに期待していなかっただけに、やさしさと感謝をいっぱいこめて抱きしめてくれた。「今度こそ本気なんだな？」父は言った。「じゃあ、やっと……？」

わたしは父をその言いかけの状態においたまま、足を締めつけていたブーツを脱ぎにいった。楽になったところでほっと大きく息をつき、思いきり伸びをすると、まずは足が、それからわたしのすべてが、相対的な至福状態に入った。するとわたしはつくづく、きついブーツとは地上の最高の幸福のひとつだと思った。というのも、まずは足を痛めつけ、それからそれを脱ぐ快楽を味わう機会を与えてくれるのだから。憎らしいことに、さんざん足を痛めつけておいたうえで、その痛みを取りされば安直な幸福が得られるわけで、言わば靴屋とエピキュロス[83]の思うつぼというわけだ。こんな考えが、わたしのおなじみの空中ブランコをせっせと漕いでいるあいだに、わたしがふとチジュカの方に目をやると、かわいらしい障害者の姿が過去の地平に消えていくのが見え、わたしの心がブーツを脱ぐ日もそう遠くはなさそうだと思った。脱がせてくれたのは、好色だった。四、五日後、そのお手軽な、えもいわれぬ抑えがたい快楽の瞬間を味わったが、その後に決まって訪れるのが突き刺すような痛み、不安、心のしこり……。それを見てつくづく思うことは、生とはあらゆる現象の中でもっとも巧妙なものだということ。というのもしょせん、飢えをかきたてるのも食べる機会に遭遇するためだし、マメが創られたのも地上の幸福を完成させるためだからだ。ほんとうを言えば人類の叡智なんて、それらぜんぶを合わせても、一足のショートブーツほどの価値もないのだ。

だが、わがエウジェニアよ、きみこそはいちどもブーツを脱ぐことがなかった。きみは人生という街道を、足においても愛においても足を引きずり、貧者の埋葬行列のように悲しく、また孤独に黙々と苦労を重ねながら、とうとうわたしと同じ此岸までやってきた……。わたしにわからないのは、きみの存在がほんとうにこの世紀に必要だったのかどうか。いや、ひょっとしたら端役《はやく》がひとり欠けても、人類の悲劇は失敗するのかもしれないが。

83　ギリシアの哲学者（紀元前三四一～紀元前二七〇年）。快楽主義で知られる。苦痛のない心しずかな状態が最高の善であると唱えた。

三十七章　ついに！

　ついに！　ついにヴィルジリアの登場だ。ドゥトゥラ顧問官の家に行く前に、わたしは父に、なにか結婚に先立ってしておく根回しは必要ないのかと訊ねた。

「根回しはまったく必要ない。おまえのことはずいぶん前から彼と話して、おまえを下院議員にしたいという思いも伝えてある。あまりにも言うものだから、彼は何かやると約束してくれた。きっとやってくれると思う。嫁さんのほうは、なにかに喩えろといわれれば、そうだな、宝石、花、星、稀少な玉……。なにより彼の娘だ。結婚すれば、下院議員への最短コースだと想像を働かせたんだ」

「それだけ？」

「それだけ」

　それからわたしたちは、ドゥトゥラの家に行った。この男はまさに真珠、にこやかで快活で愛国者で、社会の悪に対して多少の怒りを抱いてはいるが、それをすぐに改めようと思うほどには絶望もしていない。わたしの立候補は当然だと言った。だが、もう数カ月待ったほうがいいとも。そしてすぐに、夫人にわたしを紹介した——すばらしい女性だった、——娘にも紹介してくれたが、たしかに父の賛歌は嘘ではまったくなかった。誓って言う、まったく。二十七章を再読してほしい。すでに彼女のイメージを抱いていたわたしは、彼女のことをある方法で見つめた。いっぽう彼女のほうもそうだったかどうかはわからないが、わたしのことを、とくだん変わった方法ではみつめなかった。わたしたちの最初の視線は純粋で、たんに結婚用だった。一カ月経ったころ、わたしたちは親密になっていた。

三十八章　第四版

――「明日、昼食に来られたし」ある晩、ドゥトゥラに言われた。わたしは招待を受けた。翌日、サン・フランシスコ・ジ・パウラ公園で馬車を待たせ、あたりをぶらぶらした。諸君はまだ、わたしの人生改版論を覚えておいでだろうか？　それでいえば、当時のわたしはまだ第四版で、改訂と修正は加えられていたが、まだ不注意や荒削りなところだらけだった。ただそれらの欠点も、活字を優美なものにしたり、豪華な装幀にしたりすることで補うことができた。ぶらついたあと、オゥリーヴィス通りを歩いていたときのこと、ふと時計を見ると、その拍子に時計のガラス盤が歩道に落ちる。最初に行きあたった店に入ると、そこは一メートル四方ほどの――あるいはもう少しあったか――暗くほこりっぽい空間である。

奥のカウンターの後ろには女がひとり座り、その黄色いあばただらけの顔は、最初は浮かびあがってこなかったが、いざ浮かびあがると、なかなか面白い光景だった。かつて醜かったわけはなく、逆に美しかったことが見てとれた。しかも、はんぱな美しさではなく。だが、病魔と早々に訪れた老いが、魅力の花を破壊してしまっていた。天然痘は相当にひどかったのだ。大きくおびただしい数の痘痕が、でこぼこと凹凸状にやたらと並び、それはまるで目の粗い、しかも相当に目の粗い紙やすりのようだった。顔の中でいちばんましな部分が目で、そこには一種独特の不気味な表情があったが、それがわたしが話しはじめたとたん変化した。髪は白髪が交じり、店先と変わらないくらいほこりにまみれていた。左手の指の一本にはダイヤが光っていた。後世の読者よ、信じられるだろうか、なんとその女性は、マルセーラだった。

わたしにはすぐにわからなかった。それは困難だった。だが彼女は、わたしが話しかけたとたんに気がついた。目は火花を散らし、通常の表情を、べつの甘え半分・悲しみ半分の顔つきに変えた。とっさに隠れるか逃げるような仕種が見えた。虚栄の本能で、せいぜい一瞬のことだった。マルセーラは姿勢をくずして微笑んだ。

「なにかお探し？」手を差しのべて言った。

わたしは何も答えなかった。マルセーラはわたしの沈黙の理由を察し（困難なことではなかった）、それでもためらいを見せたのは、現在への驚きと過去の記憶のどちらが勝っていたのか、判断がつかなかったからだと思う。わたしに椅子をすすめ、カウンター越しにえんえんと自分のことやそれまでの人生を語り、わたしが流させた涙や恋しさや辛い思い出、さらには彼女の顔を破壊した天然痘や病に手を貸して衰えを早めさせた時間について話した。事実いえるのは、心がすさんでいたことだ。この貴金属店は、いっさいがっさいというか、持てるもののほとんどを売りはらい、かつて彼女を愛し彼女の腕のなかで死んだ男性が遺したものだが、弱り目に祟《たた》り目とはこのこと、今は客足が遠のいていた――きっと女手の経営が奇妙だからだろう。そのあと、わたしにも自分の人生を話すように言ってきた。わたしはほとんどその話に時間をかけず、長くも面白くもない話に終わった。

「結婚は？」話し終えたところで、マルセーラが訊いてきた。

「まだ」わたしはそっけなく答えた。

マルセーラは、何かを思案したり回想したりする人特有のうつろな表情で、通りを見やった。わたしも、そこで過去をさかのぼるがままに任せ、いろいろな思い出や郷愁の合間に、いったいなぜあんな狂態を演じたのだろうかと自問した。もちろん、一八二二年のマルセーラはこうではなかった。だからといって、果たしてかつての美貌が、わたしが払った犠牲の三分の一の価値もあっただろうか？　マルセーラの顔に問いかけながら知ろうとしていたのは、そのことだった。顔はノーと言っていた。同時に目が、あのころだって今と同じように貪欲の炎を燃えあがらせていたと告げていた。それをわたしの目が見分けられなかっただけで、つまるところ、初版の目だったのだ。

「でも、どうしてここに入ったの？　通りからわたしが見えたの？」先ほどの虚脱状態から脱して、彼女が訊ねた。

「いや。時計店に入るつもりだったんだ。この時計のガラス盤が買いたくてね。ほかに行くよ。すまん、急いでいるんだ」

マルセーラは、悲しそうにため息をついた。じつのところわたしは、突き刺すような痛みと嫌悪感を覚えると同時に、早く店を出たくなっていた。ところがマルセーラは、奴隷小僧を呼んで時計を渡し、わたしが止めるのも聞かずに近くの店までガラス盤を買いにやった。しかたない。わたしは再び腰を下ろした。すると彼女は、昔の知りあいにはぜひ贔屓《ひいき》にしてほしいと言った。遅かれ早かれわたしも結婚するだろうから、そのときには高級な宝石を安く分けてあげると請けあった。「安く」とは言わずに、もっと柔らかで透明な比喩だったが。わたしは、じつは彼女は不幸な目になどまったく遭っていず（病気を除いて）、本当は金をたんまりと持っていて、商売はたんに利得への執着を満たすためだけに営んでいるのではないか、その利得こそが彼女の存在を蝕んでいる虫なのではないかと勘ぐりはじめた。じっさいそのとおりだと、噂では聞いた。

三十九章　隣人

そんな思案をめぐらしていると、店に背の低い男性が、帽子も被らずに、四歳ほどの女の子の手を引いて入ってきた。

「今朝の調子はどう?」男がマルセーラに言った。

「まあまあよ。あら、マリコッタ、こっちへいらっしゃい」

男は子どもの両腕をつかんで持ちあげ、カウンターの向こうへ渡した。

「ほら」彼は言った。「ドナ・マルセーラに訊いてごらん、昨日の夜はいかがでしたかって。ここに来たくてしょうがなくってね、でも、母親が服も着せてやれなかったものだから……。さあ、マリコッタ、祝福をしてもらいなさい……。ほらほら、お仕置きだぞ! そう……。この子がうちではどんな様子か、想像もつかないだろうね。しょっちゅう貴女の話ばかりさ。なのにここでは、まるで借りてきた猫だ。昨日だって……、なあ、マリコッタ、言っていいかい?」

「ああ、だめ、パパ、言っちゃだめ」

「あら、なあに? なにか悪いこと?」マルセーラが少女の顔を叩きながら言った。

「いや、こういうことなんだよ、母親が毎晩かならず〈天にまします〉と〈アベ・マリア〉をマリアさまにお祈りするように教えてるんだが、この子ったら、昨日おれのところにやって来て、こそこそとなにを頼むかと思ったら……、なんだと思う?……あたしね、聖マルセーラ様に祈りたいのだって」

「あら、いじらしい!」マルセーラはそう言って、少女にキスをした。

「もう恋というか、情熱というか、想像もつかないと思うよ……。母親は魔法だと言っている……」

男はそれ以外の話もいくつかし、どれも楽しい話ばかりで、それからようやく少女を連れて帰っていったが、その前にわたしのほうにもの問いたげな、あるいは疑いのこもった視線を投げた。わたしはマルセーラに、だれなんだと訊いた。「近所の時計屋。いい人よ。奥さんもね。娘もかわいいでしょう? みんな、わたしのことが好きみたい……いい人たちよ」

こう話すマルセーラの声は歓びで震えていた。そして顔には、幸運の波がいちどに拡がったようだった……。

四十章　馬車の中で

そうこうしているうちに、新しいガラス盤の入った時計を奴隷小僧が持って入ってきた。よし、今だ。もうそこにいるのが苦痛になっていた。奴隷小僧に銀貨を渡し、マルセーラにはまたべつの機会に来ると言い、大股でそこを出た。何もかも言ってしまえば、心臓が少しどきどきしていたが、それは一種の弔鐘だった。精神はあい対立する印象の板ばさみ状態だった。その日、わたしが朝を明るく迎えていたことに注意してほしい。父は朝食をとりながら、わたしが下院議会ですることになる最初の演説を先取りして、何度も繰り返しやってみせた。たくさん笑い、太陽もいっしょに笑い、その輝きたるや、まるで世界でもっとも美しい日々のようだった。そしてヴィルジリアも、わたしが朝食のときのばか話を繰り返したら同じように笑うはずだった。そんなときに限って、時計のガラス盤が落ちるのである。最寄《もよ》りの店に入ると、よりによって現われるのは過去、それがわたしを切り苛《さいな》み、接吻し、わたしを問いつめる、郷愁と天然痘に引き裂かれたその顔で……。

わたしは過去を置き去りにし、あわててサン・フランシスコ・ジ・パウラ公園で待っていた馬車に乗りこみ、御者に馬車を出すよう命令した。御者は馬に鞭を入れ、馬車はわたしの身体を揺らしはじめ、ばねはきしみ、車輪はみるみるうちに雨上がりの泥道に溝を掘っていったが、わたしにはすべてが止まっているように思えた。ときに、こんな生ぬるい風に吹かれた経験はないだろうか。強くも激しくもなく、むしろ息が詰まるような風で、頭の帽子を飛ばしたり女性たちのスカートを巻きあげたりするほどではないが、それをしてくれたほうがかえってましだと思うほどに、気を滅入らせ、気力も失せさせ、精神を溶かしてしまいそうな風。わたしのなかに吹いていたのも、そんな風だった。そしてそんな風が吹くのも、わたしが過去と現在をつなぐ、いわば喉《のど》のような部分にいるからであることがわかっていただけに、わたしは早く未来の平原に出たいと思った。なのに、最悪、馬車がなかなか進まない。

「ジョアン！」わたしは御者に向かって叫んだ。「この馬車は進んでいるのか、進んでいないのか？」

「あれ！　旦那さま！　とっくにドゥトゥラ顧問官さまのお宅の玄関前に着いていますが」

四十一章　幻覚

たしかにそのとおり。あわてて中に入ると、ヴィルジリアは待ちくたびれて機嫌が悪く、表情が曇っていた。耳の聞こえない母親も、彼女といっしょに応接間にいた。挨拶のあとで、ヴィルジリアがそっけなく言いはなった。

「もっと早くいらっしゃるかと思ってましたのに」

わたしは自己弁護に最善をつくした。馬が動かなくなり、また友人にも引きとめられたと。と、とつぜん、口もとで声がとだえ、驚きで身体が動かなくなる。ヴィルジリア……この女性は本当にヴィルジリアなのか？　わたしはまじまじとみつめたが、あまりの衝撃に一歩後退し、目をそむけた。ふたたび見た。天然痘が顔を食いつくしていた。昨夜はあんなにすべすべとばら色に澄んでいた肌が、今は黄色くなって、あのスペイン女性の顔を荒廃させたのと同じ病魔の仕業で、痘痕だらけになっていた。

いたずらっ子のようだった目はしぼみ、唇はみすぼらしく、様子はぐったりとしていた。わたしはじっとみつめた。手を取り、やさしく呼びかけてみた。まちがいない。天然痘だった。どうやらとっさに、拒むような仕種をしたようだ。

ヴィルジリアはわたしのもとを離れ、ソファのところへ行って座った。わたしはしばらく自分の足を眺めていた。帰るべきか、残るべきか？　最初のアイデアは単純に馬鹿げているために退け、わたしは向こうで黙って座っているヴィルジリアのところへ歩いていった。するとなんと！　ふたたび、みずみずしく若々しい花盛りのヴィルジリアがいるではないか。病《やまい》の痕《あと》は、顔のどこを探しても見当たらなかった。そんなものはまったくなく、いつものすべすべとした白い肌があるだけだった。

「わたしの顔、初めて？」いつまでも向きあったままでいるわたしに、ヴィルジリアが訊いた。

「こんなにきれいなのは、初めてだ」

わたしは座り、ヴィルジリアは押し黙って爪をかちかち鳴らしていた。沈黙が何秒か流れた。わたしは出来事とはまったく関係のない話題を出したが、彼女は何も答えず、わたしのほうを見向きもしなかった。爪の音がなければ、沈黙の彫像だった。いちどだけ視線をわたしのほうに向けたが、それははるか上から見下ろすようで、左の口の角を上げ、両方の眉がくっつくくらいにまで顔をしかめていた。これらすべてが合わさって、顔の表情は、喜劇とも悲劇ともつかない中庸のものになっていた。

そんな侮蔑的な態度には、どこか無理があり、仕種はこわばっていた。心の中は傷つき——純粋な悲しみであれ、たんなる悔しさであれ——その傷ははんぱではなかった。というのも、擬装している痛みは余計に痛むものだから、ヴィルジリアがほんらい味わうべき二倍の苦しみを味わっていた可能性は、じゅうぶんにあるからだ。これはもう、形而上学の問題だろう。

四十二章　アリストテレスが思いつかなかったもの

もうひとつ、やはり形而上学の問題だと思うことがある。つまり——たとえばあるボールに動きが与えられたとする。ボールは回転して別のボールに当たり、衝撃を伝える。すると今度は、二番目のボールが一番目と同じように回転しはじめる。かりにこの一番目のボールの名前を……マルセーラだとしよう——あくまでも仮定である。二番目がブラス・クーバス——三番目が、ヴィルジリアである。つまり、マルセーラが過去に弾かれて転がり、ブラス・クーバスに当たった——するとブラス・クーバスがその衝撃に押されてやはり回転を始め、ヴィルジリアに当たったが、ヴィルジリアはほんらい、一番目のボールとはなんの関係もない。つまりここにあるのは、たったひとつの力が伝達されることによって、いかに社会の両端同士が接触し、そこに、いうなれば——人間の倦怠の連帯——が築かれるかである。アリストテレスは、なぜこの章を設けることを思いつかなかったのか？

四十三章　侯爵夫人ですよ、だって、ぼくは侯爵になりますから

あきらかにヴィルジリアは小悪魔で、なんなら天使の小悪魔でもいいが、とにかくそうで、そこへ……。

そこへ現われたのがローボ・ネーヴィスで、わたしよりすらりとしているわけでも、また品があるわけでも教養があるわけでも、愛想がいいわけでもないくせに、何週間もたたないうちに、まさにカエサルばりの速攻で、わたしからヴィルジリアと議席を奪っていった。悔しさはまったくなく、家同士の暴力もまるで起こらなかった。ある日、ドゥトゥラがわたしのところにやってきて、ローボのほうが有力者の支持を集めているから、わたしは次の風を待つようにと言った。わたしは下りた。だが、それがわたしの敗北の始まりであった。一週間後、ヴィルジリアはローボ・ネーヴィスにニコニコと、いつ大臣になるのかと訊ねた。

「わたしの気持ちとしては、今すぐです。まわりは一年後だと言っていますが」

ヴィルジリアは訊きかえした。

「いつかわたしを男爵夫人にしてくれると、約束してくださいますか?」

「侯爵夫人ですよ。だって、ぼくは侯爵になりますから」

それ以降、わたしは落後者になった。ヴィルジリアは鷲とクジャクを比べ、鷲に軍配を上げ、クジャクのもとには驚きと悔しさと、それまでに与えた三、四の接吻を残していった。いや、もしかしたら五つか。だが、たとえ十であっても、なんの違いもない。人間の唇は、踏みつける大地をただちに不毛に変える、アッティラ[84]の馬の脚とは違う。むしろその正反対である。

84　騎馬民族フン族の王(四〇六?~四五三年)。東ヨーロッパ、ロシア、ドイツにまたがる帝国をつくりあげた。

四十四章　クーバスが！

父はその結末を聞いてがっくりし、死んだのもそれ以外が原因ではなかったようにわたしには思える。とにかく、あまりにたくさんの楼閣を思い描き、あまりにたくさんの夢また夢を追いかけたために、肉体に大きな打撃を受けずして、それらが無残に崩壊するのを見ることができなかったのだ。最初は信じようとしなかった。クーバスが！　名家クーバス家の末裔が！　それをあまりに確信を込めて言うものだから、そのころにはもう樽職人の一件を知っていたわたしまでが、一瞬その移り気な女性のことを忘れて、それほど珍しくはないが興味深いその現象に見とれてしまった。すなわち想像の段階的意識化である。

「クーバスが！」父は、翌朝もまだ朝食をとりながら繰り返した。

朝食は楽しくなかった。わたし自身が眠くて倒れそうだった。前の晩はまんじりともできなかったのだ。愛のせいか？　そんなはずはなかった。人は同じ女性を重ねて愛することはないし、わたし自身、たしかに何年かのちにはその女性を愛することになるのだが、そのときの彼女とのあいだには、一過性の夢想やある程度の服従、あるいは多くの慢心といったつながり以外、何の縛りもなかった。眠れなかった理由の説明は、これでじゅうぶんだ。つまり、無念さ、ピン先のようなかすかな無念さである。それを葉巻と拳骨と、断片的な読書で紛らわすうちに暁光が差したのだが、それはこのうえなく静謐な朝であった。

だが、わたしは若かったから、自分のなかに薬を持っていた。その点、父はその打撃にそうかんたんには耐えられなかった。よく考えれば、厳密にはこの悲劇が原因で死んだとはいえないかもしれないが、とはいえその悲劇が、父の最期の苦しみを複雑なものにしたことはたしかだ。父はその四カ月後に死んだ――屈辱と傷心のうちに、自責の念にも似た慢性的で強烈な憂慮に見舞われ、リウマチや咳にかわって、致命的な失望に襲われた。それでもまだ、三十分ほどの喜びが訪れた。大臣のひとりが見舞いにやってきたときのことである。父は――よく覚えている――以前の人なつっこい笑みを浮かべ、目には光が凝集したが、言ってみればそれは消えゆく魂の放つ最後の閃光であった。悲しみはすぐに戻ってきた。わたしが高位に就くのを見届けられずに死んでゆく悲しみである。しかも、その資格があるというのに。

「クーバスが！」

大臣の見舞いから数日後の、五月のある朝のこと、二人の子どものサビーナとわたし、それから叔父のイルデフォンソと娘婿に見守られて、父は死んだ。医者の学問もわれわれの愛情も手厚い看護も、なんら父の役には立たなかった。父は死ぬべくして死んだ。

「クーバスが！」

四十五章　覚え書き

すすり泣き、涙、設営ずみの家、門の黒幕、装束係《しょうぞく》、棺桶の測定係、棺桶、棺台、松明《たいまつ》、案内状、そろそろと足音を立てないように入り、遺族と握手を交わす参列者、ある者たちは悲しい表情をし、全員が神妙に押し黙り、神父と侍者、祈り、聖水の撒《さっ》水《すい》、閉棺、釘と金槌、取っ手に手をかけ棺を持ち上げる六名の人、苦労の末に階段を下ろし、泣き声やすすり泣きや遺族の新たな涙も振りきって霊柩車まで運び、台の上に置いて鎖を通して締め、動きだす四輪馬車、動きだす車、一台、また一台……。たんなる羅列にしか見えないこれらのことは、わたしが悲しい平凡な一章を書くために作った覚え書きだが、その章は書くまい。

四十六章　遺産

さて、ここで読者にご覧いただきたいのは、父の死から一週間後のわたしたち――ソファに座る妹のサビーナ――そのすぐ先には、立ってコンソール・テーブルにもたれて腕を組み、ひげを嚙んでいる夫のコトリン――わたしは目を床に落とし、あちらからこちらへと歩いている。重苦しい喪中。深い沈黙。

「で、」コトリンは言った。「この家は、せいぜい三十コントだ。ぼくたちは三十五と踏んだんだが……」

「五十はするよ」わたしは見積もった。「サビーナも知っているが、これは五十八したんだ……」

「そりゃ、六十したっておかしくなかったよ」コトリンは言い返した。「でも、だからといって本当にその価値があったとはかぎらないし、ましてや、今もその価値があることは言えない。きみも知ってのとおり、最近は不動産が大幅に値を下げているからね。もしこの家が五十コントなら、きみがほしがっているあのカンポスの家は、いくらなんだ？」

「その話は、なしだ！　あれはボロ屋だ」

「ボロ屋！」サビーナが両手を天井に向けて叫んだ。

「じゃあ、新しい家に見えるかい？　どうやらそうみたいだね」

「ねえ、兄さん、もうこんなことはやめましょう」サビーナがソファから立ち上がって言った。「すべては円満に、すっきりと調整できるはずよ。たとえば、コトリンは黒人はいらないって。お父さんの御者とパウロだけでいいって……」

「御者はだめだ」わたしは言い返した。「馬車はぼくがもらうし、別の御者を買うつもりはない」

「じゃあ、パウロとプルデンシオでいい」

「プルデンシオはもう自由だ」

「自由？」

「二年前からね」

「自由？　お父さんは、だれになんの相談もなく、家のそういうことを決めていたのか！　まあいい。ならば銀器だが……。さすがに銀器は解放してないだろうな？」

話題になった銀器とは、ジョゼ一世[85]時代の年代物で、その技術といい、骨董としての価値といい、由緒正しさといい、遺産のなかでもっとも高価なものだった。父によれば、クーニャ伯爵がブラジルの副王を務めていたときに、当家の曽祖父にあたるルイス・クーバスに贈ったものだという。

「銀器は」とコトリンは続けた。「ぼくはこだわらない。きみの妹がぜひほしいと思っていなければ、どうでもいい。でも、そう思うのも当然だと思う。サビーナは結婚しているから、人に見せても恥ずかしくない、それ相応の食器が必要だ。きみは独身だ。客も来ないだろうし……」

「でも、結婚するかもしれない」

「なんのために？」サビーナが口を挟んだ。

あまりの崇高な質問に、わたしは一瞬、利害を忘れた。にっこりと笑い、サビーナの手を取って手のひらをぽんぽんと叩き、その一連の所作のすべてをあまりにこやかに行なったものだから、コトリンはそれを了承と受けとめ、礼を言ってきた。

「おいおい」わたしは言い返した。「ぼくは、やるなんて言ってないし、やらん」

「やらん?」

わたしはうなずいた。

「もういいわよ、コトリン」サビーナが夫に言った。「この調子じゃ、わたしたちが着ている服までほしいって言い出すわよ。それしか残ってないもの」

「何も残ってないよ。馬車はほしい、御者もほしい、銀器もほしい、ぜんぶほしい。いっそのこと、われわれを法廷に突き出して、証人を立てて証明するほうが早いよ。サビーナは妹ではありません、ぼくも義弟ではありません、神も神ではありませんとね。それがいい。そうすれば、小さなスプーン一本たりとも何も失わずにすむ。もうやってられないよ!」

相手はそうとう頭に血が上っており、わたしのほうもそれに負けないほどだったため、とうとうこんな妥協案を出した。銀器の分割である。相手は鼻で笑い、ならばポットはどっちがもらい、砂糖壺はどっちがもらうのかと訊ね返してきた。それからその質問のあとで、要求は時間をかけて解決すればよく、せめて法廷に持ち込んではどうかと。そのあいだにサビーナは庭に面した窓のところに行っていた——それからすぐに戻ってきて、銀器がもらえるなら、パウロと黒人を譲ってもいいと提案した。わたしがそれは承服できないと言おうとした矢先に、コトリンがそれと同じことを言った。

「それはならん！　頭を下げてもらうのはごめんだ」

悲しい昼食になった。司教座聖堂参事会員の叔父がデザートのころにやってきたが、そのときもまだ言い合いは続き、叔父はそれを見て言った。

「なあ、おまえたち。兄は全員で分けられるだけの、じゅうぶんに大きいパンを遺したんだぞ」

だが、コトリンは言った。

「ええ、たしかにそうでしょう。でも、問題はパンじゃない。バターなんです。何もついていないパンは呑みこめません」

最後に配分が決まったものの、わたしたちはいがみ合っていた。だが、諸君には言っておく。そうは言っても、わたしはサビーナと喧嘩をするのが本当に辛かった。あんなに仲がよかったのに！　幼いころの遊び、子どもの興奮、大人になってからの笑いと悲しみ。わたしたちはしょっちゅう、そんな喜びや苦悩のパンをきょうだいらしく分かちあい、じっさいに仲のいいきょうだいだった。それが今は、いがみ合っていた。これではまるで、天然痘とともに消え失せたマルセーラの美貌と同じだ。

85　ポルトガルの王（一七一四～七七年、在位一七五〇～七七年）で、ポンバル侯爵の改革によりポルトガルの近代化を推進したことで知られる。

四十七章　隠遁

マルセーラ、サビーナ、ヴィルジリア……。と、わたしは、まるでこれらの名前や人物が、わたしの心のなかの愛情の様態以上の何ものでもないかのように、それらのあらゆる対比をごっちゃにしている。行儀の悪いペンよ、文体のネクタイを結び、もっとましなベストを身につけよ。すべてはそれから、そのあとでわたしの後についてその家に入り、父の遺産相続から一八四二年までのあいだのもっともいい時代にわたしを揺らしてくれたハンモックに、身を横たえてみるがいい。さあ、来い。もし鏡台から香水の香りが漂ってきても、それをわたしが好きで撒《ま》いたとは思わないでほしい。それはNやZやUが残した痕跡——というのも、それらすべての頭文字が、そこで彼女らの優雅な堕落の揺りかごとなったからだ。だが、もし香水以外になにかお求めなら、それは望むことだけで我慢してほしい。というのも、わたしは写真も手紙も覚え書きもとっていず、当時の感動ですら消え失せて、今わたしのところに残っているのはイニシャルだけなのだから。

わたしは、ごくたまに舞踏会か芝居か講演会にでかける程度で、ほとんど隠遁生活を送り、時間の大半を独りで過ごした。生きていた。日々の流転に身をまかせ、野望と失意のあいだで旺盛に飛びまわったかと思えば、打ち沈んで過ごした。政治について書き、文学を作った。新聞に雑文や詩を投稿し、評論家および詩人として、それなりの名声を勝ち取った。すでに下院議員になっていたローボ・ネーヴィスや、未来の侯爵夫人のヴィルジリアのことを思い出すたびに、自分だったらローボ・ネーヴィスよりもっといい下院議員や侯爵になれるのではないかと自問した——自分のほうが奴よりもっと価値がある、はるかに価値があるのだから——とわたしは、これを自分の鼻の頭を見つめながら呟いた……。

四十八章　ヴィルジリアの従兄弟

「昨日、サンパウロから、だれが着いたと思う？」ある晩、ルイス・ドゥトゥラが訊いた。

ルイス・ドゥトゥラとはヴィルジリアの従兄弟で、やはりミューズと戯れる輩《やから》だった。彼の作る詩はわたしのより人気があり、評価も上だった。だが彼は、他人の称賛を確認できるようなお墨つきを必要としていた。内気だったからだれにも訊かなかったが、褒め言葉を聞くことに喜びを見出していた。そうやって新たな力を創り出し、若々しく仕事に打ち込んでいたのだ。

哀れなルイス・ドゥトゥラ！　何かを発表すると、すぐにわたしの家に駆けつけ、中に入ってわたしの周りをうろつき、講評や言葉、あるいはなんらかの仕種でもいいから、新作を承認してくれるものを引き出そうと様子をうかがうが、わたしのほうはちがうことばかりを延々と話し――最近のカテッチ御殿[86]の舞踏会、議会の議論、馬車、それから馬――と、ありとあらゆることを話すが、彼の詩や文章だけは避けた。彼は最初のころこそ元気に答えているものの、しだいにしぼみ、それでも自分の話のほうに話題の手綱を引こうと本を開いたり、何か新作を出したかなどと訊いたりするが、わたしは、うん、とか、いや、とか答えて、また別の方向へ手綱を引き戻してしまい、彼もそれについてはくるのだが、最後はまったく動かなくなり、とぼとぼと帰っていく。わたしの意図は、自信を喪失させること、落胆させて排除することだった。そして、これもすべては鼻の頭を見つめながら……。

86　一八六六年にノーヴァ・フリブルゴ男爵によって建てられた館で、一八九七〜一九六〇年にはブラジル共和国の行政府が置かれた。現在は共和国博物館になっている。位置する地区名「カテッチ」は、この館に由来する。一九五四年にヴァルガス大統領が自殺を遂げたことで有名。

四十九章　鼻の頭

鼻よ、呵責を知らぬ良心よ、きみはわたしの人生のなかで、とても貴重な存在だった……。愛する読者よ、これまで鼻の用途について、何か考えたことがおありか？　パングロス先生[87]の説明によれば、鼻は眼鏡をかけるために作られたという——そして、正直なところその説明は、わたしもあるときまでは決定的のように思えた。ところがある日、哲学に関する諸々の点について考えているうちに、唯一真なる、決定的な説明を思いついた。

それは、托鉢僧《たくはつそう》の習慣に注目すればいいことだった。読者もご存じのとおり、托鉢僧は、長時間自分の鼻の頭を注視しつづけるが、その目的はただひとつ、天の光を観《み》ることだ。自分の目を鼻の頭一点に集中させるとき、僧は外界の事物という感覚を失い、見得ぬもののなかで自らを美化し、触れ得ぬものをとらえ、大地を離脱し、融解して昇華する。このような鼻の頭による存在の昇華は、精神のもっとも高遠な現象だが、そこに至る能力はなにも僧侶だけに宿るわけではない。普遍的なものである。人はだれでも自分の鼻の頭をみつめる必要があり、またその力を持ち、そうやって天の光を観ることを目的とするわけで、その効能は宇宙をたったひとつの鼻に従属させること、そして、それが社会の均衡を作りだすのである。もし鼻がたがいに相手の鼻ばかりとみつめあっていたら、人類は二世紀ともたず、原始時代の部族の段階で絶滅していたにちがいない。

ここで、読者の反論が聞こえてくる。「なんでそんなことが言えるんだ？　人がそんなふうに自分の鼻の頭をみつめている光景なんか、だれもいちども見たことがないじゃないか」と。

愚鈍な読者よ、それはあなたが帽子屋の脳の中に入ったことがない証拠だ。ある帽子屋が、べつの帽子屋の前を通りかかる。二年前に開店したライバルの店だ。当時は二つだった入り口が、今は四つある。さらに六つ、八つになりそうな勢いだ。ウィンドウにはライバルの帽子が飾られている。入り口からはライバルの客が入っていく。帽子屋はその店と、それよりは老舗なのに入り口が二つしかない自分の店とを見比べ、さらには相手の帽子を自分のと比較するが、値段は同じなのに自分のほうは人気がない。当然のことながら気がくさる。だがそのまま歩きつづけ、目を下方に、あるいは前方に向けて精神を集中させ、相手の店の繁盛と自分の店の遅れの原因を問いつづける。帽子屋としては自分のほうが優れているのに……。目が鼻の頭一点に注がれるのは、この一瞬だ。

したがって、結論は、世の中には二つの主要な力があるということだ。ひとつは愛で、種を繁殖させるもの。もうひとつは鼻。それは種を個人に従属させる。繁殖、均衡。

87　ヴォルテールの『カンディード』に出てくる人物。主人公カンディードの家庭教師で、楽天主義を信奉する。

第五十章　人妻ヴィルジリア

「サンパウロから着いた人物とは、従姉妹のヴィルジリアなんだ、あのローボ・ネーヴィスと結婚した人だ」ルイス・ドゥトゥラが話の続きを言った。

「ああ！」

「で、今日、初めて知ったんだが、きみは……」

「何？」

「彼女と結婚しようとしたんだって」

「父が仕組んだことさ。誰から聞いた？」

「彼女本人さ。きみのことをたくさん話したら、全部話してくれたよ」

翌日、オゥヴィドール通り[88]のプランシェール印刷所[89]の玄関前にいたら、遠くのほうからすばらしい美人がやってくるのが見えた。彼女だった。ほんの数歩先のところで初めて気づいたほどに別人で、自然と芸術が最後の仕上げをしたというほどだった。わたしたちは会釈を交わした。彼女はそのまま行き、夫と一緒に少し先で待っていた馬車に乗り込んだ。わたしはほうけたようになった。

一週間後、舞踏会で会った。たしか二言か三言交わしたと思う。しかしそのひと月後に、ある夫人、この夫人とは第一帝政期のサロンの花で、第二帝政期に入った後も引き続き花であり続けたある女性だが、その夫人宅で開かれた舞踏会でわたしとヴィルジリアの距離はぐっと縮まり、談笑したりワルツを踊ったりと、長く一緒にいるようになっていた。ワルツとは甘美なもの。わたしたちは踊った。自分の肉体に、あのしなやかでみごとな肉体を引き寄せたとき、妙な気持ちになったことを否定はしない。それは奪われた男の感覚だった。

「暑いわ」終わるとすぐに彼女は言った。「テラスへ参りません？」

「いや、風邪を引くよ。別の部屋へ行こう」

別の部屋にはローボ・ネーヴィスがいて、彼はわたしの政治評論に対してやたらにご挨拶を述べた後で、文学のほうはわからないから何も言えないと言い添えた。だが政治評論はみごとで、よく考えられているし、よく書けていると。わたしも負けないくらいに磨きをかけたお世辞を返し、互いに満足して別れた。

それから三週間ぐらいたったとき、彼から内輪のパーティへの招待を受けた。行ったら、ヴィルジリアがこんな嬉しいひとことで迎えてくれた。「今日はわたしと踊ってくださいますわよね」。たしかに、わたしはワルツにかけては定評があり、実際に舞いの名手だったから、彼女がわたしを選んでも驚くことではない。わたしたちは一曲踊り、さらにもう一曲踊った。一冊の本がフランチェスカ[90]を堕落させたとすれば、わたしたちを堕落させたのはワルツだった。たしかこの夜、わたしは彼女の手をものすごく強く握りしめたと思う。そして彼女のほうもその手をそのまま、まるで忘れられたかのようにわたしに預け、わたしが彼女を抱き寄せると、みんなの目がわたしたちに集中し、そしてやはり抱き合いながらくるくる舞うほかの人たちにも注がれた。恍惚。

---

88 リオデジャネイロの中心街にある通り。当時の目抜き通り。

89 リオデジャネイロにあったフランス系の出版社兼書店。

90 フランチェスカは、ダンテ『神曲・地獄編』の第五歌に登場する悲恋のモチーフで、政略結婚によって結婚させられた彼女は義弟のパオロに心を寄せてしまう。その思いに気づいたきっかけが、ランスロットの騎士物語だった。

五十一章　おれのもの！

「おれのもの！」わたしは別の紳士に彼女を引きわたすなり、つぶやいた。正直に言えば、そのアイデアはその晩の残りをかけてわたしの精神の奥まで入り込んだが、そこには鉄鎚というよりもむしろ、もっと浸透力のある錐のような力が働いていた。

「おれのもの！」わたしは自宅の玄関前でも口にした。

しかし、そこで運命か偶然か、あるいは別のなんでもいいが、それがまるでわたしの物欲の炎に薪をくべることを思いついたかのように、何か黄色く丸いものが地面で光った。かがむと、それは金貨、半[91]ドブラ金貨だった。

「おれのもの！」わたしはもういちど笑いながら言って、それをポケットにしまった。

その夜はもう、金貨のことは考えなかった。だが翌日にそれを思い出し、いくらか良心の反発を覚え、するとある声が、相続したのでも稼いだのでもなく、たんに道でみつけた金貨がなぜおまえのものなんだと問いかけた。明らかに、わたしのではなかった。他人《ひと》のものだ。金持ちであれ貧乏人であれ、それを失くした人のもので、たぶん貧乏人だろう。妻子に食わせることすらできないどこかの労働者のだろうか。だがたとえ金持ちであろうと、わたしがすべきことは同じだ。金貨は返さなければならず、いちばんいい唯一の方法は、広告か警察を通じてそれをすることだった。わたしは警察署長に手紙を書き、拾得物を同封し、できるかぎりの手をつくして本当の持ち主の手に返してほしいと依頼した。

手紙を投函し、ゆったり朝食をとった。うきうきと、とすら言ってもいい。わたしの良心は前の晩にあまりにワルツを踊りすぎて、息がつまって呼吸ができなくなっていた。だが半ドブラ金貨を返したことが、道徳の反対側へ開けはなたれた窓となった。新鮮な空気が流れ込んできて、哀れな貴婦人がほっと大きく息をついた。良心の風通しは、ぜひなさるといい！　これ以上は言わない。ともかく、いろいろな状況を差しひいて考えても、わたしの行為はすばらしかった。というのも、それは公正な良心、すなわち繊細な心の表われであったからだ。とは、じつはわたしの心の中の貴婦人がかけてくれた言葉で、彼女は厳しさと同時にやさしさも込めて言ってくれた。さらに、開けはなたれた窓の桟に寄りかかりながら、こうも言った。

「クーバス、いいことしたわね。完璧な行動よ。その空気は新鮮であるばかりじゃない、芳醇だし、言ってみれば永遠の庭の蒸散ね。クーバス、あなたがしたこと、見てみる？」

そう言うと、善良な貴婦人は鏡を取りだして、わたしの目前で広げた。そこには、くっきりと昨夜の丸いぴかぴかの半ドブラ金貨が自己増殖していく様子が映し出された――十枚――それから三十枚――それから五百枚――それは返還という単純な行為が、わたしの生と死にどんな恩恵を与えることになったかを示していた。わたしは、自分の全存在をその行為をみつめる動作に注ぎこみ、そのなかで自分をみつめなおし、自分は善良で、もしかしたら偉いのかもしれないと思った。たった一枚の金貨が、である。ほんのちょっぴりワルツを踊りすぎた、それがどういうことなのかをお考えいただきたい。

こうしてわたし、ブラス・クーバスは、ある崇高な法則、窓の等価性の法則を発見した。要は、ある窓が閉まっていたら代わりに別の窓を開けることで、道徳が継続的に良心の風通しをできるようにする、というものである。それがどういうことか、おそらくあなたにはわからないだろう。たぶんもっと具体的な例、たとえば、ある包みなどはどうだろう、謎の包み。ということで、その謎の包みの話をしてみよう。

91　注39参照。

五十二章　謎の包み

その数日後のことだった。ボタフォゴ[92]へ行く途中で、海岸にあった包みにつまずいた。いや、言い方がよくない。つまずいたというより、蹴ったというほうが正しい。包みを見たら、さほど大きくはなく、きれいで、丈夫な紐で結《ゆ》わかれ、きちんとくるまれていて、見るからにただの包みではないので、試しにふと蹴ってみることを思いついたのだが、蹴っても包みは動かなかった。あたりを見渡した。海岸に人影はなく、遠くのほうでは何人かの子どもらが遊んでいた――さらに遠いところでは、漁師がひとり網を繕っていた――だれからもわたしの行為は見えなさそうだ。わたしは身をかがめ、包みを拾ってそのまま歩きつづけた。

歩きながらも不安がなかったわけではない。少年たちのいたずらだったのかもしれない。拾った物を海岸に戻しにいこうかとも思ったが、包みをさわってそのアイデアをしりぞけた。そのすこし先で引き返して家に帰った。

「なんだろう、見てみよう」書斎に入るなり、わたしは言った。一瞬ためらった。羞恥心からだと思う。やはりいたずらかもしれないという不安がよぎった。たしかに、あそこには外界の目撃者はいなかった。だがわたしは自分の中に少年を抱えていた。もしここで包みを開けて、中に入っていたのが一ダースの古いハンカチや二ダースの腐った果実《グアバ》などだったとしたら、そいつはきっと口笛を吹いてからかい、きゃあきゃあ叫びながら足を踏み鳴らし、野次を飛ばしてけらけら笑い、騒ぎたてるに決まっている。だがもう遅かった。わたしの好奇心はびんびんに高まっていたし、おそらく読者諸君も同じだろう。包みを開け、見ると……出てきたのは……わたしは数えた……もういちど数えたら、なんと五コント。大金だ。ほかにもまだ数十ミルレイスはありそうだ。大量の札と硬貨を合わせて五コント、すべてがきれいに揃った、めったにない拾い物だった。わたしはもういちど包みなおした。昼食をとりながらも、黒人の子どものひとりが仲間に目配せしていたような気がしてきた。見ていたのか？　わたしはそっと彼らに問いかけてみたが、そんなことはないと結論を出した。昼食後、ふたたび書斎に行って金を確認した、わたしは五コントに対する母親のような自分の気遣いを笑った——金に不自由していないわたしが、である。

そのことはもう考えないように、夜はローボ・ネーヴィスの家に行った。彼からは妻の主催する会合には欠かさず来るよう、何度も言われていた。そこで警察署長に会い、警察署長はわたしを紹介されると、すぐに数日前に送った手紙と半ドブラ金貨のことを思い出した。みんなにそれを披瀝すると、ヴィルジリアはわたしの行動に感心した様子を見せ、そこにいた人たちがそれぞれ似たような話をしはじめ、わたしはそれを、ヒステリーを起こした女性のような苛立ちを覚えながら聞いた。

夜も、その翌日も、その週も、わたしは極力五コントのことは考えないようにつとめ、それはしっかりと書斎机の引き出しにしまってあったことを白状する。話はどんな話題も好んでしたが、金の話題、とりわけ拾得した金に関する話は避けた。とはいえ、金をみつけることが罪なのではない、それは喜ばしいことで幸運でもあり、もしかしたら神の啓示かもしれない。それ以外の何ものでもなかっただろう。なにしろ五コントだ、ハンカチを失くすのとはわけがちがう。五コントを持ち歩くときは何万という神経を使い、頻繁《ひんぱん》にさわって確認し、目ばかりか手も頭もそこからは離さないはず、それを海岸でこれほどうっかりと失くすためには、よほど……。とにかく拾得じたいは罪ではない。罪でないばかりか不名誉な行為でもないし、一人の人格をおとしめるような要素は何ひとつない。あくまでも拾い物、降ってわいた幸運、宝くじの特賞や馬券の当たり券や、合法的な賭けごとで得た勝ちと同じで、それだけの福に与《あずか》る資格がわたしにあったとすら言おう、なぜならわたしは、自分が悪い人間だとも神の恩寵に値しないとも感じていなかったからだ。

「さてこの五コントだが」わたしは三週間後、ひとりつぶやいた。「何かいいことに使おう。どこかの貧しい少女への喜捨かその類のことに……。ちょっと考えてみよう」

その日のうちに、わたしはそれをブラジル銀行へ持っていった。そこでは、半ドブラ金貨の一件のことでたくさんのやさしい言葉をかけられた。うわさは知人のあいだに広まっていたのだ。わたしは、そんなに大騒ぎをするようなことではないと、うんざりして答えた。すると今度は、その謙虚さを褒められた——しまいにはわたしが腹を立てるのを見て、やっぱり立派だと口々に言ったものだ。

92 リオデジャネイロ市内の地区名で、同名の海岸がある。

五十三章

・・・・・・

ヴィルジリアだけは半ドブラ金貨のことはもう頭になく、彼女のすべてがわたしに集中していた。わたしの目とわたしの生とわたしの思考に——とは彼女本人が言っていたことで、事実そうだった。

植物には、早く芽を出し、成長も早いものがある。いっぽう、成長が遅く発育が不全なものもある。わたしたちの愛情は前者で、あまりに勢いよくあまりに元気に芽吹いたものだから、あっというまに森でいちばんの成長株となって葉をいっぱいにつけ、こんもりと生い茂る大木になった。ここまで成長するのにどれだけの日数を要したか、正確には言えない。覚えているのは、ある夜、花の蕾《つぼみ》をつけたことだ。あるいは、それを接吻と呼びたければそれもいい。彼女が震えながら捧げてくれた接吻——かわいそうに——怖くて震えていたが、それは庭の門でのことだったからだ。たったひとつの接吻が、わたしたちを結びつけた——場合にふさわしく束の間で、愛にふさわしく熱烈に、愉悦と恐怖と罪悪感と、苦悩で終わる快楽、そして、歓びと花咲かせる哀しみから成る人生の序章《プロローグ》——忍耐づよく計画的な偽善、歯止めの効《き》かぬ情熱の唯一の歯止め——動揺と怒りと絶望と嫉妬の人生。それにはある時間がたっぷりと報いてくれるが、別の時間がやってくるとそれを呑み込み、ほかのすべても同様で、表にのこるのは動揺とその他、そしてその他のその他、すなわち嫌悪と倦怠だ。これが、先述の序章の本であった。

五十四章　振り子

わたしは、接吻の余韻を味わいながらそこを後にした。眠れなかった。ベッドには横になったが、ならなかったも同然だった。その夜のすべての時刻を耳にした。ふだん寝つけないときは、振り子の音を不愉快に思ったものだ。このチクタクというゆっくりと乾いた陰気な音は、あたかもひとつ打ったびに、命が一瞬短くなると告げられているかのようだ。そういうとき、わたしは年老いた悪魔の姿を想像した。生と死の二つの袋を両脇に置いて座り、生の袋から硬貨を取りだしては死の袋に入れ、こんなふうに数えるのだ。

「一枚減……」

「一枚減……」

「一枚減……」

「一枚減……」

何よりも奇妙なのは、時計が止まると、わたしがぜんまいを巻き、ぜったいに止まらないようにし、失われていく瞬間のすべてを数えられるようにしておくことだった。いろいろな発明がなされ、それらは変容し、終焉を迎える。制度だって死に絶える。だが、時計は絶対かつ永遠だ。最後の人間とて、燃えつきた冷たい太陽に別れを告げるときには、やはりポケットに時計を忍ばせ、死に至る正確な時間がわかるようにしておくことだろう。

だが、その晩のわたしは、そんな暗鬱な感覚におそわれることもなく、それとはちがう甘美なものを味わっていた。幻像がわたしのなかで乱舞し、次から次へと現われて、それはまるで、聖人行列で歌う天使をひと目見ようと押し寄せる、狂信的な女のようだった。わたしには失われていく瞬間は聞こえず、獲得した分《ふん》を聞いていた。それがある時から何も聞こえなくなったが、それはやんちゃで腕白なわたしの思考が、窓から飛び出し、翼を広げてヴィルジリアの家のほうへ飛んでいったからだ。そこで窓辺で待つヴィルジリアの思考をみつけ、互いに挨拶を交わし、おしゃべりを始めた。いっぽうのわたしたちは、ベッドの上で、おそらくは寒さのせいと休養を必要としていたためにごろごろしていたが、放浪中の二つの思考は、アダムとイヴの古《いにしえ》の対話を繰り返していた。

五十五章　アダムとイヴの古《いにしえ》の対話

ブラス・クーバス　・・・・？

ヴィルジリア　・・・・

ブラス・クーバス　・・・・・・・・・・・・・・・・・・・・・・・・・・・・

・・・・・・

ヴィルジリア　・・・・・！

ブラス・クーバス　・・・・・・

ヴィルジリア　・・・・・・・・・・・・・・・・・・・・・・・・・・・・

・・・・・・・？・・・・・・・・・・・・・・・・・・・・

・・・・・・・・・・・・・・・・・・・・・・・・・・・・

ブラス・クーバス　・・・・・・・・・

ヴィルジリア　・・・・

ブラス・クーバス　・・！・・・・・！・・！

ヴィルジリア　・・・・・・・・・・・・・？

ブラス・クーバス　・・・・・！

ヴィルジリア　・・・・・！

五十六章　時間的都合

それにしても、何ということだ！　いったいだれがこの違いの理由を説明できるだろう？　ある日、わたしたちは出会い、結婚を考えながら破談となり、悲しみもなくさばさばと別れたが、それは情熱がまったくなかったからだ。多少の無念さにちくりとかじられた程度で、それ以上のことはなかった。歳月が流れ、再会してワルツを三、四曲踊ったところで、なんとわたしたちは恍惚として愛し合うようになった。ヴィルジリアの美しさがちょうど極致に達していたことはたしかだが、わたしたちは本質的に同じだったし、わたしに至っては、以前より格好よくなったわけでも品よくなったわけでもなかった。ならば、この違いの理由をだれが説明できよう？

理由は時間的都合、それ以外には考えられない。最初のときは都合が合わず、なぜかといえばわたしたちのどちらも愛に対しては未熟でなかったが、「わたしたちの」

愛に対しては、そろって未熟だったからだ。決定的な違いはそこにある。双方の都合ぬきに、愛は成立しない。この説明はわたしが自分でみつけたもので、それは接吻から二年たったある日、ヴィルジリアがしつこく言いよる伊達男に対してこう文句を言ったときだった。

「人の都合も考えてよ!」彼女は腹だたしそうに顔をしかめて言った。

わたしはびくっと震え、彼女をみつめたが、怒りは本ものだった。そこでわたしは、自分もいつかはこんなふうにしかめっ面をさせたことがあったのだろうとふと思い、すぐに自分の進化の大きさを実感した。つまりわたしは、都合の悪い存在から、良い存在になっていたのだ。

五十七章　運命

そう、わたしたちは愛しあっていた。社会のあらゆる掟が立ちはだかる今になって、わたしたちは本気で愛しあうようになっていた。たがいにくびきでつながれ、それはまさにかの詩人が、「煉獄」でみつけた二つの魂のよう。

Di pari, come buoi, che vanno a giogo;[93]

「くびきでつながれた牛のように寄り添って」

いや、牛に喩えて言うのはよくない。というのも、わたしたちは牛ほど鈍くはないが、もっとふしだらで淫乱な種に属していたからだ。こうしてわたしたちは、どこまで行くか知れない道を、途中どんな闇の路《みち》を通るかもわからないままに歩みはじめた。

これを思い、最初の数週間は怯えたが、解決は運命に任せた。気の毒な運命よ！　今ごろおまえはどこにいるのか、人間の諸業務の代訴人よ？　おそらくはおまえはせっせと、新しい皮膚や別の顔や別の所作、そして別の名前を作っているのだろうが、ひょっとすると……。おっと、どこにいたか忘れてしまった……。そう、闇の路だ。こうなったらもう神の思《おぼ》し召《め》しに、縦横にしたがおう、わたしはひとりつぶやいた。愛しあうのがわたしたちのさだめ。そうでなければ、どうやってワルツやその他のことを説明すればいいのだ？　ヴィルジリアも同じことを考えていた。ある日、ときどき胸が痛むと打ち明けられたときに、胸が痛むのは愛がないからだとわたしが言うと、ヴィルジリアは彼女のみごとな腕をわたしにからめ、こうささやいたのだ。

「愛している、それが天の思し召し」

そしてこの言葉は、なんの根拠もなく出てきたわけではなかった。ヴィルジリアには多少の信心があった。たしかに、毎週日曜日のミサに行っていたわけではなく、教会へ行くのはせいぜい祭りの日か、特別席に空きがあるときぐらいだった。だが、祈りは毎晩欠かさず熱心に、いや、少なくとも眠りながらでも捧げた。雷を恐れ、そのときは耳をふさいで、教理で習った祈りをかたはしから唱えた。寝室にはジャカランダ[94]

製の香台[95]があり、高さは三パルモほどで彫刻が施され、中には三体の御像《ごぞう》が置かれていた。しかしそのことは、女性の友人には話さず、逆に信心深いだけの女たちを、狂信的な婆《ばば》あだと決めつけた。一時は、彼女には信じるということに羞恥心のようなものがあって、彼女の宗教とは身体を守るため、秘かにつける下着のようなものなのかもしれないと思った。だが、明らかにそれはわたしの思い違いだった。

93 ダンテ『神曲・煉獄編』第十二歌。
94 注62参照。
95 家庭用の祭壇。

五十八章　打ち明け話

当初わたしはローボ・ネーヴィスをものすごく怖れていた。とんだ勘違い！　妻のことを深く思い、そのことを臆面もなくわたしに何度も語った。ヴィルジリアは完璧そのものだ、確固たる優れた美点の結晶で、愛らしく優美で端正で、まさに模範だと。彼の打ち明け話はそこで終わらなかった。最初は隙間程度だったが、最後は扉が全開になった。ある日彼は、自分という存在には悲しい虫が巣食っていると、打ちあけてきた。自分には一般的な名望が欠けていると。わたしは励ました。たくさんのきれいごとを言ってやると、彼は、このまま死んで終わりたくないという宗教的情熱を見せながら聞いていた。そこでわたしは、彼の野心はいくら羽をばたつかせても飛び立てないので、疲れてしまっているのだろうと思った。数日後には、彼が感じているかぎりの虚無感や意欲の減退、それから、甘受せざるを得なかった苦労や失せた怒りを、洗いざらいぶちまけられた。彼いわく、政治の世界は、ねたみと怨念と陰謀と背信と利害と虚栄心の織り物だそうだ。明らかに、鬱による危機的な状態だった。わたしはそれを打ちはらってやろうとした。

「自分が何を言っているのかわかっている」彼は寂しく答えた。「わたしがこれまでどんな思いで過ごしてきたか、想像もつかないだろう。政治へ入ったのは、好きだったからだし、家族や野心のため、それから多少は虚栄心もあった。ご覧のとおり、わたしには政治家になるための動機がひととおりそろっている。だけど、あとひとつ、別の性格への興味関心が欠けていたんだ。言ってみれば、芝居を観客席側から観ていたんだ。そして事実、それはすばらしかった。なかなか壮観で、演技には生気も動きも興もあった。わたしは入団した。それでもらった役が……。あれ、なんでまた、こんなつまらない話をしてるんだ。自分の悩みは自分のなかにしまっておくよ。どうもこのところ、ずっと……。情緒が不安定で、感謝の気持ちも持てず、とにかく無……、無……、無……」

そう深く消沈し、黙り込んだ。目を宙にさまよわせ、どうやら自分の思考の反響以外は何も聞こえていないようだった。ほんのしばらくすると立ちあがり、手を差しのべてきた。「きっとあなたは、わたしのことを笑っているだろうね。あんなにぶちまけてしまってすまなかった。ひとつ頭を悩ませていることがあってね」と言って、寂しく陰のある笑いを浮かべた。それから、このことはだれにも言わず、二人のあいだだけの話にしておいてほしいと言った。わたしは、別に何かがあったわけじゃないと言ってやった。そこへ、二人の下院議員と教区の政治リーダーが入ってきた。ローボ・ネーヴィスは彼らを歓待し、最初はいくぶんぎこちなさがあったが、すぐに自然になった。三十分もたつと、彼こそもっとも恵まれた人だと言わない者はだれもいないほどになっていた。彼が話をしてふざけて笑うと、一同が笑った。

五十九章　出会い

政治とは、きっと強精ワインにちがいない、わたしはローボ・ネーヴィスの家を出ながらつぶやいた。そうやって、ぶらぶら、ぶらぶらと歩きながらバルボノス通り[96]まで来たところで、一台の馬車を見かけ、そのなかには高校のときの同級生だった大臣が乗っていた。わたしたちは親しく会釈を交わし、馬車は通りすぎ、わたしはそのままぶらぶら……ぶらぶら……ぶらぶらと……。

「そうか、大臣でも目指してみるか？」

このきらきらとした壮大なアイデアは――ベルナルデス神父[97]ならしゃれたアイデアと言うだろうか――このアイデアは、目がくらくらするような宙返りを始め、わたしの目は釘づけになり、魅《ひ》き込まれた。もうローボ・ネーヴィスの悲しみのことは、頭になかった。わたしは深淵に吸い込まれる感覚を覚えた。あのかつての高校の同級生を思い浮かべ、いっしょに丘を駆けまわった思い出や、楽しい日々やいたずらを振りかえり、少年時代の彼と大人になった彼を比べ、自分が彼のようになれない理由がどこにあろうかと自問した。ちょうどパセイオ・プブリコ公園[98]に入るところで、すべてが口をそろえてこう言っているように思えた――「クーバス、大臣になったらどうだい？」――「クーバス、国家大臣になれよ」。それを聞くうちに、ここちよい感覚がわたしの体じゅうを一新させた。公園に入りベンチに腰をおろして、そのアイデアを咀嚼した。きっとヴィルジリアも喜ぶだろう！　その数分後、見知らぬ人でもなさそうな男が一人、わたしのほうへ歩いてくるのが見えた。どこでだったかはわからないが、会ったことがある。

さて、男性を一人想像してほしい。年齢は三十八から四十、背が高く痩せ型で、顔色は悪い。服装は、スタイルを無視すれば、いまバビロンの捕囚から逃れてきたばかりという風体、帽子はゲスラー[99]と同時代のもの。次に、コートを想像してみたまえ。肉体――というより正確には骨格――に対して大きすぎてぶかぶかで、色は黒が変色して鈍い黄色になりかかっていた。表面の毛は剝げかけて、ボタンは八つあったうちの三つしか残っていなかった。ズボンは茶色の帆布製で、両膝にはごっつい膝当てが施され、折り返しの部分は情けもかけられず、磨かれた形跡もないショートブーツの踵《かかと》のせいで擦れている。首もとでは、いずれも色あせた二色のネクタイの先がひらひらと揺れ、一週間つけっぱなしのカラーを締めていた。たしかチョッキを着ていたと思う。黒っぽい絹のチョッキで、ところどころ皺になり、ボタンがとれていた。

「ぼくがわからないようだね、クーバス先生？」男は言った。

「はて……」

「ボルバ。キンカス・ボルバだよ」

わたしは驚いて後ろに下がった……。おお、なんという落魄《らくはく》！　これを語るために、ボシュエ[100]かヴィエイラ[101]の崇高な言葉をどれだけ借りたいと思ったことか！　たしかに、キンカス・ボルバだった。往年の愛らしい少年、わが高校の同級生、あんなに賢く裕福だった彼。本当にキンカス・ボルバか！　いや、違う。そんなはずはない。まさかこんなにガリガリで、ひげにも白髪が交じり、ぼろぼろの服を纏《まと》った廃墟同然の老いぼれがキンカス・ボルバだとは、すぐには信じられなかった。だが、そうなのだ。目には昔の面影があるし、笑いにも彼特有の皮肉っぽさが失われていなかった。その間、彼はしっかりとわたしの驚きに耐えていた。しばらくしてわたしは目をそらした。姿じたいも受けつけなかったが、昔との対比がやりきれなかった。

「なんの説明も必要ないだろう」ついに彼が口を開いた。「すべて、お察しのとおり。あわれな暮らしだ。苦労と闘いの連続だ。祭りのとき、おれが王様の役をしたのを覚えているだろ？　落ちぶれたもんだ！　いまは物乞いだ……」

そう言うと、無関心な表情のまま右手と両肩をあげ、そのありさまは運命の仕打ちを諦観しているようでもあり、あるいは満足すらしていたのかもしれない。たぶん満足していたのだ。きっと無感動なのだ。彼の中には、キリスト教的な諦観とか哲学的な順応は存在しなかった。どうやら、貧苦のせいで心が麻痺し、恥の感覚がなくなってしまっていたようだった。ぼろ布を、かつての真紅の衣のように引きずっていた。けだるい雰囲気があった。

「こんど、うちに来てくれ」わたしは言った。「何か、見つくろえるかもしれない」

豪快な笑みが彼の唇を開いた。「そうやって何かを約束してくれるのは、きみが初めてではない」と答えた。「そして、もしかしたら、そう言いながら何もしてくれない最後の人間になるかもしれん。そんなことしてなんになる？　おれは何も頼まん、金以外は。金ならもらう。なんたって、食わにゃならん、食い物屋は信用では売っててくれんからな。八百屋もだ。くだらんものも、安っぽいトウモロコシ粥ですら、あのくそ八百屋どもは信用では売ってくれん、ちくしょう……。地獄だよ、とも……」友よと言いかけたのだ。「地獄さ！　悪魔だよ、どいつもこいつも、悪魔さ！　今日だって朝飯を食ってない」

「そうなのか？」

「そう。ずいぶん早く家を出たからね。どこに住んでいると思う？　サンフランシスコ階段[102]を三段上ったところの、向かって左さ。ノックは無用。家は涼しい、きわめて涼しい。で、そこを早く出た、そして何も食ってない……」

わたしは財布を取りだして、五千レイス札を一枚——もっともきれいでないものを——選んでやった。彼は目をぎらぎらと貪欲に光らせ、それを受け取った。札を宙に掲げ、興奮気味に振り回して叫んだ。

「In hoc signo vinces![103]（この印にて、汝、勝利を収めん）」

そして、たいそう愛情を込めて接吻した。あまりの露骨なはしゃぎぶりに、わたしのなかには嫌悪と憐憫が入りまじった感覚が生じた。敏感な彼は、わたしの気持ちを察知した。真面目に、不気味なくらいに真面目になって、はしゃいだことを詫び、もう何年も五千レイス札を見ていない貧乏人ゆえのはしゃぎぶりだったと言った。

「これ以降もたくさん見られるかどうかは、きみしだいじゃないか」わたしは言った。

「どうだか？」彼は食ってかかってきた。

「働けばいい」わたしはぴしゃりと言った。

彼は侮蔑の仕種を見せ、しばらく黙りこんだが、そのあとで、自分に働く気はないときっぱり言った。わたしはいいかげん、こんなに滑稽でこんなに哀しい退廃ぶりに嫌気がさしてきていたため、そこを立ち去ろうとした。

「帰る前に、おれの貧苦の哲学を教えてやる」そう言うと彼は、わたしの前に立ちはだかった。

96　現在のエヴァリスト・ダ・ヴェイガ通り。
97　マヌエル・ベルナルデス（一六四四〜一七一〇年）。カトリックの神父で、ポルトガルのバロック時代の説教家。ヴィエイラ（注101）と並べて語られることが多い。
98　リオデジャネイロに現存する公園。一七八三年に建設された。
99　支配を強化するためにスイス中央部のウーリに派遣されたオーストリアの代官で、自身の帽子を中央広場にかけ、敬礼を強要した。また、それに従わなかったウィリアム・テルに対して、テルの息子の頭の上のりんごを矢で射る罰を与えたという伝説が有名。

100 ジャック・ベニーニュ・ボシュエ（一六二七～一七〇四年）。フランスの代表的な説教家、神学者。

101 アントニオ・ヴィエイラ（一六〇八～九七年）。カトリックの神父で、ポルトガルおよびブラジルのバロック時代の代表的な説教家。

102 具体的にどこの通りかは特定できないが、リオデジャネイロの町には丘がたくさんあり、それを登るための石畳の階段には、道路のように名称がつけられている。そしてそのような地区は、場所によってはこの頃すでにいかがわしい地区になっていた。「サンフランシスコ階段」という名称からは、キンカス・ボルバの住居がそうした界隈にあったことが想像される。

103 ローマ皇帝・コンスタンティヌス大帝の銘。

六十章　抱擁

てっきり狂っているのかと気の毒に思って離れようとしたとき、彼はいきなりわたしの手首を摑むと、わたしが指につけていた宝石をしばらく眺めた。手が物ほしげに震えるのが伝わってきた。所有欲だ。

「みごとだな！」彼は言った。

それからわたしのまわりを回り、じっくりと観察した。

「おしゃれだね」と言った。「宝石に高級服にと、優雅だな……。おれの靴と比べてみろ。違うね！　いいよな！　本当におしゃれだ。で、女は？　そっちのほうはどうなんだい？　結婚しているのか？」

「いや」

「おれもさ」

「住所は……」

「住所なんか知りたくないさ」キンカス・ボルバは言葉をさえぎった。「今度もし会うことがあったら、また五千レイス札でもくれよ。ただし、家に取りにいくのだけはごめんだ。いちおうプライドのようなものだ……。じゃあ、あばよ。なにか落ちつかなそうだからね」

「じゃ」

「ありがとう。もっと近くで礼を言っていいかい？」

そう言うと、いきなり飛びついて抱擁をしてきたため、わたしは逃げられなかった。ようやく別れると、わたしはそそくさと、抱きつかれて皺くちゃになったシャツのまま、うんざりと悲しい気分でその場を後にした。わたしの心の大部分を占めていたのは、もはや同情ではなくて、別の感覚だった。貧しいなりにも威厳を持っていてほしかった。そして、なによりも現在の彼と昔の彼をふたたび重ねないではいられず、するとわたしは悲しい気分になって、ある時代の希望と別の時代の現実のあいだに横たわる深い淵に、向きあわないわけにはいかなくなるのだった……。

「何があばよだ！　昼飯でも食うか」わたしはつぶやいた。

チョッキに手を入れると、時計がない。究極の幻滅！　ボルバが、抱擁したときにくすねたのだった。

六十一章　計画

悲しい昼食だった。時計がないからではない、心が痛んだのは、盗みを働いた張本人のイメージと子どものころの思い出、それらをふたたび比較し、出てくる結論が……。スープを飲むあたりから、わたしのなかに二十五章で述べた物憂げな黄色い花が咲きはじめたので、わたしは急いで昼食をすませ、ヴィルジリアの家へ走った。ヴィルジリアは、現在だった。わたしはそこに逃げ込み、過去の圧力から逃れようとした。というのも、キンカス・ボルバとの出会いは、わたしの目を過去に向けさせていたからで、しかもそれは本当にあった過去ではなく、乞食と盗人の住む、腐った、退廃した過去だったからだ。

家を出たものの、まだ早かった。行ってもまだ食事中だろう。ふたたびキンカス・ボルバのことを考えはじめたら、もういちどパセイオ・プブリコ公園に行って、いるかどうか見てみようという気になった。彼を更生させたいというアイデアが、わたしのなかで強い必要となって生まれた。行ったが、姿はなかった。守衛に訊いてみたら、たしかに「奴」はときどき現われるといった。

「何時ごろですか?」

「時間は決まってないですね」

また会うことは不可能ではなさそうだった。ふたたび来ようと、自分に約束した。彼を更生させ、仕事に就けさせ、人間としての尊厳を取りもどさせねば、わたしの心はこの思いでいっぱいになった。わたしはだんだん気分がよくなってきた。気持ちの高揚、自我への称賛……。そうしているうちに日は暮れ、わたしはヴィルジリアに会いに行った。

六十二章　枕

ヴィルジリアに会ったら、たちまちキンカス・ボルバのことを忘れた。ヴィルジリアはわたしの精神の枕、柔らかく温かく芳しく、レースと白麻布《キャンブリック》生地のカバーのついた枕。わたしが悪感情をまぎらわすのはいつもそこで、それらはたんなる愚痴から痛ましいものまで、いろいろだった。だがよく勘案するに、ヴィルジリアの存在理由は、それ以外にはなかった。そう、それ以外には。五分あればキンカス・ボルバのことはきれいさっぱりと忘れられた。五分間、たがいに手を取り合い、みつめ合うだけ。五分間と一回の接吻。それで、キンカス・ボルバの記憶はどこかへ……。生の瘰癧《るいれき》、過去のぼろ布よ、きみがいくらこの世に存在し、どれだけ他人の目の毒になろうと、この二パルモの神聖な枕を持ち、そこで目をつむって眠れるなら、何をかまうことがあろう。

六十三章　逃げよう

おお！　だが、いつも眠れるとはかぎらなかった。三週間後、ヴィルジリアの家に行ったら——午後四時だった——彼女はひどくしょげかえっていた。何があったのか言おうとしなかったが、しつこく訊ねると、こう言った。

「どうやら、ダミアンが疑っているようなの。あの子、どこか変なのよ……。わからないけど……。わたしによくしてくれることは間違いないけど、目つきが前と違うような気がするの。眠れないのよ。昨日の夜だって、恐ろしくて目が覚めた。あの子に殺されそうになる夢を見たの。思い過ごしかもしれないけど、疑っているような気がする……」

わたしはできるかぎりなだめた。政治的な配慮かもしれないとも言った。ヴィルジリアは、そうかもしれないとは言ったが、ますます興奮して神経を高ぶらせた。わたしたちがいたのは、初めて接吻をかわした庭に面した居間だった。開いた窓からは風がそよそよと入り、カーテンをかすかに揺らし、わたしは見るともなしにそのカーテンを眺めていた。想像の双眼鏡を取りだしていたのだ。遠くに覗いていたのは、わたしたちの家とわたしたちの暮らしとわたしたちの世界で、そこにはローボ・ネーヴィスも結婚も道徳もなく、わたしたちの意思の拡張を阻むしがらみはなにひとつなかった。わたしはその考えに酔った。そうやって世界も道徳も夫も排除すれば、あとは天使たちの住処《すみか》に入りこむだけ。

「ヴィルジリア」わたしは言った。「提案がある」

「なあに？」

「ぼくを愛しているかい？」

「おお！」彼女はため息をついて、わたしの首に腕をからませた。

ヴィルジリアは、くるおしいほどにわたしを愛していた。その答えはまぎれもない真実だった。わたしの首に腕をからめながら、黙って激しく息をし、湿った輝きゆえに独特の感覚を放つ、その大きく美しい両眼《まなこ》でじっとわたしをみつめた。わたしはそれにずっとみとれたまま、暁のようにみずみずしく、死のように飽くことのない彼女の唇に惹きこまれた。このころのヴィルジリアの美貌は、結婚前にはなかった雄大さを獲得していた。まさにペンテリック山[104]の大理石に彫られた像のように、高貴で壮麗で純真で、彫像のような静謐な美しさをたたえていたが、冷徹さや冷たさはなかった。それどころか、芯からの熱さを感じさせ、じっさいにあらゆる愛を凝縮しているといってもよいほどだった。とりわけそのときは、それを凝縮し、人間の眸《ひとみ》が黙ったまま伝えられるすべてを表出していた。だが、とにかく時間がなかった。わたしは彼女の手をほどくと手首をとり、じっとみつめて、勇気があるかと訊ねた。

「なんの？」

「逃げる勇気。もっとゆっくり落ち着けるところへ行こう。家は大きくても小さくても、きみの好きなようにすればいい。田舎でも町でも、あるいはヨーロッパでもいい。きみに任せる。だれの邪魔も入らず、きみが危険にさらされることもなく、互いが互いのために生きられるところ……。な？　逃げよう。遅かれ早かれ、あいつは何かに感づく。そしたらきみはおしまいだ……。聞いているのか？　おしまいなんだよ……死ぬんだよ……、それはあいつも同じだ、おれが殺すから、ぜったいに」

わたしは言葉を止めた。ヴィルジリアが蒼白になって両腕をだらりと垂らし、長椅子に座りこんでしまったからだ。しばらくそのままひとことも言わず、迷っているのか、あるいはみつかって殺されると聞いて怯えたのか。わたしは彼女のそばに行ってしつこく提案し、二人だけの暮らしの利点のすべてを挙げた。嫉妬も恐怖も苦悩もない、と。ヴィルジリアは黙って聞いていたが、そのあとで言った。

「逃げられないと思う。それでも彼は、わたしをみつけだして殺すわ」

そんなことはないと説明した。世界はじゅうぶんに広い。わたしは、新鮮な空気とふんだんな太陽さえあれば、どこでも生きる手だてがある。あいつも、そこまでは追ってこないだろう。大それたことは大それた情熱にしかできないから、きみが遠くへ行ってしまえば、そこまで追ってくるほどまでは愛してはいないと。ヴィルジリアは驚いた様子と、ほとんど憤りに近い表情を見せ、夫は自分のことをおおいに好いてくれているとつぶやいた。

「かもしれない」わたしは答えた。「そうかもしれない……」

わたしは窓辺に行き、桟を指で叩きはじめた。ヴィルジリアが呼んだが、そのままそこで嫉妬に苦しみながら、彼女の夫を殺してやりたい気にかられていた。もし、すぐそばにいれば……。と、まさにその瞬間、ローボ・ネーヴィスが庭に現われた。青ざめた女性読者よ、そんなに震えなくてもだいじょうぶ。安心してほしい。わたしはこのページを、血の滴で赤く染めるような真似はしない。彼が庭に現われるなり、わたしは親しげな態度をとり、愛想のいい言葉をかけた。ヴィルジリアはいそいで居間を出、その三分後にローボ・ネーヴィスがそこに入ってきた。

「もうだいぶ前から来ていたのか?」彼が言った。

「いや」

入ってきたときの面持ちは神妙で、足どりは重く、いつものように視線をぼんやりとあたりに這わせていたが、息子がやってくるのが見えると、すぐにそれを沸きたつような喜びに変えた。六章に出てきた、将来の学士ニョニョである。息子を両腕に抱きかかえると、宙高く掲げて何度もキスをした。わたしは息子が憎かったので、二人のそばを離れた。ヴィルジリアが居間に戻ってきた。

「ああ!」ローボ・ネーヴィスはため息をつき、大儀そうにソファに腰かけた。

「疲れてるのか?」わたしは訊いた。

「ものすごく。なんたって、一級のブローを二発浴びたからね。一発は議会、もう一発は街。これからまだ、三発めがある」と妻を見ながらつけ加えた。

「なに？」ヴィルジリアが訊いた。

「……。当ててごらん」

ヴィルジリアは夫の隣りに座り、片方の手を取りネクタイを直して、もういちど何なのかと訊いた。

「ほかでもない、桟敷《さじき》席」

「カンジアーニ？」[105]

「そう、カンジアーニ」

ヴィルジリアは手を叩いて立ちあがり、柄にもなく、子どものようなはしゃぎ方を見せて息子にキスした。それから、桟敷席は舞台の袖側か正面かと訊き、夫に小声で、どんな服を着ていけばいいか、オペラは何の演目かなど、わたしにはわからないほかのことをいろいろと相談しはじめた。

「昼は食べていくだろ？」ローボ・ネーヴィスが言った。

「そのおつもりでいらしたのよ」妻が確認した。「あなたがリオで最高のワインを持っていらっしゃるからって」

「だからといって、たくさんは飲まないだろ」

だが昼食のとき、わたしはそれが嘘であることを示すことになった。ふだんよりも余計に飲んだのだ。とはいえ、前後不覚になるほどではなかった。すでに興奮していたのが、さらに少し高まった。ヴィルジリアに対して初めて抱いた、激しい怒りだった。昼食のあいだはいちども彼女のほうを見ず、政治や新聞や内閣のことを話し、もし知識を持ちあわせているか、あるいは思い出していれば、神学の話だってしただろう。ローボ・ネーヴィスは、いたって冷静に節度を保ったままわたしにつきあい、そこには上から注ぐ慈悲のようなものすらあった。だから、それがよけいにわたしの癪《しゃく》にさわり、昼食をいっそう辛く長いものにした。一同が食卓を立つなり、わたしは暇《いとま》を告げた。

「ではまた、って言っていいよね?」ローボ・ネーヴィスは訊いた。

「たぶん」

そうしてそこを出た。

104　アテネ近郊にある山で、古代ギリシア人は、建築や彫刻にここから切り出される大理石を使った。

105　アウグスタ・カンジアーニ（一八二〇～九〇年）という女性オペラ歌手は実在している。第二帝政期のリオデジャネイロで活躍、同地で没した。

六十四章　合意

町をぶらつき、九時には寝室に入った。だが寝つけず、思いきって読書や書き物を始めた。十一時には劇場に行かなかったことを後悔し、時計を見て、着替えてでかけようと思った。だが、それからでは着いても遅いうえ、自分の弱さを証明することになると判断した。ヴィルジリアはきっと、自分に愛想をつかしはじめているだろうと考えた。そう考えたら、わたしはどんどん絶望的になり冷酷にもなって、彼女のことなど忘れ、殺してやりたいと思った。その場からみごとな腕を露わにして桟敷席にもたれかかる彼女の姿が見えた——あの腕はおれのもの、おれだけの腕なのに——周囲の目を魅了しているのだ、おそらくは豪華なドレスを身につけ、乳のように白い胸元と、流行のスタイルに結いあげた髪と宝石と、しかしそれ以上の輝きを放つ彼女の目……。そんな彼女の姿が目に浮かび、それを他人《ひと》が見ていると思うと、心が痛んだ。

それから彼女の服を脱がせはじめ、宝石と絹のドレスを外し、わたしの好色に疼《うず》く手で髪をほどき、彼女を――より美しくか、あるいはより自然な姿でか――取り戻そうとした、おれだけの女、唯一おれだけの女。

翌日は矢も楯もたまらなくなり、はやばやとヴィルジリアの家にでかけていった。彼女は、目を赤く泣きはらしていた。

「どうしたの?」わたしは訊いた。

「もう愛していないのね」それが答えだった。「あんなに愛情をかけてもらえなかったこと、今までにいちどもなかった。昨日のあなたの態度、まるでわたしを憎んでいるようだった。せめて、わたしが何をしたかがわかれば! でも、わからないのよ。ねえ、わたし、何かした?」

「何かって、何が? 何もしていないと思う」

「何も? だって、あなたのわたしに対する態度、犬だってとらないようなものだったわ」

それを聞いて、わたしは思わず彼女の手を取って接吻をした。すると、二粒の大きな涙が彼女の目からこぼれた。

「もういい、もういいよ」わたしは言った。責める気にはなれなかった。といっても、いったい何を？　夫が彼女を愛しているからといって、彼女になんの罪がある？　わたしは、彼女が何をしたわけでもなく、わたしがどうしてもあの男に嫉妬しないではいられないだけで、自分だってそういつもにこにこして、我慢してはいられないのだと言った。そして夫のほうも相当の無理をしているはずだから、もうこんなふうに怯えたり喧嘩したりしないためにも、いちばんいいのは昨日のわたしの提案を受け入れることだと。

「それも考えたわ」ヴィルジリアは言った。「わたしたちだけの家、町外れの、どこかの裏通りの、庭に埋もれた家、でしょう？　いいアイデアだとは思う。でも、なんで逃げなきゃならないの？」

そんなふうに、悪とは無縁の人に見られる屈託のない面倒くさそうな言い方をし、口もとからこぼれる笑みにも同様の無邪気さがあった。わたしは、彼女のもとを離れながら答えた。

「いちども愛したことがないのは、きみじゃないか」

「わたし？」

「そう。エゴイストなんだ！　ぼくが毎日苦しむのを見たいんだ……。とんでもないエゴイストだよ、きみは」

ヴィルジリアは泣きだし、人に気づかれないよう口もとにハンカチを当てて嗚咽を抑えてはいたが、わたしは泣きだされたことで慌てた。もしだれかに聞かれでもしたら、すべてがおしまいだ。わたしは彼女に身を寄せ、手首をとって、わたしたちの親密さのなかでもっとも甘い言葉をささやいて、危険な状況を知らせた。恐怖のため、彼女は静かになった。

「無理よ」しばらくあとに彼女は言った。「子どもは置いていかないし、連れていけば、彼はぜったいにこの世の果てまで連れ戻しにくる。だめよ。いっそのこと、わたしを殺して。じゃなかったら、死なせて。ああ、神さま！　神さま！」

「落ちついて。人に聞こえるよ」

「聞こえればいいのよ。かまわないわ」

興奮は収まらなかった。わたしはすべてを忘れるように言った。ゆるしてほしい、自分がばかだった。でも、そんなばかげたことを考えたのも、原因は彼女だし、彼女がいれば終わるのだと。ヴィルジリアは涙をぬぐい、手を差しだしてきた。わたししたちはたがいに微笑んだ。数分後には、ふたたび町外れの家の話をしていた、どこか裏通りの……。

六十五章　監視人と傍受人

そんなわたしたちを、庭先での馬車の音がさえぎった。奴隷がやってきて、X男爵夫人だと言う。ヴィルジリアがわたしに目で相談してきた。

「そんなに頭が痛いのなら」わたしは言った。「いちばんいいのは、会われないことでは？」

「もう馬車から降りられたの？」ヴィルジリアが奴隷に訊いた。

「もう降りられました。どうしても奥さまとお話しなさりたいそうです」

「じゃあ、入っていただいて！」

まもなく男爵夫人が入ってきた。居間にわたしがいると思っていたかどうかはわからないが、それ以上は無理、というほどのあわてふためきようだった。

「あらあら、まあ！」と声を上げた。「どこにも姿が見えないから、どこにいらっしゃるのかと思ったら。昨晩も劇場にお姿がないから、びっくりしたんですよ。カンジアーニはすばらしかったですわよ。すごい女性ですよね！　カンジアーニはお好き？　当然ですわよね。男性はみな同じですもの。主人なんて、昨夜、桟敷席で何を言うかと思ったら、あのイタリア女性は、一人でブラジル人女性五人の価値があるですって。失礼よね！　年寄りの失礼ほどひどいものはないわ。それにしても、昨日はどうして劇場にいらっしゃいませんでしたの？」

「偏頭痛です」

「何をおっしゃるの！　デートか何か？　ねえ、ヴィルジリア、そう思わない？　でも、クーバスさん、お急ぎになったほうがよくてよ。だってもう四十……か、それにお近いでしょ……。まだ四十にはおなりになってない？」

「たしかなお答えはしかねます」わたしは答えた。「では、洗礼証明書を確認してまいりますので、失礼してもよろしいでしょうか」

「どうぞ、どうぞ……」と手を差しだした。「今度はいつお目にかかれるのかしら？　土曜日は家におりますわよ。主人もお会いしたがっていますし……」

通りに出たところで、出てきたことを後悔した。男爵夫人はわれわれの仲をもっとも疑っているひとりだった。齢は五十五だが四十にも見える、人当たりが柔らかくにこやかで、美貌の片鱗の残るしっとりとした上品な女性だった。つねに話しつづけるお喋りではないが、他人をじっくり観察しながら耳を傾ける大変な芸を持っていた。そういうときは、椅子にゆったりと腰をおろして鋭い視線を長く放ち、じっとそのままにしている。すると他の人たちは、何も知らずに話したり見たり、身ぶりや手ぶりを交えたりし、そのあいだも彼女は、あるときはじっと動かず、またあるときは体を動かしながらひたすら眺めるだけで、ときにはその目蓋《まぶた》を落ちるがままにさせるところを見ると、狡知のわざを自分の内面凝視の域にまで高めているのだった。だが睫毛《まつげ》とは格子戸だから、視線はそのあいだも任務にあたり、他人の心と生をほじくりかえすというわけだ。

二番手は、ヴィルジリアの親戚にあたるヴィエガスで、すでに七十回の冬を越した黄色い絞《しぼ》り滓《かす》のような老いぼれで、頑固なリウマチに加え、それにおとらず頑固な喘《ぜん》息《そく》と心臓病を患う、病が集中した病院だった。しかし、目だけは生気と健康にあふれ、輝きを放っていた。ヴィルジリアは、最初の数週間はヴィエガスをまったく恐れていなかった。ヴィエガスがじっとこちらを睨んで観察しているように見えても、あれはたんにお金を数えているだけだといった。たしかに強欲な男だった。

さらに、ヴィルジリアの従兄弟にあたるルイス・ドゥトゥラもいたが、この人物については、詩や散文の話をしたり知人に紹介したりすることで、武装解除に成功していた。知人たちは名前と人物が結びつくと、紹介されたことを喜び、まちがいなくルイス・ドゥトゥラはそれを見て歓喜に酔いしれる。だがその歓喜を、わたしは彼が自分たちの仲を暴露しないための予防線として使っていたのだ。それ以外にもまだ二、三人の奥方や、数人の若い連中、それから使用人たちがいた。使用人はとうぜん、これで自分たちの隷属的な境遇の恨みを晴らそうとしていたから、これらすべてがまさしく世間の目と耳の森となって、そのあいだをわたしたちは、蛇さながらの戦術と柔軟性を駆使して縫っていかなければならなかった。

六十六章　脚

さて、そんな人たちのことを考えているうちに、わたしの脚はわたしを海のほうに向かわせ、わたしはいつのまにかファロウ・ホテル[106]の玄関に立っていた。そこで昼食をとるのが習慣だったのだ。意識してそこへ歩いていったわけではないので、その行為の功労は、わたしではなくそれをした両脚にある。両脚よ、恵みあれ！　世の中には、お前たちを蔑視と無関心で扱う人もいる。わたし自身もそれまではお前たちにいい印象を抱かず、おまえたちが疲労困憊して、ある地点より向こうへは行けなくなったときは腹立たしく思い、まるで両脚をしばられた雌鳥のように、いっそのこと飛べたらとすら思ったものだ。

だが、今回の一件は一筋の光となった。そう、友である両脚よ、おまえたちはヴィルジリアのことを考えるという仕事をわたしの頭に任せて、こう言い合ったのだろう――この人は食べなければならない。もう昼食の時間だ。よし、ファロウ・ホテルまで連れていってやろう。彼の意識を二つに分けて、いっぽうには貴婦人のことに当たらせ、もうかたほうはわれわれが引き受けて、ちゃんと歩かせてやるしかない。人や車と衝突することなく、知り合いに会えば帽子を取らせ、ぶじにホテルまで到着させるしかないと。そうしておまえらは、その目的をしっかりと果たしてくれた。愛すべき両脚よ、わたしはおまえらの不朽の名声を、このページに刻みつけないではいられない。

106　一八一六年リオデジャネイロに開業した、ブラジル初の国際的水準を持つ同名のホテルが実在している。

六十七章　小さな家

　昼食をとって、家に向かった。帰宅すると、ローボ・ネーヴィスから送られた葉巻が一箱とどいており、箱は薄葉紙で包装され、ピンク色のリボンがあしらわれていた。わたしはぴんときてそれを開け、次の紙きれを取りだした。


「わたしのB……

わたしたちは疑われています。すべてがおしまいです。わたしのことは〝永遠に〟忘れてください。もう会うのはやめましょう。さようなら。どうかこの不幸せな女をお忘れくださいませ。

V……a」

この手紙は衝撃だった。とにかく、夜になるのを待ってヴィルジリアの家に駆けつけた。ちょうどよいタイミングだった。彼女は後悔していた。窓辺で男爵夫人とのあいだにあったことを話してくれた。男爵夫人は包みかくさずに、昨夜の劇場でわたしの姿がローボ・ネーヴィスの桟敷席になかったことが大きな話題になっていて、わたしとネーヴィス家との関係もうわさになっていることを話したという。要は、わたしたちが衆目の疑念の的になっているのだった。だからどうしたらいいかわからないと、最後に言った。

「いちばんいいのは、駆け落ちすることだよ」わたしは誘いをかけた。

「それは絶対にだめ」と首を振って答える。

けっきょく彼女の頭の中では、われわれの愛と世間体の二つは完全につながっていて、それらを分けて考えることは不可能なのだと思った。ヴィルジリアは、その両方のいいところをとるためだったら、どちらのためにも同じくらいの大きな犠牲を払えた。だが駆け落ちをすれば、一つしか残らない。たぶんわたしは屈辱に似たようなものを感じたが、心の波乱はもうその二日間でじゅうぶんだったから、屈辱は速やかに消えた。もういい、こうなったら小さな家をみつけよう。

じっさいにその数日後、わたしはガンボアの一角に、おあつらえ向きの物件をみつけた。最高の家！　しっくいも塗りたての新しい家、窓は前方に四つ、横は左右それぞれに二つ――そのすべてにレンガ色の鎧戸《よろいど》がはめられていた、――角には蔓がからまり、前方には庭。神秘と断絶。最高の家！

わたしたちは、そこにヴィルジリアの知り合いのある女性を住まわせることにした。以前に彼女の家で縫子をしていた居候《アグレガーダ》である。ヴィルジリアは、完全に彼女を虜にしていた。だからすべてを話さなくても、かんたんにその他すべてを引き受けてくれるということだった。

わたしにとっては、われわれの愛の新しい環境の出現だった。独占と絶対的な支配の装い、わたしの良心を眠らせ、礼節も保てる何かであった。わたしはもう、他人のカーテンや椅子や絨毯や長椅子など、そうしたものすべてに飽き飽きしていて、それらを見るたびにいつも、自分たちの二重性をつきつけられていた。だが、これで頻繁な昼食会も毎晩のお茶も回避できるし、なによりもわたしの共犯者にして敵でもある子どもの顔を見なくてすむ。その家は、わたしにすべてを再びもたらしてくれた。俗界は玄関で終わり——そこから奥は無限の境地、永遠の世界、一段上の格別な、わたしたちの、わたしたちだけの、法の力も及ばず制度もなく、男爵夫人もいなく、世間の目も耳もない——たった一つの世界、たった一組のカップル、たった一つの生、たった一つの意思、たった一つの情愛——わたしに反するものの排除によって得られる、すべてのものの精神的合一だった。

六十八章　鞭

　そんな思考をめぐらしていたのは、家の下見と手続きを終えたすぐ後で、あのヴァロンゴ[107]近辺を歩いていたときのことだった。それを、人だかりが中断した。ある黒人が、広場で別の黒人を鞭打っていたのだ。相手は逃げる勇気もなく、ただ次のような言葉を絞りだすのが精いっぱいだった——「お願いです、ゆるしてください、ご主人さま。ご主人さま、おゆるしください！」だが打つほうは取りあわず、懇願のたびに新たな鞭で応えていた。

「このくそったれ、これがおゆるしだ。さあ、もう一発、行け！　この飲んべえ野郎！」

「ご主人さま！」相手はうめいていた。

「黙れ、こん畜生！」鞭が応えていた。

立ちどまって目をやると……。なんたること！　その鞭打つ男がだれだったとお思いか？　ほかでもない、うちの奴隷小僧のプルデンシオではないか――数年前に父が解放した奴隷だ。わたしは近寄った。プルデンシオはすぐに止《や》めて、祝福の挨拶を請うてきた。わたしは、その黒人は彼の奴隷かと訊いた。

「そうです、ご主人さま」

「なにかしたのか？」

「怠け者で、えらい飲んべえなんです。今日もこいつを八百屋に置いて、ちょっと町まで買い物に行ったら、こいつったら八百屋を抜け出して、居酒屋へ飲みに行っちまったんです！」

「そうか、ゆるしてやれ」わたしは言った。

「はい、おぼっちゃま。おぼっちゃまのおっしゃることは命令です。頼みではありません。おい、飲んべえ、家《うち》の中に入れ！」

わたしは人だかりを離れた。群衆は驚いてわたしを見ながら、それぞれの憶測をささやきあっていた。わたしはふたたび歩きだし、際限なく思考をめぐらせたが、残念なことにそれらはきれいさっぱりと忘れてしまった。考えてみれば、それでじゅうぶんにいい一章になっただろう。たぶん楽しい一章が。わたしは楽しい章が好きだ。それが、わたしの弱点だ。表面だけを見れば、そのヴァロンゴの一件はおぞましい。だが、あくまでも表面だけのこと。もっと奥まで発想のメスを入れれば、すぐにその、痛快で繊細で深遠とすらいえる真髄が見えてくる。それは、プルデンシオにとっては、自分の受けた鞭打ちを――他人に転嫁することで――相殺する方法だったのだ。わたしは子どものころ彼に馬乗りになり、口に手綱をつけて情け容赦なく尻を叩いた。彼はうめいて苦しんだ。それがいまは自由の身、自分自身も手も足も自由に使え、労働も休憩も就寝も自由にでき、昔の境遇から解放されて初めて自分を凌ぐことができた。奴隷を購入し、わたしから受け取った金額に多大な利子をつけて返済しているのだ。卑劣な奴の巧妙なやり方を見るがいい。

107　リオデジャネイロ市内の下町の地区。以前ここには奴隷市場があった。

六十九章　狂気の一粒

　この一件で、いつか知り合った狂人を思いだした。名はホムアルドといったが、自分ではタメルランと名乗っていた。それが彼の唯一の誇大妄想だったが、それを彼はたいへん興味深い方法で説明していた。

「われこそ、かの著名なタメルラン[108]である」彼は言った。「かつてはホムアルドと言ったが病気をし、酒石《タルタル》、酒石《タルタル》、酒石《タルタル》と、あまりにたくさんの酒石《タルタル》を摂りすぎて、タタール人になり、とうとうタタールの王にまでなった。酒石《タルタル》にはタタール人をつくるという美徳が備わっている」

　哀れなホムアルドよ！　われわれはその答えを聞いて笑ったが、おそらくは読者であるあなたは笑わないだろう。それも当然。わたしもまったく面白いと思わない。聞けばたしかに駄じゃれだが、こうやって紙に書かれ、しかも自分が受けた鞭を他人に転嫁する挿話と並べられると、言うのは辛いが、早くガンボアの隠れ家に話を戻したほうがいいと思ってしまう。ホムアルドとプルデンシオは置いていこう。

108 ティムール朝（帝国）（一三七〇〜一五〇七年）の始祖のあだ名で「跛行のティムール」の意（ある戦いで片手片足を負傷したため）。

七十章　ドナ・プラシダ

小さな家に戻ろう。好奇心旺盛な読者よ、今はもうその家には入れない。老朽化が進み、汚れて朽ちてきたために家主が取りこわし、新しく建てかえたのだ。広さは三倍になったが、誓っていう、最初のよりはるかに小さい。世界はアレキサンダー大王にとっては小さかったが、屋根裏でもツバメにとっては無限なのだ。ところで、この地球の中立性に目を向けてほしい。この中立性のおかげで、わたしたちはまるで遭難者用のボートのように空間をつき進み、浜辺に漂着する。今日《こんにち》では徳の高い夫婦が、かつて罪深い夫婦が苦しんだところで寝ている。明日はそこに聖職者が寝るかもしれず、そのあとは殺人犯、さらには鍛冶屋、そのあとさらに詩人が寝るかもしれず、その全員が、なにかしら幻想を与えてくれたその大地の一角を祝福するのだろう。

ヴィルジリアはその家を最高に仕上げた。ぴったり合う家具を選び、優美な女性ならではの美的センスでそれらを配置した。わたしはそこに数冊の本を運び入れたが、すべてがドナ・プラシダの管理下に置かれ、彼女は名目ばかりでなく、ある意味で本当の主婦だった。

だが、その家を引き受けさせるまでが大変だった。意図を嗅ぎつけるや、任務に心を痛めたのだ。だが、最後は折れた。当初は泣いていたと思う。自分が厭でたまらなかったから。少なくとも最初の二カ月は、わたしに対して目を上げようとしなかった。話をするときも下を向いたまま、神妙なしかめっつらをし、ときには悲しい表情で話をした。わたしは彼女を手なずけると同時に、自分も気分を害しているとは受け取られないよう、やさしく丁重に接した。まずは好意を、それから信用を得ようと躍起《やっき》になった。信用を獲得すると、今度はヴィルジリアと自分のあいだに、今の結婚の前の事情として感動的な愛の物語を創りあげた。父親の反対、夫の冷酷さなど、あれこれと小説風の粉飾を加えた。ドナ・プラシダは、そんな物語を一ページたりとも拒まず、すべてを受け入れた。それは良心が必要としたからでもあった。半年たったころに、わたしたちが三人でいっしょにいるところを見た人は、ドナ・プラシダはわたしの義母だと思っただろう。

わたしは恩を忘れなかった。五コントの現金を——ボタフォゴで拾ったあの五コントを——老後のパンとして彼女にやった。ドナ・プラシダは目に涙を浮かべて感謝し、それ以降は毎晩欠かさず、部屋の聖母マリア像の前でわたしのために祈りを捧げてくれた。こうして彼女の嫌悪は終息した。

七十一章　本の欠点

なにやらこの本のことを後悔しはじめている。飽きてきたからではない。どうせやることもないのだし、こんな拙《つたな》い章でもそちらの世に送りだす作業をしていれば、この永遠性のなかで少しは気がまぎれる。それにしても、この本は退屈だし墓場の匂いが漂い、なんというか死後硬直まで引きおこす。深刻な欠点だ。だが、瑣末《さまつ》な欠点でもあるのだ。なぜなら、本書の最大の欠点は、読者よ、あなただからだ。あなたは老いを急ぐが、本の歩みはのろのろしている。あなたは直截で栄養満点の文章と、規則的で流麗な文体を愛するのに、わたしの本とわたしの文体は、まるで千鳥足。右へ行ったり左へ行ったり、歩いたかと思えば立ち止まり、ぶつぶつつぶやき、唸り、大笑いをし、天を脅して、滑って倒れ落ちる……。

そう、落ちるのだ！――わが糸杉[109]の哀れな葉よ、お前らは落ちるであろう。ほかの美しく生気あふれる葉と同じように。そして、もしもわたしに目があれば、お前らのために哀惜の涙を流すところだ。だがこれこそが、死の大きな利点。死は笑うための口も残さないかわりに、泣くための目も残さない……。そう、お前らは落ちる。

109　喪・哀悼の象徴として墓地に植える。

七十二章　書籍狂

もしかしたら前章は削除するかもしれない。理由はいくつかあるが、最後の数行にナンセンスめいた一文があるからで、わたしは将来の批評家らに餌は与えたくないのだ。

つまり、こういうことだ。これから七十年後に、痩せて顔色の悪い、本以外には何も愛さない白髪まじりの男が、先のページにおおいかぶさり、ナンセンスを解明してやろうと躍起になる。一度読み二度読んで、三度目を読んで単語を分解し、音節をひとつ取りだしたあとに別の音節、さらに別の音節と見ていくうちに、残りすべてを取りだし、それらを中と外から、また全角度から分析し、光に当てたり、塵を払ったり、膝でこすったり、洗ったりしてもみるが、何もみつからない。ナンセンスは解明できないのだ。

男は書籍狂。作者は知らないし、このブラス・クーバスという名前も、彼の人名辞典には見あたらない。この本も偶然、古本屋の崩れかけた店先にあったものを発見しただけだ。それを二百レイスで購入した。調査と研究と吟味のすえ、それが唯一無二のしろものであることを発見した。唯一！　愛書家を超えて書籍狂の域に達する諸君ならば、この言葉の価値が大変よくわかるだろうから、この書籍狂の男の喜びようは推察できるはずだ。男は、たとえインドの王座であろうと、教皇の座であろうと、はたまたイタリアとオランダのすべての博物館であろうと、この唯一の品と取りかえろと言われたら、拒否するはずだ。だがそれは、わたしの「回想」だからではない。レメールの『年鑑』[110]だって、もしそれが唯一無二のものとなれば、同じことをするにちがいない。

だが、なによりもやっかいなのがナンセンス。男はあいかわらずそのページにおおいかぶさり、右目にレンズを当て、ナンセンスの解明という、高貴で辛いこの任務に没頭する。この本に関する簡単な回想をしたため、そのなかで入手の経緯《いきさつ》と崇高さの発見について書こうと自分自身に約束までしたが、もちろんそれは、もしこの曖昧な文の奥にその崇高なものがあればの話。最後には何も発見せず、持っていることで満足することになる。本を閉じて眺め、もういちど眺めてから窓辺に持っていき、陽光に当てる。この世で唯一の本！　その瞬間、窓の下をカエサル風かクロムウェル風の人が、権力の道を進んでいく。男は肩をすくめると窓を閉め、ハンモックに横たわり、本のページをめくりはじめる。ゆっくりと愛しそうに、舐《な》めるように……。この世で唯一の本！

110　一八四四〜八九年にリオデジャネイロで刊行されていた年鑑。マシャードの父親も購読していた。

七十三章　午餐会

ナンセンスのせいで一章を無駄にしてしまった。なにごともこんなにガタガタ揺れずに、滑らかに言えればどんなにいいことか！　わたしは以前、自分の文体を千鳥足にたとえた。不謹慎な発想だと思われるかもしれないが、じつを言えば、ガンボアの隠れ家でヴィルジリアとかった食事もまさにそうで、わたしたちはときどきそこでわたしたちだけの祝宴や午餐会を開いた。ワインに果物にコンポート。たしかに食べてはいたが、甘い言葉ややさしい視線や子どもっぽい戯れをカンマでさしはさんでの食事で、それは、いつ終わるとも知れない心情の吐露、途切れることのない愛の談話《ディスコース》だった。ときには口喧嘩《くちげんか》が、甘すぎる状況に味を添えた。すると彼女は、わたしから離れて長椅子の端に避難したり、あるいは奥へドナ・プラシダの甘い慰めを聞きにいったりした。だが五分か十分もすれば、わたしたちはふたたびおしゃべりをつなぎ合わせ、わたしも語りをつなぎ合わせるが、それもまたほどいてしまう。つまり、注意してほしいのは、わたしたちがその手法を忌み嫌うどころか、むしろそれを呼び込むのがわたしたちの習慣で、しかもドナ・プラシダという人間の中に呼び込んで、いっしょに食卓につくように誘ったことだ。だが、ドナ・プラシダはいちどもそれを受けなかった。

「あなたはもうわたしのことが好きじゃないみたい」ある日、ヴィルジリアが彼女に言った。

「おお、聖母マリアよ！　何をおっしゃいます」善良な婦人は両手を天井のほうにあげて叫んだ。「奥さまのことを好きじゃないですって！　そんなことを言ったら、いったいこのわたしは、この世でだれのことを好きだと言えばいいのでしょう？」

そう言ってヴィルジリアの手を取り、じっとみつめた。じっと、じっと、じっとみつめ、とうとう目が濡れてくるほどにまでじっとみつめた。ヴィルジリアは彼女をやさしく撫《な》で、わたしは彼女の洋服のポケットに銀貨を一枚しのばせた。

七十四章　ドナ・プラシダの話

寛大になることを後悔なさるな。たった一枚の銀貨で、わたしはドナ・プラシダの信頼を勝ちとった。さらにその副産物がこの章である。その数日後、家に行くと彼女は一人で、わたしたちは話しこみ、彼女はかんたんに身の上話をしてくれた。司教座の聖具保管係をする父親と、菓子を作って売りあるく母親のあいだに生まれたという。父親は十歳のときに亡くしていた。そのころはもう椰子《やし》の果肉をこまかくするなど、その年齢でこなせる菓子作りの作業を手伝うようになっていた。十五か十六のとき仕立屋と結婚したが、その夫もまもなく結核で死に、あとには娘が一人残された。若くして未亡人となり、彼女は二歳の娘と働き疲れた母親の面倒を、一人でみることになった。三人分の食いぶちを稼がなければならなかった。もともとの仕事の菓子作り以外に裁縫もこなし、昼も夜もせっせと働いて三、四軒の店に持ち込んだほか、近所の子どもたちにも月に幾ばくかをもらって教えていた。こうして年月は過ぎていったが、美貌は過ぎさらず、それは美貌など最初から持っていなかったからだった。恋や誘いや誘惑もあったが、彼女は拒みつづけた。

「もし夫となる人が別にみつかっていれば、結婚していたと思います」彼女は言った。「でも、だれもわたしと結婚しようという人はいなかったんです」

それでも、言いよってきた男のなかで、彼女に受け入れられた人が一人いた。だがその人も、とくにほかの男よりやさしいというわけではなかった。ドナ・プラシダはそれまでと同様に別れ、別れたあとでわんわん泣いた。その後も洋裁を続け、鍋のあくをとり続けた。母親はもともとの性分に加え、年齢と生活難のせいか気難しかった。賃貸《レンタル》でも期間限定でもいいから、亭主を一人選べと責めたてた。

「おまえはあたしよりよくなりたいんだね？　おまえはいったい、なんでそんなに気位が高いのかね。いいかい、人生なんてものはね、放っておいてどうにかなるってもんじゃないんだよ。風を食らっても生きちゃいけないからね。まったく！　いい男はいるじゃないか、あの飲み屋のポリカルポなんかどうだい、かわいそうに……。それとも、なんだね、貴族さまでも待ってるのかい？」

ドナ・プラシダは、けっして貴族さまを待っていたわけではないと言った。性分だったのだ。結婚がしたかったのだ。母親がそうでなかったことはよく知っていたし、知り合いのなかにも愛人しか持たない人が何人もいた。だが性分として、結婚をしたかった。そして、娘にもそれ以外のことを望んでいなかった。働きに働き、レンジで指を火傷し、ランプで目を真っ赤にしながら、食べていくために、落ちぶれないために働いた。がりがりに痩せて病気になり、母親を亡くしたときは寄付で埋葬し、その後も働き続けた。娘は十四になっていたが、ひじょうに弱い子で、何もせずぶらぶらと格子窓付近をうろつく不良を相手に遊ぶばかりだった。ドナ・プラシダはそうとうに注意を払い、服を届けるときも娘を連れていった。店の人たちは、夫探しか、何かほかに下心があってのことだろうと思いこんで、目をみはり目くばせしあった。なかには冷やかしたり挨拶を言ったりした者もいた。とうとう母親は、金銭の提供まで提案された……。

ドナ・プラシダは一瞬口をつぐんだが、すぐに続けた。

「娘は出ていきました。男がいっしょでしたが、もうどうでもいい……。わたしをひとり残して、それはもう悲しくて悲しくて、死のうかと思いました。この世にはもうだれもいないし、歳もとって病気がちでしたから。そんなときでした、奥さまのご家族と知り合ったのは。いい方々で、わたしに仕事をくださり、家までくださった。何カ月かお世話になり、それが一年になり、さらにもう一年と、裁縫をしながら居候として置いてもらいました。そこを出たのは、奥さまが結婚なさったときです。その後はもう神にまかせました。見てください、この指、この手を……」そう言って、ひびだらけのごつごつの手を見せた。指先には針痕があった。「ご主人さま、何もせずにこんなふうにはなりません。神さまはご存じです、どうしてこんなになったか……。さいわい奥さまが守ってくださり、旦那さまもいらっしゃいますから……。わたしは物乞いしながら、生き倒れになることだけは厭だった……」

この最後の言葉を言ったあと、ドナ・プラシダは身ぶるいをした。それからはっと我にかえったかのように、既婚女性の愛人にする身の上話として場違いだったことに気づいて笑いだし、この話はなかったことにしてほしい、自分がばかだった、やはり母親の言ったとおり「気位が高い」のかもしれないと言った。最後はわたしの沈黙に待ちくたびれて、居間を出ていった。わたしはブーツの先をみつめていた。

七十五章　ひとりごと

もしかしたら、わたしの読者のなかには何人か前章を読み飛ばした方がいらっしゃるかもしれないので、念のため言っておくが、ドナ・プラシダが部屋を出ていくなりわたしがひとりつぶやいたことは、それを読んでいなければ理解できない。わたしのひとりごとは次のようなものだった。

「つまりこういうことか、ある日、司教座の聖具保管係がミサを手伝っていたら、女性が入ってくるのが見えた、それがドナ・プラシダの生における協力者となる人物だったのだろう。その後も何日間、何週間にもわたって彼女を見かけ、気に入ったので甘い声をかけ、祭りの日には祭壇の蠟燭の火を点《とも》したさいに足を踏んだりした。彼女も彼を気に入り、二人は近づき、愛しあうようになった。こうした浮ついた色欲の結合から、ドナ・プラシダという芽が出たわけだ。もちろん、ドナ・プラシダは生まれたときには言葉が話せなかったが、もし話せたら、自分の人生の作者らにこう言ったかもしれない。「ただいま参りました。なんのためにわたしを呼んだのでしょうか」するととうぜん、聖具保管係夫妻はこう答えたことだろう。「おまえを呼んだのは、指を鍋で火傷し、縫い物で目を痛め、食べ物もろくに食べないか、あるいはまったく食べずにあちこち駆けずり回り、重労働に明け暮れ、病に倒れては治り、だがそれもまた病気になって治るためで、いま悲しみに暮れたと思ったらすぐに絶望的になり、翌日には諦めるものの、そのあいだも手はつねに鍋を動かし、目は縫い物をみつめ、ついにある日、泥にまみれてか、病院でこと切れる。お互いに気持ちが通じた瞬間にわれわれがおまえを呼んだのは、そのためだ」

七十六章　肥やし

とつぜんわたしの良心が反発し、わたしがドナ・プラシダの誠実さを踏みにじり、長年の苦労と不自由な生活のすえに、汚い役回りを押しつけたと責め立てた。不倫の仲介なんて情婦と大して変わらず、わたしは恩義と金の力にものを言わせて彼女をその役におとしめた。良心が言ったのはそれだった。わたしは十分ほど、どう反論していいかわからなかった。良心はさらに、わたしがその元縫い子のヴィルジリアに対する心酔ぶりと感謝、さらにはその生活苦につけこんだとたたみかけた。そうして、ドナ・プラシダの抵抗や最初のころの涙や、厭な顔、沈黙や伏せられた目を思い出させ、わたしがそれらすべてに耐えたあげく彼女をねじ伏せたわたしの芸当を指摘した。そうやって良心は、怒りと苛立ちを見せてわたしを再度押し戻してきた。

わたしは、たしかにそのとおりだと認めながらも、それによってドナ・プラシダの老境が物乞い状態になることから守られているのだと反論した。けっきょくはお互いさまなのだと。もしわたしの情事がなければ、おそらく彼女は、そこいらの被造物たちと変わらない最期を迎えていたはずだ。これを見てつくづく思うのは、悪徳も多くのばあい、美徳の肥やしになるということ。しかも、その美徳が、芳しく健全な花である可能性もあるのだ。良心は同意し、わたしは、ヴィルジリアのためにドアを開けてやった。

七十七章　逢瀬

ヴィルジリアはにこやかにゆったりと入ってきた。歳月が、おびえや恥じらいを拭いさっていた。あの、最初のころに恥ずかしそうに震えながら入ってきたときのいじらしさときたら！　馬車で通い、顔を覆ってマントのようなものですっぽりと身を包み、身体のしなやかな曲線を隠していた。初めて来たときは、着くなり長椅子に倒れこみ、息をはずませ顔を真っ赤にして、床に目を落としたままだった。誓って言う、彼女のことをあれほど美しいと思ったことは、後にも先にもない。たぶんそれは、そのときほど晴れがましく思ったことがないからだろう。

だが今は、すでに言ったように、おびえや恥じらいはもう終わっていた。逢瀬《おうせ》は精密時計の時代に入っていた。愛の密度は変わらなかったが、炎が当初の狂おしいまでの勢いを失い、まるで結婚生活のように落ちつき払い、安定した光の束になっていたところが違う。

「わたし、あなたのこと、とても怒ってるのよ」彼女が腰かけながら言った。

「どうして？」

「だって、昨日はいらしてくださるっておっしゃったのに、いらっしゃらなかったじゃない。ダミアンは、あなたがせめてお茶だけでも飲みにいらっしゃらないのかって、何度も訊いたわ。なぜみえなかったの？」

約束を破ったことはたしかだったが、原因は全面的にヴィルジリアにあった。つまり、嫉妬である。このすばらしい女性は、自分がすばらしいことをよく知っていて、それを大きな声でも小さな声でもいいから、じっさいに言われるのを聞くのが好きだった。その前々日の晩、男爵夫人宅では、窓辺で伊達男に口説かれたあと、その男と二度もワルツを踊ったのだ。楽しそうな様子ったら！　でれでれと！　いい気になって！　わたしの眉間に詰問調のおどすような皺があることに気づいたあとも、まったく動揺もせず、またすぐに真面目になることもしなかった。いちおう、伊達男と甘い言葉だけは手放した。それから、わたしのところへやって来てわたしの腕をとり、もっと人の少ない部屋に連れていき、疲れたと言って、特定の状況でよく見せる子どもっぽい表情を浮かべながらあれこれ話し、わたしはそれをろくに返事もせずに聞いていた。

今でも、ことによっては返事ができないものはあるが、わたしはとうとう行かなかった理由を話した……。それにしても、永遠の星よ、あんなに驚嘆した目をわたしはついぞ見たことがない。半開きの口、弓なりの眉、明らかに目に見える、手にも取れるほどの否定のしようがない驚き。それが、ヴィルジリアの最初に見せた反応だった。それで憐れみとやさしさの笑みを浮かべながら首を振られたものだから、わたしは完全にごまかされてしまった。

「あなたって人は！」

そう言うと彼女は、まるで学校から帰ってきた少女のように軽やかにはしゃぎながら、帽子をとりに奥へ入っていった。それから座っているわたしのそばまでやってくると、わたしの額を指でぽんぽんと叩いて、「まあ！　まあ！」と繰り返す——わたしはいっしょに笑うしかなく、すべてがじゃれあいで終わった。やはり、わたしの勘違いだったのだ。

七十八章　知事職

数カ月後のある日、ローボ・ネーヴィスが帰宅するなり、ある県の知事に就任することになるかもしれないと言った。ヴィルジリアのほうを見ると、青ざめていた。青ざめたのを見て、ローボが訊いた。

「その様子じゃ、厭みたいだね、ヴィルジリア？」

ヴィルジリアはうなずいた。

「あんまり嬉しくはないわ」。それが彼女の答えだった。

それ以上は言わなかったが、夜にはローボ・ネーヴィスが、昼間より多少腹を固めてその計画を主張した。二日後には、県知事の話は確実だと妻に告げた。ヴィルジリアは、それが引き起こした嫌悪感を隠せなかった。夫は何を訊かれても、政治的な必要で通した。

「頼まれたものを断わるわけにはいかない。それに、おれたちにとっても都合がいいじゃないか。おれたちの未来にもきみの爵位にも、そうだろ？　なにしろおれはきみに侯爵夫人を約束したのに、まだ男爵夫人にもなっていない。野心家だというだろうね？　たしかに、おれは野心家だ。だが、おれの野心の翼にきみが重しをつけることは、やっちゃいけない」

ヴィルジリアは途方に暮れた。翌日、ガンボアの家でわたしを待つ彼女は悲嘆にくれていた。ドナ・プラシダにはすべてを話してあり、彼女はできるかぎりヴィルジリアを慰めようとしていた。わたしも負けないくらいに落ち込んだ。

「あなたもいっしょに行ってくれないと」ヴィルジリアが言った。

「気でも狂ったのかい？　それは正気じゃないよ」

「じゃあ、どうしろと……？」

「だから、計画を壊すのさ」

「無理よ」

「もう引きうけたのか？」

「そのようよ」

わたしは立ちあがり、椅子に帽子を投げつけ、どうしていいかわからず、いっぽうからもういっぽうへと歩きはじめた。じっくりと考えてみたが、何も思い浮かばなかった。ついに、座っているヴィルジリアのところへ行って手を取った。ドナ・プラシダは窓辺に立った。

「この小さな手の中に、ぼくの存在のすべてがある」わたしは言った。「ぼくの人生はきみしだいだ。きみがいいと思うようにしてくれ」

ヴィルジリアは苦悩の様子を見せた。わたしは、向かいのコンソール・テーブルのところへ行って、寄りかかった。しばらく沈黙が流れた。聞こえたのは犬の吠え声と、何かわからないが、浜辺に打ちあげる水のような音。何も言わないので、わたしはヴィルジリアのほうを見た。ヴィルジリアは、輝きを失った視線をじっと床に落としたまま、両手を膝の上で組み、見た様子、絶望のきわみにいた。もし、まったく理由の違う別の状況だったなら、わたしはきっと彼女の足もとに身を投げだし、わたしの理性とわたしのやさしさで彼女を支えていたと思う。だが今は、彼女自身が努力と犠牲を払い、二人の共通の人生に対する責任意識を持つよう、強引に彼女を追い込む必要があり、そのためにはどうしても彼女を突きはなし、そのまま放って帰ってくる必要があったのだ。現にわたしがしたのは、それだった。

「もういちど言う、ぼくの幸せは、きみの手中にある」わたしは言った。

ヴィルジリアがしがみつこうとしたとき、わたしはもう玄関の外にいた。わっと泣き伏す声が聞こえ、じつを言えばわたしはもう少しで引き返し、その涙を接吻で拭ってやるところだった。だが、ぐっとこらえ、その場を去った。

七十九章　妥協案

最初の数時間にわたしがどんな苦しみを味わったか、つまびらかに語りはじめたら、きりがない。わたしは、したいという思いと、したくないという思いのあいだで揺れていた。つまり、わたしをヴィルジリアの家に押しもどそうとする憐れみの情と、別の感情——かりにこれをエゴイズムとしておこう——に挟まれて、こちらのほうがわたしにこう言った——行きなさるな。ここはひとりで問題に向きあわせなさい。愛情のおもむくままに解決させなさい。たぶん、この二つは同じくらいの力で、しぶとく激しく押しあいへしあいを続け、最後までどちらも譲らなかった。ときおりわたしは、ひとかけらの良心の呵責を感じた。それは、自分はなんの犠牲も払わず、また危険も冒さずに、愛情と罪の板ばさみになる女性の弱みにつけこんでいるように思えたからだった。だがそれにくじけそうになると、ふたたび愛がやってきて自己中心的な助言を繰り返し、するとまたわたしは不安定にぐらついて、たまらなく彼女に会いたくなるいっぽうで、会えば解決に対する責任の一端をかぶることになるのではないかと不安になった。

ついに、エゴイズムと憐れみの情のあいだに妥協が割って入った。それは、彼女の家には会いに行くが、行くのは自宅で夫の同席のもと。そうすれば彼女には何も言わずに、わたしのおどしの効果を見ることも期待できる。これで二つの力を和解させられるわけだ。こうやっていま書きながら思うのは、妥協とはまやかしであるということ、そして憐れみもけっきょくはエゴイズムの一形態で、ヴィルジリアを慰めに行こうと決心したのも、自分自身の苦しさが出した提案にすぎなかったということだ。

八十章　秘書として

翌日の晩、わたしはじっさいにローボ・ネーヴィスの家へ行った。二人とも在宅し、ヴィルジリアは非常に悲しそうで、ローボは嬉しそうだった。わたしたちの好奇心とやさしさに満ちた目が合わされたとき、彼女がそれなりに安心したことは誓って言える。ローボ・ネーヴィスは、県知事にかける抱負や現地での困難、期待や決意を語った。とにかく嬉しそうだった！　あふれる期待！　ヴィルジリアはテーブルのかたわらで本を読んでいるふりをしていたが、ときおりページ越しに、不安そうで物問いたげな視線を送ってきた。

「いちばんの悩みは」とつぜん、ローボ・ネーヴィスが言った。「秘書がまだみつからないんだ」

「あっ、そう？」

「うん、そうなんだよ。でも、ひとつ、アイデアがあるんだ」

「あっ、そう！」

「あくまでもアイデアなんだが……。きみは、ちょっと北部へ行ってみる気はないだろうか？」

　わたしはどう答えていいかわからなかった。

「きみは金持ちだ」彼は続けた。「安月給などは要らんだろうが、もしよかったら、ひとつおれの頼みを聞いて、秘書としてついていってくれないか？」

　わたしの精神は、目の前に蛇をみつけたかのように飛びのいた。じっとローボ・ネーヴィスの顔を、睥睨《へいげい》するようにみつめた。何か魂胆があるのか……。そんな様子はまったくない。視線は素直にまっすぐに注がれ、顔のおだやかな表情もしぜんで、怒気もなく、むしろ歓びがちらちらと浮かぶおだやかさだった。わたしは深呼吸したが、ヴィルジリアを見る勇気はなかった。ページ越しに届く彼女の視線を感じ、やはり同様のことを頼んでいるように思え、わたしは、よし、わかった、行こうと答えた。たしかに、県知事と県知事夫人と秘書という組み合わせは、物ごとを運用上で解決する方法だった。

八十一章　和解

とはいえ、そこを出るときにはいくつかの疑念がよぎった。それではあまりに無謀にヴィルジリアを風評にさらすことになりはしないか、それ以外に国家とガンボアを調停する合理的な方法はないかと考えたのだ。何も思いつかなかった。翌日ベッドを起きだしたときには、指名を受ける方向で心は決まり、覚悟もできていた。正午ごろに使用人がやってきて、ベールをかぶった女性が応接間で待っていると言った。飛んでいくと、妹のサビーナだった。

「このままじゃだめよ」妹は言った。「もうちゃんと仲直りしましょうよ。この家も、このままだと終わりだわ。いがみあっていてはいけないわ」

「それはこっちのセリフだ！」わたしは両腕を差しのべながら叫んだ。

かたわらに妹を座らせ、わたしは夫や娘や仕事などのあらゆることを訊いた。すべてが順調で、娘はたいそう美しく成長した。わたしさえかまわなければ、夫に連れてきてもらうと言う。

「なにを言う！　おれのほうから会いに行くよ」

「ほんとう？」

「ほんとうさ」

「そのほうがいいわ！」サビーナはほっと息をついた。「もうこんなの、終わりにしましょう」

彼女は少し太り、たぶん若返ったように思えた。二十歳にもみえたが、じっさいは三十を過ぎていた。愛嬌たっぷりで愛想もよく、ためらいも悪びれた様子もまったくなかった。たがいにみつめあい、手をしっかりと握りあって、まるで恋人同士のように、何から何まで他愛ないことまでをも語りあった。わたしの幼年期の復活だった、新鮮に、愉快に、黄金色に輝きながら。年月が、まるで子ども時分のトランプ遊びで切ったカードのようにぱらぱらとめくれ、その隙間からわが家や家族やパーティの様子がのぞいた。わたしはいくぶん努力して回想に耐えた。だが近所の床屋がなにを思ったか、古いバイオリンを弾きはじめ、その音がまた——というのも、それまでの回想は無声だったのだ——くぐもった懐かしい過去の音色だったために、わたしは感きわまって、つい……。

サビーナの目は乾いていた。彼女は黄色い物憂げな花を受けついでいなかった。まあ、それが何だというのだ？　わたしの妹、わたしの血、わたしの母のひとかけらなのだから。それをわたしはやさしく心をこめて伝えたところへ……。とつぜん応接間のドアをノックする音が聞こえ、開けにいくと、いたのは五歳の天使だった。

「入りなさい、サラ」サビーナが言った。

わが姪だった。わたしは床から抱きあげ、何度も接吻を浴びせた。少女は驚いて、小さな手でわたしの肩を押しのけ、下りようともがいた……。とそこへ、こんどは戸口から帽子がのぞき、すぐに男が現われた。コトリン、ほかでもないコトリンだった。わたしは、感激のあまり娘を放りだし、父親の両腕に飛び込んだ。どうやらこのはしゃぎぶりに、相手はとまどったようだ。たしか照れていたように思う。単なる序章。そのあとすぐにわたしたちは、旧友同士のように語らい合っていた。過去にはいっさい触れず、将来に向けた計画をたくさん話し、たがいの家で昼食をとり合おうと約束した。だがわたしは、北部へ行くことを考えているから、その昼食の行き来もしばらくは中断されるかもしれないと忘れずに言った。サビーナがコトリンを見、コトリンもサビーナを見た。二人は口をそろえて、そのアイデアは常軌を逸していると言った。とんでもない、なぜわたしが北部へ行かなければいけないのか。やはり都にかぎる、都にいてこそ、このまま輝きつづけて、同世代の青年たちの鼻を明かしてやるべきではないか。じっさいのところ、わたしにかなう者は誰もいないのだから。コトリンだって、いつも遠くから見守っていて、ばかな喧嘩はしたが、わたしの成功にはいつも関心を持ち、誇らしく思い、鼻が高かった。街路やサロンでもわたしのことは耳にする。称美と称賛のオンパレードだ。なのにそれを放りだして、なんの必要も真剣な動機もないのに、数カ月も田舎に行ってしまうのか？　政治的な理由ならまだ……。

「まさに、その政治的な理由なんだ」わたしは言った。

「それでもだ」コトリンが一瞬おいたあとで混ぜ返した。それからもういちど沈黙をおいて言った。「まあ、とにかく今日、昼食に来いよ」

「きっと行く。でも、明日かあさっては、うちに食べに来てくれ」

「さあ、どうかしら」サビーナが言った。「独身の男の家でしょ……。兄さん、兄さんは結婚すべきよ。わたしも姪がほしいわ、ねえ？」

コトリンが止めるような仕種をしたが、わたしにはその意味はよくわからなかった。

まあ、いい。一族の和解には、不可解な仕種が似合うというものだ。

八十二章　植物学的な問題

心気症の奴らには、好きなように言わせておけばいい。人生とは甘いもの。これが、慌ただしく階段を下りていくサビーナと夫と姪を見送りながら思ったことだ。わたしのいるほう――踊り場にいた――を見上げながら、口々に愛情のこもった言葉をかけ、わたしもそれと同じくらいの言葉を下に向かって返した。わたしはあいかわらず、自分は幸せ者だと思っていた。ひとりの女性に愛され、その夫の信頼も得て、ふたりの秘書として同行することになり、家族とも和解した。たった二十四時間のあいだに、これ以上の何を望めよう?

その日のうちにわたしは、気持ちを準備するために、周囲に触れまわり始めた。自分はかねて個人的に抱いていた政治の夢を実現するために、県知事の秘書として北部に行くかもしれないと。それをオゥヴィドール通りで言い、翌日にはファロウと劇場でも言った。ある者はわたしの指名を、すでにうわさになっていたローボ・ネーヴィスの指名と関連づけて意地悪な笑みを浮かべ、またある者はわたしの肩をぽんぽん叩いた。劇場ではある婦人から、ずいぶんと遠くまで愛の彫刻を持っていくのねと言われた。ヴィルジリアの美貌への当てこすりだった。

だが、もっとも露骨な当てこすりは、その三日後にサビーナの家で受けたものだった。言ったのは、ガルセスとかいう、ちびで冴《さ》えないおしゃべりの老外科医で、七十になっても八十になっても九十になっても、あの老翁の品格というべき貫禄がぜったいに備わらなそうな男だった。こんなこっけいな老い方は、もしかしたら人間の性《さが》が最後に用意する、もっとも悲しい贈り物かもしれない。

「ああ、聞いたよ。ならばキケロをお読みになるといい」と彼は、わたしの転勤を聞いて言った。

「キケロ!」サビーナが驚き叫ぶ。

「そう。貴女のお兄さんは偉大なラテン文学者でしょ。ヴェルギリウス《ヴィルジリオ》をあっというまに訳してしまう。念のため言っておくが、ヴィルジリアじゃない、ヴェルギリウスだ……、混同しないように……」

そう言って、ひひひと下品に笑った。サビーナは、わたしが何か言い返すのではないかと心配顔でわたしを見たが、わたしがにこにこしているのを見ると自分も笑い、向きなおってごまかした。ほかの人たちは興味津々に、赦しと同情を見せながらわたしのほうを見ていた。初めて聞いた話でないことは明らかだった。わたしの情事は、想像していた以上に公然となっていたのである。とにかく、笑った。短い笑い、ところ定まらぬ貪欲な笑い――シントラ王宮のカササギ[111]も顔負けの、能弁な笑い。たしかに、ヴィルジリアは美しい過ちだった。そして、美しい過ちをばらすことは、いともかんたんなもの！　初めは、だれかがわたしたちの情事をほのめかすのを聞こうものならば顔をしかめた。だが、正直に言う。心のなかでは甘くくすぐったいような気分だった。そこへ、何かのはずみでいちど微笑したら、そのあともそうするようになったのだった。この現象を説明できる人がそちらにいるかどうかわからない。わたしはこう説明する。つまり当初、満足は心の内部のものだったため、微笑は同じ微笑でも蕾《つぼみ》だった。ところが、時が経つと蕾は花になり、近くの人の目にふれるようになったと、こういうわけである。たんなる植物学的な問題である。

111 ポルトガルのシントラには王室の夏の離宮が置かれていた。ここにはカササギの間があり、カササギが人間の声を真似するためか、おしゃべりなカササギが、あるポルトガル王の浮気をばらしたという言い伝えがある。

八十三章　十三

コトリンがわたしを窓辺へ誘いだし、嘲笑の窮地から救ってくれた。

「ひとつ言わせてもらっていいか」彼は訊いた。「転勤はやめろ。とても正気とは思えん、危険だ」

「なぜ？」

「よくわかっているくせに」彼は混ぜ返した。「なによりも危険だ。ひじょうに危険だ。この都なら、情事の一つや二つ、人ごみやもろもろの利害に紛れてくれる。だが、田舎は別だ。とくに政界の人間となると、とても正気の沙汰とはいえん。野党の新聞が嗅ぎつけてみろ、大々的に報道される。そうなったら非難ごうごう、誹謗《ひぼう》と嘲罵《ちょうば》の嵐だ」

「なんのことだい？」

「わかっているくせに。とにかく、水臭いよ、ここまで公然となっていることを、まだ否定するのか。おれはもう何カ月も前から知っている。もういちど言う、そんな転勤はやめろ。いないことに耐えろ、そのほうがいい、大スキャンダルは避けろ。そんなに不愉快なことはない……」

そう言うと、奥へ入った。わたしはそのまま、ぼおっと街角の灯りを眺めた――旧式のオリーブ油の街灯だ――悲しくうしろめたくうなだれるそのかっこうは、まるで疑問符。どうすべきか？　ハムレットのケースだった。運命に屈するか、それとも、それと闘ってねじ伏せるか。言いかえれば、船に乗るか乗らぬか。それが問題だった。街灯は何も答えてくれなかった。コトリンの言葉が、老外科医ガルセスの言葉とはまったく異なる響きで、わたしの記憶の耳に反響《こだま》した。たしかにコトリンの言うとおりだろう。だがわたしにヴィルジリアと別れられるだろうか？

サビーナが近づいてきて、何を考えているのかと訊いた。わたしは、何も考えていない、眠いから家に帰ると答えた。サビーナは一瞬、黙った。「わかっているの、いま兄さんに必要なものはお嫁さんよ。まかせて。いい女《ひと》をみつけてあげるから」。わたしは周囲の圧力を感じながら、途方に暮れてそこを出た。出発の準備は万端――精神も心も――だがそこへ登場したのが礼法という門番で、わたしに入館証の提示を求める。わたしは礼法などくそくらえと思い、それと同時に、憲法や立法府や大臣もすべてくそくらえと思った。

翌日、政治欄を開いて、ローボ・ネーヴィスとわたしが十三日付の政令により＊＊県知事と秘書に任命されたという記事を読んだ。すぐさまヴィルジリアに手紙を書き、二時間後にガンボアへ向かった。気の毒なドナ・プラシダ！　どんどん苦悩を募らせ、わたしたちの老女のことを忘れてしまうのか、留守は長いのか、赴任県は遠いのかと訊いてきた。わたしは慰めたが、わたし自身が慰めを必要としていた。コトリンの反対が苛《さいな》んでいたのだ。まもなくヴィルジリアが、ツバメのように嬉々としてやってきた。だが、わたしの悲しそうな様子を見ると真顔になった。

「どうしたの？」

「揺れているんだ」わたしは言った。「引き受けるべきかどうかがわからない……」

ヴィルジリアは、笑いながら長椅子に倒れこんで言った。「どうして？」

「まずいよ。目立つ……」

「でもね、行かないことになったの」

「え、どういうこと?」

夫が任命を辞退することにしたのだと言った。理由は、ぜったいに口外しないようにとの条件で、彼女だけに言ったらしい。だから、ほかの人にはだれにも言えないのだとか。「子どもみたいな理由で、ばかばかしい」と彼自身が言ったという。「だがぼくには強力な理由なんだ」。そして、政令の日付が十三日であることにふれ、その数字には不吉な思い出があると言った。なんでも、父親が十三日に死に、それが十三人でとった昼食から十三日後のことだったという。母親が亡くなった家も十三番地だった、等々。つまり、運命の数字だったのだ。だが、そんな理由を大臣には言えない。辞退は一身上の都合ということにする、と。わたしの反応はおそらく読者と同じ——たったひとつの数字のためにそこまで犠牲にするとは、いささか驚きだ。だが、彼ほどの野心家なら、その犠牲はよほど心の奥から出たものだったのだろう……。

八十四章　葛藤

運命の数字よ、わたしが何度もきみを祝福したのを覚えているだろうか？　おそらくはテーバイの赤毛の乙女たちも、自分たちの身代わりとしてペロピダスの生贄《いけにえ》になった赤毛のたてがみの雌馬《ひんば》を、こんなふうに祝福したのだろう[112]――だれ一人からも懐旧の言葉を捧げられずに、花に覆われて死んでいった優美な雌馬。気の毒な雌馬よ、今はわたしがそれを捧げよう。君の死を悼んでばかりではない、命を救われたその乙女らのなかに、クーバスの先祖がいなかったとはかぎらないからだ……。運命の数字よ、きみはわたしたちの救世主となった。彼女の夫はわたしに、断わりの理由を打ち明けなかった。わたしにも一身上の都合だと言い、それを聞いたときのわたしの真面目な、納得した顔、それは人間の擬装の誉れとなるものだった。むしろ彼のほうが、きりきりと苛む深い悲しみを隠しきれず、口数は少なく腑抜けのようになり、家にこもって本を読んで暮らした。以前ならば、訪ねれば迎え入れ、大げさにはしゃいでしゃべって大笑いをしたものだ。鬱屈の原因は二つあった――まずは躊躇《ためらい》が翼をもぎ取ってしまった野心、それからすぐ次に来たのが、疑心だった。というより後悔か――しかもその後悔は、ある前提が繰り返されれば再発するものだった。というのも、迷信があるという背景は消えないからだ。迷信そのものは疑っていたが、それを否定するまでには至らなかったのだ。本人が嫌悪しているにもかかわらず、ある感情が持続するというこの現象には、いくらか注意を向ける価値がある。だがここでは、ドナ・プラシダの純粋な無邪気さを優先したい。それは彼女が、裏返った靴は見るにたえない[113]と言ったときのことである。

「なんで？」とわたしは訊いた。

「縁起が悪いんです」というのが彼女の答えだった。

それだけ、たったそれだけの答えだったが、彼女にとってそれは、七つの印で封じられた巻物[114]ほどの価値があった。縁起が悪い。子どものころにそれ以外なんの説明もなく言われたことは、悪いという確信で満足した。ところが、星を指でさす場合はそうはいかない。もちろん、その行ないが疣《いぼ》を作るということは、知識としては完全に知っているのだが。

疣でも何でもいいが、県知事のポストがかかっていない人には、それになんの意味があろう？　些細でくだらない迷信なら耐えられる。だが、耐えがたいのはそこに人生の一部がかかっている場合だ。それこそがローボ・ネーヴィスのケースだったが、そのうえに疑心と、ばかなことをしたという強迫観念が加わった。さらに弱り目に祟り目で、大臣は一身上の都合という理由を信じず、ローボ・ネーヴィスの辞退を政治的な操作だと受けとめた。物ごとにはいろいろな見かけがあるゆえに生じた、やっかいな誤解だ。大臣は冷たく当たるようになり、その不信感を同僚にも伝えた。そのうえに不幸な事件もいくつか重なった。しばらくして、県知事を辞退した男は野党にまわった。

112　プルタルコスの『英雄伝』に出てくる逸話に基づいたものか。テーバイのペロピダスはスパルタに対する勝利を願い、乙女の代わりに栗毛の羊を生贄として捧げた。ここでは羊ではなく馬になっている。

113　裏返った靴やスリッパは、母親またはその持ち主の死を暗示するという迷信を信じる人がブラジルにはいる。またこの後に出てくる、星を指さすと疣ができるという迷信についても同様。

114　新約聖書の『ヨハネの黙示録』第五章一節。ヨハネが見た啓示には、七つの封印で封じられている巻物を手に持った神がいて、七つの角と七つの目を持った小羊が封印をひとつひとつ解き、そのたびに禍《わざわい》が地上を襲った。

八十五章　山頂

　危険を逃れた者は、それまでにないほど強烈に生を愛するもの。わたしも、ヴィルジリアを失う寸前までいってから、もっと熱烈に愛するようになり、それは彼女のほうも同じだった。終わってみれば、県知事の話はわたしたちの最初のころの愛情を活性化させただけだった。それはわたしたちの愛をもっと美味しく、またもっと価値のあるものにする薬となった。事件直後の日々は、もし別れていたら訪れていただろう別離の苦悩と、二人のあいだに伸縮自在の布のように広がっていく海に比例して増していったはずの悲しみを想像して楽しんだ。そして、まるで怖い顔を見せられただけで母親の膝にしがみつく子どもさながらに、わたしたちは架空の危険から逃れて固く抱きしめあった。

「ああ、ぼくの愛しいヴィルジリア！」

「ああ、あなた！」

「きみはぼくのものだよね？」

「そうよ、あなたのよ、あなたのものよ……」

こうしてわたしたちは、まさしくスルタンのシエラザード[115]が複数の話を糸で結ぶように、自分たちの冒険譚《ぼうけんたん》の糸をつないだのだった。思えば、このころがわたしたちの愛の絶頂、すなわち山頂だった。そこからわたしたちは、しばらくのあいだ東西の谷を眺め、その頭上には穏やかな青い空が広がっていた。その時間に休んだ後、わたしたちは山肌に沿って、手をつないだり放したりしながら下りはじめた。下りて、下りて……。

115 『千夜一夜物語』の語り手。君主（スルタン）の求めに応じて、連日連夜さまざまな物語をつむぎだした。

八十六章　謎

山を下りながら、彼女の様子がいつもと少し違うのに気づいたが、疲れのせいか、何かほかに原因があるのかがわからなかったので、わたしはどうかしたのかと訊ねた。彼女は黙り込み、ある仕種をしたが、それは嫌気から来るものとも、気分の悪さからとも、あるいは疲れからきているものとも受けとれた。しつこく訊いたら、なんと彼女の答えは……。ある繊細な流れが全身を走った。強烈で敏速で独特な感覚、わたしはそれを、絶対に紙に書き留めることはできない。わたしは彼女の手を取り、体を軽く自分のほうに引きよせ、ゼフィール[116]のようにやさしく、そしてアブラハムのように厳粛に、額に接吻をした。彼女は震え、わたしの頭を両手で包み、じっとわたしの目をみつめると、母親のような仕種で撫でてくれた……。さて、その部分が謎かけである。読者には、その謎が解けるよう、時間をさしあげよう。

116 ギリシア神話の西風の神。西風は、欧米の文化では、春から初夏のそよ風を指す。

八十七章　地質学

そのころ、悲しいことが起こった。ヴィエガスの死である。このヴィエガスは以前に少しお目にかけたが、歳が七十のひどい喘息持ちで、身体はリウマチでぼろぼろ、心臓までも患っていた。わたしたちのアヴァンチュールの優れた番人だった。ヴィルジリアは、墓のように強欲なこの老いた親戚が、息子の将来のために幾ばくか財産を遺してくれるのではないかと大きな期待を寄せていた。そうした考えは夫も持っていたが、こちらはそれをひた隠しに押し殺していた。ここはすべてを言うべきだから言うのだが、ローボ・ネーヴィスのなかには、岩層ともいうべき礎《いしずえ》をなす一定の矜《きょう》持《じ》があって、それが人間たちの取り引きに対し、抵抗を見せていた。それ以外の層、たとえば土や砂から成る表層は、永遠の濁流である人生がすでに押し流してしまっていた。もし読者が二十三章をご記憶なら、わたしが人生を濁流にたとえるのが二度目であることにお気づきだろう。だが今回は、「永遠の」という形容詞をひとつ加えたことに注意してほしい。形容詞の威力は神がご存じで、とくに新生の暑い国ならば、なおさらのことである。

この本の新しいところは、ローボ・ネーヴィスの心の地層学であり、おそらくそれは拙著を読む紳士のものでもあろう。そう、この性格の地層とは、それらの抵抗の度合いに応じて、人生が変化を加えたり保持したり融解したりするもので、これらの地層についてだけでもじゅうぶん一章になるが、これ以上話を長びかせないために割愛する。ただひとつ言っておくと、わたしの生前に知り合ったなかでもっとも誠実だった男に、正確な名前は覚えていないが、ジャコ・メデイロスだかジャコ・ヴァラダーリスだかという男がいた。もしかしたらジャコ・ホドリゲスだったかもしれないが、とにかくジャコ《ヤコブ》といった。誠実を絵に描いたような男で、そのちっぽけな良心を鬼にさえすれば金持ちにもなれたかもしれないが、それを望まなかった。そのせいで、彼の指のあいだをすり抜けていった金は、四百コントをくだらなかったはずだ。だがその誠実さたるや、あまりに模範的だったために、みみっちく窮屈なものになっていた。ある日、彼の家で楽しく二人でしゃべっていたときのこと、B氏が訪ねてきたという知らせが来た。じつに退屈な男だ。ジャコは居留守を使うよう命じた。

「その手は通じない」と廊下で叫ぶ声がした。「もうここまで来ておる」

　事実、B氏の姿がすぐに居間の入り口に現われた。ジャコは出迎え、てっきり別の人だと思い、まさか彼だとは思わなかったと言い、よく来てくれたと言い添え、おかげでわたしたちは一時間半にも及ぶ死ぬほど退屈な時間を過ごすはめになったが、それで済んだのは、ジャコが時計を出したからだった。B氏がそれを見て、これから出かけるのかと訊いた。

「妻とちょっと」ジャコは言った。

　B氏が帰り、わたしたちはほっと息をついた。息をついたあとでわたしはジャコに、二時間もしないあいだに彼が四回嘘をついたことを指摘した。一回目は、居留守を使ったこと。二回目は、やっかいな客なのに喜んでみせたこと。三回目は、これからでかけると言ったこと。そして四回目はそれが妻とだと言ったこと。ジャコは一瞬考えたあとで、わたしの観察どおりだと素直に認めたが、同時に言い訳もした。絶対的な真実の追求は、進化した社会の状況とは両立しないもので、そもそも町の平和もたがいの騙《だま》しあいのうえに成り立っているのだと……。あっ、思い出した。その人の名は、ジャコ・タヴァーリスだった。

八十八章　病人

もちろん、そんな有害な教義を、わたしがごく初歩的な主張で論破したことはいうまでもない。だが彼は、わたしの指摘にそうとう恥じ入ったのか、不自然なほどに熱を込めて最後まで抵抗したが、おそらくそれは、良心を麻痺させるためだったにちがいない。

ヴィルジリアのほうは、もう少し深刻だった。彼女は夫ほど思い悩むほうではなかった。遺産にかける期待をはっきりと表に出し、せめて遺言補足書ぐらいになればと、その親戚に対してあらゆる親切と心遣いと愛情を注いだ。それは、媚《こ》びそのものだった。だが、それを見て思ったのだが、女性の媚びと男性の媚びは違う。男性の媚びは追従《ついしょう》と隣り合わせだが、女性のほうは愛情にまぎれる。優美な曲線形、やさしい言葉、そして肉体のか弱さじたいが、女性の媚態《びたい》にそれ本来の色や正当性を添える。

相手の年齢に関係はない。相手からみれば、女性にはつねに、その人物にとって母親か妹のような雰囲気を備え――あるいは看護婦などほかの女性らしい職業でもいいが、そうした職種ではどんなに器用な男性にも絶対に備わらない、こつや流れともいうべき何かがあるものだ。

以上が、年老いた親戚に対して、ヴィルジリアが身を粉にして愛情を注ぐ姿を見ながら考えたことである。彼女は彼を玄関まで迎えにいき、言葉をかけたり笑ったりしながら彼の帽子と杖を受けとり、腕をとって椅子まで連れていくが、それは特定の椅子で、家にはちゃんと「ヴィエガスの椅子」と呼ばれる、病人や老人用の座りやすい特別な椅子があった。風が入れば近くの窓を閉め、暑ければ開けるというように、とにかく風邪を引かないように気遣った。

「いかが？　今日はいつもよりお元気そうよ……」

「なにが元気だ！　昨日の夜は気分が悪くなってね、まったく、しつこい喘息だよ」

そう言って老人は大きく息をつき、玄関を入って段を上ったぶんの疲れを少しずつ癒したが、いつも二輪馬車でやってくるから、疲れは道中のものではない。その隣りの、少し前に出るかっこうで、ヴィルジリアは小さな腰かけに座り、病人の膝に手をあてがった。そのあいだ息子のニョニョが居間にやってくるが、いつもとは違って飛びまわることもなく、おとなしく静かに真面目にしている。ヴィエガスはニョニョが大好きだった。

「ニョニョ、こっちにおいで」と声をかけた。やっとの思いで手を大きなポケットに突っ込み、飴の箱を取りだすと、ひと粒を自分の口に入れ、もうひと粒をニョニョにやる。咳止めの飴だ。ニョニョはとてもおいしいと言った。

多少の違いはあっても、以上のことが繰り返された。ヴィエガスはチェッカーが大好きだったから、ヴィルジリアはその相手をし、彼が長い時間をかけて弱々しい手でのろのろと駒を動かすのに、辛抱づよく付きあった。ときにはいっしょに庭に下りて散歩し、彼女が腕を貸すが、老人はそれをいつも受け入れるとはかぎらず、自分は丈夫だ、一レグア[117]だって歩けると言った。歩いては腰を下ろし、ふたたび歩きだしてはいろいろな話題をとりあげ、家族の話やサロンのうわさ話、さらには老人が自宅用に建てようと計画中の家のことを話し、家は近代的なのがいい、なぜなら彼の家は古く、ジョアン六世[118]時代のものだからと言ったが、それは（わたしが思うに）今でもまだサン・クリストーヴァン地区[119]界隈に見られる、前方に太い柱が堂々と立っているあの様式ではないか。老人が住んでいた大邸宅も、彼にとってはそろそろ建て替えどきで、すでに図面を有名な石工に依頼したという。ああ！　それを見れば、趣味のいい老人がどんなものかヴィルジリアにもわかるはずだ、と。

話し方は、ご想像のとおりゆっくりで困難をともない、途中で咳き込んでは、自分ばかりでなく周囲にも迷惑をかけた。ときどき咳の発作に見まわれた。体を曲げてうめき、ハンカチを口にあてがい、それをじっくりと観察した。発作がおさまると、ふたたび話を家の計画に戻し、こういう部屋とああいう部屋があるべきで、テラスと厩《うまや》も必要だ、とにかく最高の家にするんだと言った。

117　距離の単位。ブラジルでは一レグア＝六千六百メートル。

118　ポルトガル王室がリオデジャネイロに移転してからの王（在位一八一六～二六年）。

119　リオデジャネイロ市内の街区。皇宮があった。

八十九章　臨終《イン・エクストレミス》

「明日はヴィエガスの家で過ごすわ」あるとき彼女が言った。「かわいそうに！　だれもいないのよ……」

ヴィエガスは、ついに寝たきりになっていた。結婚した娘がいたが、ちょうど病に倒れて看病ができなかったのだ。ヴィルジリアは、ときどきそこに出かけていった。わたしはその状況を利用して、その日を一日じゅう彼女のそばで過ごした。着いたのは午後の二時だった。ヴィエガスのあまりに激しく咳きこむ姿に、胸が痛んだ。彼は発作の合間を見て、ある痩せた男と、家の値段の交渉をしていた。男が三十コントを提示し、ヴィエガスは四十を要求していた。購入者は、汽車に乗り遅れまいとあせる者のように必死だったが、ヴィエガスが譲らなかった。まずは三十コントをつっぱね、次は二コントの上乗せを、さらには三コントの上乗せを拒否したところで、ついにつよい発作に襲われ、約十五分間、話が中断した。購入者は老人を懸命にさすり、枕をあてがい、三十六コントを提示した。

「ぜったいにならん！」病人はうめいた。

書斎の机から紙の束をとってこさせた。紙を束ねていた輪ゴムを取る力もなく、わたしにそれをはずすように言ってきた。わたしはそのとおりにした。その家の建築にかかった費用の明細だった。石工、工務店、塗装費。応接間と食事室と寝室と書斎の壁紙代。金具代に土地代。老人は震える手で一枚一枚めくっては、わたしに読むように言い、わたしはそれを読みあげていった。

「ほらみろ。千二百だ。壁紙だけでひと部屋あたり千二百かかっている。蝶番《ちょうつがい》はフランス製……。な、ただみたいなもんだ」最後の代金が読みあげられたところで、老人は言った。

「はあ……。でもですね……」

「四十コント。これ以上は下げん。利子だけだって……。利子を計算してみろ……」

言葉がまるでばらばらになった肺の断片のように、咳といっしょにごほごほと、音節ごとに切られながら出てきた。くぼんだ眼窩《がんか》の奥で目がぎょろぎょろ光り、夜明けの街灯を連想させた。骨だけの身体が上掛けの下にくっきりとかたどられ、膝と足先のところで二カ所つき出ていた。しわしわにゆるんだ黄色味を帯びた肌が、表情のない顔の骸骨をかろうじて覆っていた。白い綿のナイトキャップが、時の剃りあげた頭蓋骨をくるんでいた。

「で？」痩せ男が言った。

それ以上せつかぬようにわたしが合図を送ると、男はしばらく口を閉じた。病人は黙って天井をみつめたまま激しい息をしている。ヴィルジリアが青ざめて立ちあがり、窓辺へ行った。死を感じとり、怖くなったのだ。わたしは話題を変えようとした。痩せ男は冗談をひとつ言ったあとで、また話を家に戻し、提示額を変えてきた。

「三十八コント」彼は言った。

「あん？……」病人がうめいた。

痩せ男がベッドに近寄り手をとると、もう冷たかった。わたしも病人のそばへ行き、気分が悪いのか、ワインをグラス一杯飲むかと訊いた。

「いや……いや……よ……よん……よ……よ……」

咳の発作が襲い、それが最後となった。それからまもなく老人は息をひきとったが、痩せ男の衝撃は大きく、あとで語ったところによれば、彼は四十を提示する覚悟があったそうだ。だが、遅きに失した。

九十章　アダムとカインの古《いにしえ》の会話

皆無。遺言書での言及は、皆無。せめて飴玉ひとつでもあれば、恩知らずだとか忘れっぽいと思われずにすんだものを。だが、皆無。ヴィルジリアはその当てはずれを腹だたしく受けとめたが、わたしにはある程度気をつかいながらそれを言った。原因はそのことじたいではなく、それが、わたしがあまりどころかまったく好きではない息子に関することだったからだ。わたしは、もうそのことは考えないほうがいいと、遠まわしに言った。いちばんいいのは死んだ奴のことなど忘れること、あんなばか、とんでもないドけちのことなど忘れ、もっと楽しいことを考えようと。たとえば、おれたちの子どもとか……。

おっと、つい口がすべって、なぞかけの答えを言ってしまった。数週間前のあの甘いなぞかけ、ヴィルジリアの様子が少しへんだと言ったときの、なぞのことである。

子ども！　わたしの存在から取られた存在！　それこそが、当時のわたしの唯一の関心事だった。世間の目も夫の嫉妬もヴィエガスの死も、そのときのわたしにはどうでもよく、政界の諍《いさか》いも革命も地震も、なんの興味も引きおこさなかった。わたしの頭には、まだ名もなく父性のわからないあの胎児のことしかなく、ある秘密の声がわたしに言った。お前の子だよ！　わたしの子！　わたしは名状しがたい快感と、何か誇らしげな気持ちを込めて、その五文字を二度繰り返した。わたしは男を実感していた。

最高だったのは胎児とわたしだけの二人の会話で、現在と未来のことを語りあった。坊やはわたしを愛してくれ、かわいいやんちゃ坊主で、その小さなまるまるとしたお手々でわたしの顔をぱたぱた叩いたかと思えば、次の瞬間には式服式帽を身にまとったものだ。というのも、息子は将来学士になって、下院議会で演説をするのだから。そして父親であるわたしは、それを本会議場から目を潤ませながら聞く。学士から今度はふたたび学校に舞いもどり、石板と本を小脇に抱えるちびになったかと思えば、次は揺りかご、そしてすぐに大人になった。頭のなかで年齢と姿かっこうをひとつに限定しようとしても、それは無理だった。胎児はわたしの目の前であらゆる大きさになり、あらゆる行動をとった。乳を飲み、物を書き、ワルツを踊り、たった十五分という限界のなかで終わりを知らなかった――ベビーと下院議員、高校生と伊達男。どうかすると、ヴィルジリアのそばにいながら、わたしは彼女のことも何もかも忘れた。ヴィルジリアはわたしを揺すり、黙っていると言って腹を立てた。自分のことはもう好きじゃないのかと言った。ほんとうのところ、わたしは胎児と対話していたのだ。アダムとカインの[120]古《いにしえ》の対話、生と生のあいだの言葉なき対話、神秘と神秘の対話だった。

120　創造主ヤハウェがつくった最初の人間がアダム。アダムとイブのあいだに生まれた子どもがカイン（『旧約聖書』）。

九十一章　奇妙な手紙

そのころ奇妙な一通の手紙を受けとった。中には、それに劣らず奇妙なものが同封されていた。これがその手紙である。

親愛なるブラス・クーバス殿

ずいぶん前のことだが、パセイオ・プブリコ公園で貴殿から時計を拝借した。このたび、晴れてこの手紙とともにそれをお返しする。ただし現物ではなく別物で、こちらのほうが高価だとは言わないが、同等である。ク・ヴレー・ヴー・モン・セニョール——フィガロの言葉じゃないが——セ・ラ・ミゼール。[121]先日会って以降、多くのことが起こり、もし貴君が門戸を閉ざさなければ、いちど伺ってその詳細をお話ししたい。ご承知おきいただきたいのは、小生はもうくたびれたブーツを履いてはいないし、遠い昔の夜に裾がはためいていた名物コートも着ていないことだ。サンフランシスコ階段も引きはらい、今は朝食もとっている。

そこでお願いなのだが、ぜひ近いうちにそちらに伺い、長年の研究成果である新しい思想体系をご披露させていただきたい。これは、事物の始原および終末に説明と描写を与えるばかりでなく、ゼノン[122]やセネカの研究を大きく前進させるもので、彼らの禁欲主義など、小生の心の処方箋に比べれば子どもの遊びである。とにかく、小生の思想体系はずばぬけた驚異に満ちている。人間の精神を正し、苦痛を除去し、幸福を保証し、わが国を大いなる栄光で満たす。小生はそれを、事物の原理であるウマニタス[123]からとって、ウマニチズモと命名した。最初はたいへん思いあがったことを考えて、ボルバにちなんでボルビズモとすることも考えた。だがそれでは、自己喧伝しすぎるばかりか、厚顔無恥でみっともない。しかも、それによって表現される内容も少なくなる。親愛なるブラス・クーバスよ、見ればこれがいかに記念碑的かわかるはずだ。それに、もしこの世に何か人生の苦しみを忘れさせてくれるものがあるとすれば、それはついに真実と幸福をつかんだという歓びだろう。小生はいま、そのおぼつかないいずれのものも手にしている。幾世紀にもわたる苦闘と探求と発見、そして体系とその崩壊のすえ、それらはついに人間の手に落ちたのだ。

親愛なるブラス・クーバス、いずれ近いうちにお会いしたい。　敬具

旧友ジョアキン・ボルバ・ドス・サントスより

わたしは、わけがわからぬまま手紙を読み終えた。手紙には小箱が添えられ、中にはわたしのイニシャルと、「老キンカスより」という文句が彫られた時計が入っていた。もういちど手紙に戻り、じっくりと読んだ。時計を返してきたところを見ると、冷やかしではない。明快さ、沈着ぶり、自信――たしかに多少横柄ではあるが――発狂はしていなさそうだ。きっとキンカス・ボルバは、ミナスの親戚のだれかから遺産を相続し、余裕が本来の尊厳を取りもどしてくれたのだろう。だが、かなりとは言わない。なかには完全に取りもどせないものもあるのだから。だが、とにもかくにも、更生は不可能ではなかったのだ。手紙と時計をしまい、わたしはその思想に期待をかけた。

121 ボーマルシェの『セビリアの理髪師』のセリフ。「何をご希望ですか、貧しさです」

122 「飛ぶ矢は動かない」「アキレウスと亀」などの「ゼノンのパラドックス」で知られる、ギリシアのエレア派の哲学者（紀元前四九五～紀元前四三五年）。

123 ウマニタスはこの作品の重要かつ独特な概念なので、解説参照。

九十二章　奇妙な男

さて、奇妙な話はおしまいにする。手紙と時計をしまったところへ、痩せた中背の男がコトリンからの昼食への招待状を持って訪ねてきた。ことづけを預かってきたその人物は、コトリンの姉の連れあいで、数日前に北部から上京してきたばかり、名前はダマセーノといって、一八三一年の革命[124]に参加したことがあるという。これは、彼みずからがほんのわずか五分のあいだに話したことだ。摂政と対立してリオデジャネイロを出たが、摂政も間抜けだったものの、まわりにいた大臣連中よりはましだった。そこへふたたび革命が勃発しそうになった。ここまで聞いたところで、多少の政治思想のばらつきはあっても、だいたい彼の好みの政府像は想像がついた。穏健的独裁政治だ――とはいっても、どこかの唄に歌われているようなものではなく――国民軍の羽飾りをつけたやつだ。ただ、その彼の望む専制が単独によるものか、あるいは三人か三十人か三百人かはわからなかった。いろいろなことに関して意見を述べたが、なかにはアフリカ人奴隷貿易の推進や、イギリス人の追放の問題もあった。演劇が大好きで、着いてすぐにサン・ペドロ劇場[125]へ行き、そこで壮麗な戯曲『マリア・ジョアナ』と『ケトリー、またはスイスへの帰国』というひじょうに面白い喜劇を観たそうだ。デペリーニも気に入ったが、それが『サフォー』[126]であったか『アンナ・ボレーナ』であったかはよく覚えていなかった。だが、なんといってもカンジアーニ！　彼女は名歌手だ。いまは『エルナーニ』をぜひ観たいと思っていて、娘も家でピアノに合わせて歌っている、「エルナーニ、エルナーニ、インヴォラーメ……」——と言いながら立ちあがり、本気半分で歌いはじめた——北部では、こんなことは聞こえてきても、反響《こだま》程度だ。娘はオペラならなんでも観たいと言っている。なかなかきれいな声をしているんだ、娘は。とにかく好きだ、たまらなく好きだ。ああ！　だからものすごくリオデジャネイロに戻ってきたかったんだ。もう町中を駆けまわった、懐かしかった……。嘘じゃない！　場所によっては、泣きそうになった。もう船はごめんだ。船酔いにずいぶんと苦しめられ、ほかの客もそうだったが、ひとりイギリス人だけはけろっとしていた……。イギリス人なんて悪魔に連れていかれればいいんだ！　奴らがこの湾を出ていかないうちは、よくなるわけがない。イギリスがわれわれに何をしてくれるというのか？　もし気概のある連中を何人か集められるのなら、あんなイギリス人ども《ゴデーミス》、ひと晩で追いだしてやる……。お蔭さまで愛国心だけはある——と胸を叩いた——それは、彼の出を考えれば驚くことではなかった。彼は愛国心の強いカピタニアの末裔だったのだから。そう、そこいらの馬の骨ではない。その時が来れば、いくら小舟でも材料が違うことを見せましょう……。だがもう時間が遅かったので、昼食へはかならず行くから、話の続きはぜひそこで、と言おうとした——そうして応接間の戸口まで案内した。彼は立ちどまり、わたしにひじょうに好感を持ったと言った。彼が結婚したときは、わたしがちょうどヨーロッパにいたころだった。父には会ったが、たいへん立派な方で、あのプライア・グランジの有名な舞踏会でごいっしょした……ああ、本当にいろいろありました！　またお話ししましょう。すっかり遅くなりました、お返事をコトリンに伝えます。そう言って帰っていった。わたしは扉を閉めた……。

124　国内の支持低下により、ペドロ一世が幼い長男のドン・ペドロ（後のペドロ二世）に皇位を譲り、ポルトガルへ帰国した事件。

125 一八一三年にサン・ジョアン劇場として開設され、一八二六年にサン・ペドロ・ジ・アルカンタラ劇場となる。たびたびの火災を経て、一九二九年に取り壊され、現在はジョアン・カエターノ劇場が建つ。

126 『サフォー』はフランスの作曲家グノー（一八一八〜九三年）のオペラ。また、つづいて出てくる『アンナ・ボレーナ』はイタリアの作曲家ドニゼッティ（一七九七〜一八四八年）の、『エルナーニ』はヴェルディ（一八一三〜一九〇一年）のオペラ。これらはブラジルやアルゼンチンなど、南米の歌劇場の人気演目だった。

九十三章　昼食

その昼食ときたら、まるで拷問！　さいわいサビーナが、隣りにダマセーノの娘を座らせてくれた。名はドナ・エウラリアと言い、身内ではニャン・ロロと呼ばれる愛らしい娘で、多少人見知りをするものの、最初のうちだけだった。品位はなかったが、それを華やかな目が補い、欠点はただひとつ、それをわたしからそらさないことで、離すのは皿を見るときだけだったが、ニャン・ロロときたらほとんど物を食べず、だからほとんど皿を見ることもなかった。夜には歌を披露し、声は、たしかに父親が言うだけあって「なかなかきれい」だった。それにもかかわらず、わたしはそそくさと退散した。サビーナが玄関までやってきて、ダマセーノの娘をどう思ったかと訊ねた。

「まあまあ」

「とてもいいお嬢さんでしょ?」とすかさず言った。「礼儀知らずのところもあるけど。心はやさしいの！　まるで真珠！　あなたにぴったりのお嫁さんよ」

「真珠は趣味じゃないな」

「この偏屈者！　いつまでがんばるつもり？　そのうち熟れて落ちるのが関の山！　さあ、金持ちさん、望む望まないはべつ、とにかくニャン・ロロと結婚するの、いいわね」

　そう言ってわたしの頬を指で叩いたが、動作は鳩のようにやさしかったものの、同時に威圧的で有無を言わせなかった。おお、神よ！　和解の目的はこれだったのか？　そう考えたら急にやるせなくなったが、ある神秘的な声がわたしをローボ・ネーヴィスの家へ呼んでいた。サビーナと脅し文句に、別れを告げた。

九十四章　秘密の動機

「ぼくの愛しいママさん、調子はどうだい？」

この言葉を聞いて、ヴィルジリアはむっとした。いつものことだった。窓辺でひとり月を見ていたが、行くと嬉しそうに迎えてくれた。だが子どもの話をしたとたん、むっとしたのだ。そのことに触れられるのを好まず、わたしが父親気取りを先どりするのも嫌がった。だが、わたしにとって彼女はもう聖女であり聖油瓶だったため、そっとしておいた。最初は胎児、すなわち未知という姿がわたしたちのアヴァンチュールに影を落とし、彼女に罪悪感を取りもどさせたのかと思った。そうではなかった。ヴィルジリアがこれほどのびのびと遠慮もなく、また他人や夫への気遣いから少しでも解放されたことはないように思えた。良心の呵責ではなかった。わたしは、もしかしたら妊娠じたいが狂言で、わたしをつなぎとめるための方法だったのかもしれないとも思った。だが、そう長い効果は期待できず、しだいにそれがプレッシャーになってきたのではないかと想像した。まったくありえない話ではなかった。というのも、わが愛しのヴィルジリアは、ときどき嘘をついたから。しかも愛嬌たっぷりに！

その日の晩のうちに、本当の理由を発見した。出産への恐怖と、妊娠に対する屈辱だった。第一子が生まれたときが難産だったため、生の分《ふん》と死の分《ふん》によって構成されるその時間を思うと、絞首台上でのような震えに襲われるということだった。また屈辱に関しては、優雅な暮らしの習慣の一部に制約が生じるだけに、気分は複雑だと言った。きっとそうなのだろう。わたしは理解を示しながらも、多少父親としての権利を行使して叱った。ヴィルジリアはわたしをみつめた。それから目をそらし、信じられないというように笑った。

九十五章　過ぎし日の花

過ぎし日の花よ、いずこへ？[127] 妊娠数週間後のある日の午後、父親というわたしの楼閣が、夢幻《ゆめまぼろし》と崩れた。胎児は行ってしまった、まだラプラスか亀かもわからない段階で。わたしはそれをローボ・ネーヴィスの口から聞かされ、[128]ローボ・ネーヴィスはわたしを居間に残して、医者と一緒に失意に沈む母親のいる寝室に入っていった。わたしは窓辺に寄りかかり、庭を眺めた。花のないオレンジの木が葉を青々と茂らせていた。過ぎし日の花はいずこへ？

127　フランソア・ヴィヨン（フランス、一四三一～六三年以降）の詩の一節"Mais où sont les neiges d'antan?"やチャールズ・ラム（イギリス、一七七五～一八三四年）の詩の一節"Where are they gone, the old familiar faces?"を意識しているのか？

128　ピエール・シモン・ラプラス。フランスの数学者、天文学者（一七四九〜一八二七年）。

九十六章　匿名の手紙

誰かがわたしの肩に触れるのを感じた。ローボ・ネーヴィスだった。しばらく黙ったまま、慰めの言葉もなくみつめあった。ヴィルジリアの様子を聞いたあと、二人で三十分ほど話しこんだ。最後のあたりで、一通の手紙が届けられた。彼はそれを読むと顔面蒼白になり、震える手で閉じた。なにやら、今にもわたしに飛びかからんばかりの動作をしたような気もするが、よく覚えていない。はっきりと覚えているのは、それから数日間はわたしを冷たい態度で迎え入れ、言葉数も少なかったことだ。数日たってようやくヴィルジリアがガンボアですべてを話してくれた。

夫からは、快復するなり手紙を見せられたという。匿名の告発状だった。すべてが書かれていたわけではなく、たとえばわたしたちが外で逢っていることは書かれていず、わたしの親密さに注意を払えとだけ書いたあとで、疑惑はもう公然のものだと言い添えられていたという。ヴィルジリアはそれを読み、卑劣きわまりない誹謗中傷だと憤った。

「誹謗?」ローボ・ネーヴィスは訊いた。

「卑劣よ」

夫は、ふうっと息をついた。だが目を手紙に戻せば、まるでひとつひとつの単語が、ちがうちがうと指を振り[129]、ひとつひとつの文字が妻の憤りに大声で反論しているように見える。さすがに剛腹《ごうはら》なこの男も、このときは被造物の中でもっとも非力な存在になっていた。おそらくは想像力のしわざで、彼のことを意地わるく嘲笑うかのようにみつめるあの世間の名高き目が、遠くに見えていたことだろう。おそらくは目には見えぬ口が、かつては自分が耳にしたり言ったりした野次を、彼の耳元で繰り返したことだろう。すべてを話すように、話せばゆるすと妻に迫った。ヴィルジリアは救われたことを見てとり、夫のしつこさに苛立ってみせ、わたしからはただ褒め言葉やお世辞を聞いたことがあるだけだと誓った。手紙は、ふられた男のものだろう。そう言って何人かを挙げた——三週間にわたってあからさまに口説いた男、手紙を寄こした男、等々。それらの名前を、夫の目を観察しながら、状況とともに挙げていき、最後にもう誹謗の余地を与えないように、わたしには二度とこの家の敷居をまたがせないようにすると言った。

これらすべてを、わたしは少々やりきれない思いで聞いた。それはそれ以降、擬装をさらに強化する必要があるからでも、ローボ・ネーヴィスの家から完全に遠ざからなければならないからでもなく、ヴィルジリアの道徳面での平静さに対するもの、つまり動揺するでも怯えるでも恋しがるでもなく、良心の呵責すらないヴィルジリアに対してだった。彼女はわたしの不安に目を留め、わたしの顔を持ちあげた。というのも、わたしはそのとき床をみつめていたからで、彼女は苦々しい表情で言った。

「あなたはわたしが払っている犠牲に値しないわ」

わたしは何も言わなかった。もしそこで、たとえほんのわずかでもいいから、絶望や恐怖を招くことを口にすれば、今のわたしたちの状況に最初のころのような熱い思いを甦らせられるだろうなどとは、もう考えるのすら面倒くさくなっていた。それに、どうせ言ってみたところで、そんなちっぽけな絶望や恐怖ぐらいでは、せいぜいのろのろと、そしてしぶしぶとしかやってこなかった可能性が否定できない。わたしは何も言わなかった。彼女はいらいらと爪先で床を叩いていた。わたしは近づき、額に接吻をした。ヴィルジリアは、まるで死体に接吻されたかのように体をよけた。

129　ブラジルでは、物事を否定するときに、人差し指を立てて左右に振る仕種をする習慣がある。

九十七章　口と額のあいだ

読者が身ぶるいしたような気がする——というより、震えておいでだろう。とうぜん、「死体」という言葉で、三つか四つほど考えが浮かんだことだろう。状況を確認しておこう。ところはガンボアの隠れ家、長いあいだ愛しあう二人、いっぽうがもういっぽうに身を寄せて額に接吻をしたら、相手は死体の口に触れたかのように身体をよける。口と額という、ほんのわずかな空隙にあるものは、そして接吻前と接吻後のあいだ、そこにあるのは、多くのものが存在しうる広い空間だ——恨みつらみの痙攣——疑心の襞——あるいは、倦怠の青ざめた眠そうな鼻……。

九十八章　削除

わたしたちは明るく別れた。昼食をとったときには、わたしはもう状況と和解していた。匿名の手紙が、わたしたちのアヴァンチュールに、神秘の塩と危険の胡椒を呼び戻していた。結局はあの危機的な状況で、ヴィルジリアが自分を見失わないでいてくれたことがとてもよかったのだ。夜はサン・ペドロ劇場へ行った。名演目がかかり、エステーラ[130]が涙を誘っていた。中に入って桟敷席に目を走らせる。そのひとつに、ダマセーノと家族の姿が見える。娘の服装には普通とは違う品格としゃれっ気があって、説明するのが困難だが、要は父親の稼ぎがなんとか借金をせずに暮らしていける程度だということで、それがそうなった理由だろう。

休憩時間には彼らを訪ねた。ダマセーノは饒舌にわたしを迎え、夫人も満面の笑みを浮かべた。ニャン・ロロは、わたしから目を離さなかった。あの昼食の日よりも、きれいになったようにみえた。わたしは、彼女のなかでは天空の柔らかさと地上の形の輝きが絶妙な折りあいをなしていると思った——曖昧な表現だが、すべてが曖昧でなければならない章にはぴったりだ。とにかく、どう伝えればいいのかわからないが、彼女のそばは居心地が悪くなく、その娘は上品なドレスで華美に着飾り、それは何やらタルチュフ風のこそばゆさを覚えるようなドレスだった。膝を丸く清らかに包んでいる様子を見ているうちに、わたしはある微妙な発見をした。つまり自然は、人間の洋服がわれわれの種の発展にとって必要条件であることを見抜いていたのだ。つねに裸でいたら、これだけ個人の仕事や手間が増殖するなかで、感覚は鈍り、性欲も減退する。だが衣服は自然をごまかすから、意欲が刺激されてそそられ、活性化されて再生産されることになり、その結果文明が発達する。『オセロ』と大西洋横断定期船の伝えた習慣に恵みあれ！

この章を削除したくなってきた。下り坂は危険だ。だが、おとなしい読者よ、わたしが書いているのはわたしの回想であって、貴君のではない。愛らしい乙女のかたわらで、わたしは定義しがたい二重の感覚に襲われていたようだった。彼女はその全体で、パスカルの二元性、すなわち「天使と野獣」を体現していた、違いはそのジャンセン主義者[131]がその二つの性質の同時想起を認めていなかったのに対し、彼女の場合はそれらが中でしっかりと組みあわさっていたことである――どこか天と通じ合う「天使」――と「野獣」、それは……。いや、思い切ってこの章は削除しよう。

130　当時の有名女優にエステーラ・セゼフレーダ（一八一九〜七四年）というのがいる。ブラジル演劇の創始者のひとりジョアン・カエターノの妻。

131　十七世紀以降に流行し、カトリック教会によって異端とされたキリスト教思想。人間の意志の力を軽視し、腐敗した人間の本性の罪深さを強調した。ここでは代表的なジャンセン主義者パスカルの「人間は天使でも野獣でもないが、不幸なことに、天使になろうとすると野獣になってしまう」という言を念頭においている。

九十九章　平土間で

平土間に何人かの友人と談笑するローボ・ネーヴィスの姿があった。わたしたちはたがいに気まずく、よそよそしくかんたんな言葉を交わした。だが、次の休憩では幕が開く直前に、今度は誰もいない廊下で会った。彼はものすごく愛想よく、にこやかに近寄ってきて、わたしを劇場の円窓のところへ引っぱっていったので、わたしたちはそこでずいぶんと話し込んだが、おもに話したのは彼のほうで、まるでだれよりも沈着冷静な男といった感があった。妻の様子を訊ねてみたが、元気だと言い、打ちとけた感じでにこやかと言ってもよいほどで、すぐに話題を世間話に戻した。その違いの原因が何か、興味のある方は考えてみるといい。わたしは、桟敷席の戸口からわたしの様子をうかがうダマセーノのところへ逃げる。

次の幕は、何も聞いていなかった。俳優のセリフも観客の拍手も、何も聞いていなかった。椅子の背にもたれてローボ・ネーヴィスとの会話の断片を記憶から拾いあげ、彼の言動を再現し、その結果、新しい状況のほうがはるかにいいという結論に達した。わたしたちにはガンボアがあればじゅうぶんだった。もうひとつの家にしょっちゅう行けば、嫉妬を掻《か》きたてるだけ。厳密に言えば、わたしたちは別に毎日話さなくてもいいのだ。むしろそのほうが、愛の合間に郷愁を注ぎ込むから、なおのことい い。それに、わたしももう四十を超えたというのにいまだ名を挙げていず、第一次選挙人[132]にすらなっていない。ヴィルジリアとの愛のためにも、何かせねばと焦りを感じた。わたしの名前が輝くのを見れば、彼女だって鼻が高いだろう……。たしかここで大きな拍手が起こったと思うが、気のせいかもしれない。わたしはもう別のことを考えていた。

群集よ、わたしは死ぬまでおまえの愛を求めて媚び、そうやってときどきおまえに復讐した。人間どもに、わたしの体の周囲で勝手にぎゃあぎゃあ言わせておき、ちょうどアイスキュロスが書いたプロメテウスが拷問者に対してしたように、わたしも耳を貸さない。おお！　おまえはてっきりわたしを、おまえの冷淡という岩、無関心という岩、あるいは扇動《せんどう》という岩に縛りつけようと思ったのではないか。だが、もろい鎖、わが友よ。わたしはあなたをガリバーのようにちぎった。砂漠へ瞑想に行くのはあまりに平凡だ。好色で風変りなのは、みずからを行動や言葉や神経、そして情熱の海のただなかで孤立無援に追い込み、絶縁を、隔離を、そして、非在を宣言することだ。そうすれば、たとえわれを取り戻しても――つまり他人のもとに帰ってきたときに――せいぜい言われるのは、ああ、月の世界からお戻りですね。だが月の世界という、その脳内の片隅で輝く屋根裏部屋は、われわれの精神的解放を侮蔑的に断定すること以外の何ものだというのか。

神よ、万歳！　ああ、いい章の締めくくりだ。

132　当時の選挙は、二段階で上下両院の議員を選出し、有権者は自由人男性に限られ、所得制限があった。

百章　あり得る話

もしもこの世が鈍感な精神ばかりの存在するところでなかったら、わたしがわざわざ読者にこんな断わりを入れることもないだろう。つまり、わたしはじっさいに自分が持っているばあい以外は、特定の法則を断定することはせず、それ以外に関してはその蓋然性のみを認めるにとどめる、と。この章の内容は後者の例で、社会現象の分析がたまらなくお好きな方には、ぜひここを読むようお勧めする。一見したところ、どうやらあり得ないことではないように思えるのは、公事と私事のあいだには、規則的でおそらくは周期的ともいえる一定の相関関係があるということだ——つまり、イメージを使って言えば、それはフラメンゴ海岸[133]や、それと同じくらいに荒れた海岸に見られる潮の満ち引きに似ている。じっさい、波は浜辺に打ちよせると、その何パルモも奥まで入るが、それと同じ水が力を変えて海に戻っていき、次に来る波を増幅させ、それもまた最初の波と同じように戻っていく。イメージにすればこうなるのだが、今度はそれを応用してみよう。

どこかのページにも書いたように、ローボ・ネーヴィスは県知事に任命されたが、十三という辞令交付日の数字が理由でそれを辞退した。由々しき行動で、その結果、ヴィルジリアの夫は内閣から離れてしまった。すなわち、ある数字への忌避という一私事が、政治的な対立を引き起こしたわけだ。となれば、あとはいかにその政治的な一行為が、のちに私生活における営みの中止を招いたかを見ればいい。だが、そのもうひとつの現象をすぐここに書くのは、本書の手法として適切ではない。だからこの時点では、ただローボ・ネーヴィスが、劇場で会ってから四カ月後に内閣と和解したこと、それだけを言っておく。これは、読者がもしわたしの思考の機微にまで入り込みたいと思ったら、けっして見逃してはならない事実である。

133　リオデジャネイロ市内の海岸。

百一章　ダルマチア革命

政界での彼の逆転劇を教えてくれたのはヴィルジリアで、それは十月のある朝の、午前十一時から十二時のあいだのことだった。彼女は会議のことを話し、うわさ話や演説のことや……。

「そうか、きみもいよいよ男爵夫人か」わたしは口を挟んだ。

彼女は口もとをゆるませ、左右に首を振ったが、そんな無関心な態度も、そこに浮かぶ何か定義しづらくて明晰さにも欠けるものや、まんざらでもない様子と期待の表情を見れば、嘘であるとわかった。なぜだかわからないが、わたしは皇帝の名入りの辞令が、彼女を美徳へ誘いこんでしまうのではないかと想像した。美徳そのものが原因とはいわないが、夫への感謝ゆえに。というのも、彼女は心底から貴族の称号を愛していたからだ。思えば、われわれの暮らしを見舞った最大の難関は、ある使節団の伊達男――ここではダルマチアの外交使節団としておこう――B・V伯爵の出現で、彼は三カ月にわたってヴィルジリアを口説きつづけた。由緒ただしい貴族だったこの男は、数ある才能のほかに、外交的手腕の持ち主だったヴィルジリアの頭を、いささかいかれさせた。もしダルマチアで革命が勃発し、政府を転覆させ、大使館を一掃させていなかったら、今ごろわたしはどうなっていたかわからない。革命は凄惨で酸鼻《さんび》をきわめた。ヨーロッパから船が到着するたびに、新聞がその惨状を伝え、血の量と頭の数を報じた。だれもがいきどおりと憐れみに震えた……。例外は、わたし。わたしは心のなかで、靴の中の小石を取りのぞいてくれたその悲劇に感謝した。それに、ダルマチアなんて遠い国なのだ！

百二章　休憩

だが、他人の帰国を喜んだのと同じまさにその人間が、そのあとでしたことは……。いや、それをこのページで語るのはよそう。この章は、わたしの恥を休ませるための一章としたい。ほんとうにひどい卑劣な行為で、弁明の余地もない……。もういちど言う、その件をこのページでは語らない。

百三章　うっかり

「いけません、ご主人さま。そういうことはいけません。おゆるしください、でも、いけません」

ドナ・プラシダの言うとおりだった。愛しの淑女が待つ場所に一時間も遅れていく紳士など、どこにもいない。わたしは息を切らして入っていった。ヴィルジリアはもう帰ったあとだった。ドナ・プラシダによれば、彼女はかなり待ったあげく、腹を立てて泣き、わたしのことをののしったとか何とか、わたしたちの家政婦は涙ながらに報告し、どうか奥さまを見捨てないでほしい、すべてを犠牲にしてわたしにつくしている女性に対して、それはあんまりだと訴えた。わたしは、勘違いしたとは言い訳したものの……。じつはそうではなかった。たんにうっかりしていただけだったと思う。冗談やおしゃべりやくだらない話など、いろいろな話のせいでうっかりしたのだった。

気の毒なドナ・プラシダ！　ほんとうに思いつめていた。首を振りながら、あっちからこっちへと行ったり来たりを繰り返し、大きなため息をついて格子窓をのぞく。気の毒なドナ・プラシダ！　あなたが、どれだけの技でわたしたちの洋服を整え、やさしく息を顔に吹きかけて、わたしたちの愛を育んでくれたことか！　時間がより愉しく短く感じられるように、どれだけ豊かな想像力を発揮してくれたことか！　花や菓子や――昔の懐かしく美味しい菓子――多くの笑いや多くの愛情、その笑いと愛情は時とともに増し、それはまるで彼女が、わたしたちのアヴァンチュールを確固なものにしたり、最初のころの花を復活させたりしようとしているかのようだった。わたしたちの腹心の家政婦は、何も忘れなかった。何ひとつ忘れず、嘘すら忘れなかった。というのも、ときたま彼女は、ありもしないため息や恋情までを口にすることになったのだから。何ひとつ忘れず、誹謗することすら忘れなかった。というのも、いつぞやは、わたしが新しい恋をしていると訴えたことまであったのだから。「ばかだな、きみ以外の女性を好きになるわけがないじゃないか」ヴィルジリアにそれを訊かれたとき、わたしはそう答えた。ただその言葉さえ言えば、もうなんの反論も注意の余地もなく、ドナ・プラシダの企みは水の泡。彼女はがっかりした。

「まあ、いい」十五分ほど経ったころ、わたしは言った。「ぼくが悪くないことはヴィルジリアもわかってくれるよ……。すぐに手紙を持っていってくれないかね？」

「奥さまは、深く悲しんでいらっしゃると思います、お気の毒に。いいでしょうか、わたしはどなたの死も願うわけではありませんが、もしいつの日か、旦那さまが奥さまと結婚なさることになったら、奥さまがどれだけ天使のような方かおわかりになるはずです！」

思わず顔をそむけ、視線を床に落としたのを覚えている。この仕種は、とっさに言い返す言葉がみつからない人におすすめだ。あるいは、相手の瞳を見るのが怖い人にもいい。そんなときに『ウズ・ルジアダス』[134]のある連を暗誦する人や、『ノルマ』[135]の旋律を口笛で吹いたりする人もいる。わたしはもっぱら、先ほど言った仕種をする。もっとかんたんだし、努力の負担も少ない。

三日後、すべてに説明が与えられた。わたしの想像だが、先日は悲しい思いをさせ、涙を流させてすまなかったとわたしが謝ったとき、ヴィルジリアは少し驚いた顔をしたように思う。わたしがそれを、心の中でドナ・プラシダのせいだと思ったかどうかは覚えていない。たしかにドナ・プラシダは、ヴィルジリアががっかりしているのを見て泣き、目の錯覚で、自分の目にあった涙が、ヴィルジリアの目から流れ落ちたように見えたのかもしれない。とにかくすべてが説明されたが、赦されたわけではなく、ましてや、忘れもされなかった。ヴィルジリアはわたしにさんざん厳しい言葉を浴びせかけ、別れ話でおどしたり、最後には夫を褒めたりした。その点、夫はやっぱり立派な人で、わたしよりもはるかに優秀でやさしく、人いちばい礼儀もわきまえていて、心も温かい。とは彼女が言ったことなのだが、そのあいだ、わたしは両手を膝の上に置いて座り、床を見ていたら、そこでは一匹の蝿が自分の足を嚙《か》む蟻を引きずっていた。哀れな蝿！　哀れな蟻！

「ねえ、何を黙っているの？　なんにも言わないの？」ヴィルジリアがわたしの前で止まって言った。

「何を言えっていうんだ？　すべて説明したじゃないか。きみがいつまでも怒っているんだろ。何を言えという？　なあ、なんだかきみはもう嫌気が差しているみたいだね。飽きたというか、終わらせたがっているというか……」

「そう、そのとおりよ！」

そう言うと帽子をとりに行き、腹立ちまぎれに震える手でかぶった……。「さようなら、ドナ・プラシダ」と奥に向かって叫んだ。それから玄関まで行き、閂《かんぬき》をはずして出ようとした。わたしは腰を抱きかかえ、「わかった、わかったよ」と言った。ヴィルジリアはそれでも、まだ出ようともがいた。わたしは引きとめ、行かないでくれ、忘れてくれと頼んだ。彼女は玄関を離れ、長椅子に倒れ込んだ。わたしは彼女のそばに座り、やさしい言葉をたくさんかけ、屈辱的なことや面白いことを言ったりした。そこで、わたしたちの唇と唇が、白麻布《キャンブリック》の糸ほどか、あるいはそれより近い距離まで接近したかどうかは言わない。そこは議論の余地がある。ただ覚えているのは、激しい動きのなかでヴィルジリアのイヤリングが落ちたので、それを拾おうと身をかがめたら、その少し前に蠅がイヤリングの上によじ登っていて、あいもかわらず足に蟻を抱えたままだったことだ。そこで、わたしは今世紀の人間ならではの心遣いを見せて、死にかけたその一対を手のひらにとった。わたしの手から土星[136]までの距離を想像し、いったいこんなくだらない出来事になんの意味があるのだろうかと自問した。もしそこからわたしが野蛮だと結論づけるならば、それは間違いだ。なぜなら、わたしはその二匹を引き離してやろうと、ヴィルジリアに頼んでヘアピンを貸してもらったのだから。だが、蠅はわたしの意図を嗅ぎつけ、羽を広げ飛んでいった。哀れな蠅よ！　哀れな蟻よ！　こうして神は、聖書にあるとおり、これをよしとして満足された。[137]

134　カモンイス（一五二四頃〜八〇年）による十歌から成るポルトガルの代表的な叙事詩（一五七二年）。ヴァスコ・ダ・ガマの航海とポルトガルの歴史が語られる。

135　ベリーニ（イタリア、一八〇一〜三五年）作曲のオペラ。

136　土星はローマ神話の農耕神サトゥルヌスと同一視され、また古代ローマの農耕神で、ギリシアのクロノス（ゼウスの父神）とも同一視された。もっとも太陽から遠く、もっとも運行が遅いこともあってか、「時」、「老」、「死」と結びつけられることが多い。

137　旧約聖書の『創世記』第一章の天地創造をふまえている。神は地中海をはじめとする諸々のものを創り、そのつど、それを見て「それをよしとされた」とある。

百四章　彼だった！

ヘアピンをヴィルジリアに返し、ヴィルジリアはそれを髪に戻して、帰りじたくを始めた。もう遅い、三時を回っていた。すべてが忘れられ、赦されていた。外に出るころあいを見計らっていたドナ・プラシダが、とつぜん窓を閉めて叫ぶ。

「ああ、マリアさま！　奥さまのご主人がこちらにいらっしゃいます！」

恐怖の瞬間は短かったが、完璧だった。ヴィルジリアは、レース服の色のように青ざめ、寝室の戸口へ走った。ドナ・プラシダは鎧戸を閉めたのに、中の戸まで閉めようとした。わたしはローボ・ネーヴィスを待ちかまえた。その短い一瞬が過ぎた。ヴィルジリアが自分を取りもどし、わたしを寝室に押し込むと、ドナ・プラシダに窓辺に戻るように指示した。腹心の侍女はしたがった。

彼だった。ドナ・プラシダが何度も驚きの声をあげながら、玄関の扉を開けた。

「まあ、ご主人さまがここに！　老婆の家にとっても名誉です！　どうぞお入りくださいまし。今、ここにどなたがお見えだと思われますか……。思うも何も、いらしたのはそのためですよね……。奥さま！」

隅にいたヴィルジリアが、夫の身体に飛び込んだ。わたしは鍵穴から彼らをのぞいていた。ローボ・ネーヴィスはゆっくりと、青ざめた顔で冷ややかに静かに、怒りを爆発させることも暴れることもなく入ってくると、居間をぐるっと見回した。

「まあ、どうなさって？」ヴィルジリアが叫んだ。「あなたがここにいらっしゃるなんて」

「通ったら、窓のところにドナ・プラシダの姿が見えたんで、挨拶しに来たんだ」

「それはそれは、どうもありがとうございます」ドナ・プラシダがすぐに応じた。

「年寄りは役に立たないなんて、勝手に言わせておけばいいのですね……。あらあら、奥さまったら、やきもちをお焼きになって」と、さかんにヴィルジリアを撫でる。

「奥さまは天使だから、決してこの老いぼれのプラシダのことをお忘れにならないんです。お気の毒に！　本当にお母さまそっくり……。ご主人さま、どうぞお座りくださいまし……」

「いや、すぐに帰る」

「これから家にお帰り？」ヴィルジリアが訊いた。「じゃ、いっしょに帰りましょう」

「そうだな」

「ドナ・プラシダ、帽子ちょうだい」

「はい、どうぞ」

ドナ・プラシダが鏡を持ってきて、ヴィルジリアの前で広げた。ヴィルジリアは帽子をかぶり、紐を結んで髪を整えながら夫に話しかけたが、夫はまったく返事をしなかった。わたしたちの老婆は、饒舌《じょうぜつ》がすぎた。そうやって身体の震えを隠そうとしていたのだ。ヴィルジリアは、最初の一瞬を征服したあとはすっかり自分を取りもどしていた。

「さあ、したくができたわ。じゃあ、ドナ・プラシダ、さようなら。うちにも来てね、かならずよ」。ドナ・プラシダはそうすると約束し、玄関の戸を開けた。

百五章　窓の等価性

ドナ・プラシダが玄関のドアを閉め、椅子に倒れ込んだ。わたしはただちに寝室を脱出し、ヴィルジリアを夫から取りもどすため、表に出ようと二歩踏みだした。そして、じっさいにそうすると言ったのだが、言ってよかった。というのも、ドナ・プラシダがわたしの腕を押さえてくれたからだ。あとから考えて、もしかしたらわたしは、最初から止めてもらうつもりでそう言ったのかもしれないと思ったこともあった。だがちょっと考えればすぐにわかることだが、寝室に十分間も閉じ込められた後の動作として、それ以上に純粋で正直なものはなかった。そしてそれは、わたしが五十一章でみごとに発見し、打ち立てた、かの有名な窓の等価性の法則にも当てはまる。良心の風通しが必要だったのだ。寝室が閉められた窓で、わたしは出かけるふりをすることで、もういっぽうの窓を開け、深呼吸をしたのだ。

百六章　危険なゲーム

深呼吸をして座った。ドナ・プラシダは、嘆きわめく声を居間じゅうに響かせていた。わたしは、何ひとつ声もかけずにそれを聞いていた。もしかしたらヴィルジリアを寝室に閉じこめて、自分が居間に残ったほうがよかったかもしれないと考えた。だがすぐに、それではかえって悪い結果になっていたはずだと思った。それだと疑惑を裏づけて、爆薬に火をつけることになり、結果は血の惨劇……。ああしたほうがはるかによかったのだ。だがこれからは？　ヴィルジリアの家ではどうなっているのだろうか？　夫は彼女を殺すだろうか？　殴るだろうか？　監禁するだろうか？　追いだすだろうか？　これらの疑問が頭の中をゆっくりと通りすぎていった。そのありさまは、まるで黒いピリオドやカンマが、病んだ目や老眼の視界をよぎっていくかのようだった。それらはつれなく悲哀を漂わせて行きかい、わたしにはそのひとつをつかまえ、こう声をかけることもできなかった。ちょっと、そこのきみ、きみだよ、きみ。と、とつぜん、黒い影が目の前に現われる。奥に入っていたドナ・プラシダがマントに身を包み、ローボ・ネーヴィスの家に行かせてほしいと頼みにきたのだ。わたしは、危険だ、そんなにすぐに訪ねたら怪しまれると警戒をうながした。

「ご安心ください」彼女が口をはさんだ。「わたしは臨機応変に対応できますから。もしご主人さまがいらっしゃったら、中には入りません」

そう言って出ていった。わたしはその後の展開と、起こりうる結果に思いを巡らせた。しまいには自分が危険なゲームをしているような気になり、ここは立ちあがって散歩にでも出たほうがいいのではないかと自分に訊いてみた。なにやら急に、結婚をして人生の道をひらいてみたくなった。それもいいのではないか。わたしの心もまだ開拓の余地がありそうだ。わたしにも、清らかで厳格で純粋な恋ができないはずがないような気がしていた。たしかに、アヴァンチュールは人生の目まぐるしい激流地点で、むしろそれが例外なのだ。それに、わたしはもう疲れていた。もしかしたら若干の良心の呵責があったのかどうか。そう考えるなり、わたしは想像の後を追いかけた。すぐに結婚した自分が現われ、隣りには愛らしい妻。目の前には乳母の膝で眠るべビーがいて、わたしたち全員が、生い茂る緑で陰になった庭の奥で、木々の合間から青い空を見あげていた。抜けるように青い空を……。

百七章　メモ

「何も起こりませんでした。でも、彼は何か感づいています。非常に深刻な表情で、何も話しません。今、でかけました。笑ったのはいちどだけ、気難しい顔で、そうとう長いあいだ息子をみつめた後のことです。わたしには、辛く当たることもよくしてくれることもありませんでした。どうなるかわかりません。どうか神のご加護で、事なきを得ますように。とにかく、じゅうぶんに注意してください、当面はじゅうぶん注意してください」

百八章　理解されないもの

　これぞドラマ、これぞシェイクスピア悲劇の耳の先。ところどころ殴り書きで、手で皺くちゃにされたこの紙切れこそ、分析の対象となる文書だが、分析をこの章で行なうことはしないし、次章でも、おそらくは本書の残りぜんぶの中でもしない。どうしてそんなことをして、読者が自分自身で気づく楽しみを奪えようか？　数行の走り書きに込められた冷徹さ、洞察力、勇気。さらにその裏にある、相手の脳内の嵐、擬装された怒り、瞑想にふける絶望。なぜなら、解決は泥か血か涙を通してしか得られないのだから。

　さて、わたしについては、もしわたしがそのメモを、その日のうちに三度か四度、読み返したといったら、信じてくれていい。それは本当だ。そして、翌日も朝食の前と後に読み返したといったら、これも信じていい。純然たる事実だから。だが、もしわたしが自分の受けた動揺について語ったら、その発言は少し疑うのがよく、証拠もなく受けいれないほうがいい。わたしが体験した気持ちは、その時点ばかりか、今でも特定できないからだ。それは恐怖ではあったが恐怖でなく、苦悩ではあったが苦悩でなく、虚栄心ではあったが虚栄心でなく、何よりも愛ではあったが愛はなかった、つまり、恍惚としてはいなかった。これらすべてが、あまりに複合的かつ虚ろにからみあい、自分でもわからなかったのだから、諸君もわからないだろう。何も言わなかったことにしよう。

百九章　哲学者

　わたしがその手紙を朝食の前と後に再読したことはお知らせしたし、朝食をとったこともお知らせしたので、あとはその食事が卵一つにパン一切れ、お茶一杯という、わたしの人生でもっとも粗末なもののひとつだったことを言っておかなければならない。こんな極くささいな状況を、わたしは忘れてはいないのだ。あまりに多くの重要なことが忘れられていくなかで、この朝食は忘却をまぬがれた。その主たる原因には、まずはわたしの悲劇が考えられるだろう。だが、そうではなかった。主たる原因は、その日に訪ねてきたキンカス・ボルバによって考えさせられた事柄だった。彼いわく、ウマニチズモを理解するために質素倹約は必要ではなく、ましてやその実践はさらに必要ない。むしろこの思想は、生の快楽とかんたんに折りあいがつき、そのなかには食事や観劇や恋愛も含まれるのだとか。ぎゃくに、質素倹約は禁欲主義に走らせる傾向があり、禁欲主義は人間の愚の骨頂だと言った。

「聖ヨハネを見ろ」彼は続けた。「彼は町でゆうゆうと太り、ファリサイ人のほうをシナゴーグで痩せさせておくこともできたのに、砂漠でイナゴを食って暮らした」

いや、このキンカス・ボルバの話はごかんべん願いたい。もちろんわたしはそれをひととおり、あの悲惨な状況のなかで聞いたのだが、それは長くて複雑であっても、興味深いものだった。今はその話を書かないばかりでなく、また人物の描写のほうも控えたい。ちなみに彼は、パセイオ・プブリコ公園でわたしの前に姿を現わしたときとは、大きく変わっていた。いや、口をつぐむ。ただ、人間のおもな特徴が容姿ではなくて服装に表われるとすれば、彼はもうキンカス・ボルバではなかった、それだけを言っておこう。法衣をまとわぬ最高裁判事か、制服をまとわぬ将軍、あるいは債務のない貿易商か。フロックコートの完璧さ、シャツの白さ、ブーツの行きとどいた手入れが目についた。以前はしわがれていた声も、本来の響きを取りもどしていた。動作も以前の快活さは失わずに、だらしなさのほうはとれて、ある一定の技法を獲得していた。だが、それを描写することはしたくない。たとえば、胸元の金ボタンやブーツの革の質など、何か言いはじめたら描写になってしまうから、ここは簡潔さを優先して、それは省くことにする。ブーツがエナメル革製だったというだけで我慢していただきたい。それから、もうひとつ、彼がバルバセーナの老いた叔父から、数コントの財産を相続したことを言っておこう。

そのときのわたしの精神は（この子どもじみた比喩をおゆるしいただきたい）、わたしの精神は、まるで羽子板《はごいた》で打たれる羽子だった。キンカス・ボルバの話が第一打で、それで羽子は上がった。そして落ちはじめたときに、ヴィルジリアのメモ書きの第二打を食らい、ふたたび空中に舞いあげられた。それが落ちてきたところを、今度はパセイオ・プブリコ公園の一件が、同じぐらいに強烈で有効な一打でもって打ち返した。どうやらわたしは生まれつき、複合的な状況が苦手なようだ。このような相対立するもの同士の綱引き状態のなかで、わたしは均衡を失っていった。キンカス・ボルバも、ローボ・ネーヴィスも、ヴィルジリアのメモも、ぜんぶ同じ哲学で包んでアリストテレスに贈ってやりたいと思った。ともあれ、われらが哲学者キンカス・ボルバの話は示唆に富んでいた。とりわけ、生殖や悪徳が増幅する様子や、心のなかの葛藤や緩やかな降伏、泥の活用にみごとな説明を与えた彼の洞察力には感心した。

「いいか」彼は切りだした。「最初にサンフランシスコ階段で過ごした夜、ぼくはまるで、もっともやわらかい羽毛になったみたいに、朝までぐっすり眠った。なぜだと思う？　それはぼくが段階をふんで、少しずつ移っていったからだ。筵《むしろ》のベッドから粗末な木のベッドへ、自分の寝室から留置所へ、留置所から屋外へとね……」

だが、いよいよその思想の披露とあいなったとき、わたしは断わった。「今日はかなり心労が重なっていて、とてもきみの話は聞けない。また出直してきてほしい、ぼくは、いつもうちにいる」。キンカス・ボルバは意地悪な笑みを浮かべた。おそらく、わたしのアヴァンチュールを知ってのことだと思うが、それ以上は何も言わなかった。ただ、玄関のところでこう言い残していった。

「ぜひウマニチズモに入りたまえ。これは精神の偉大なるよりどころで、ぼくがもぐって真実をひろってきた永遠の海だ。ギリシア人は、それを井戸から出してきた。なんとちんけな思想！　井戸だよ！　でも、だからこそ決して真実を探り当てることができなかったんだ。ギリシア人、亜ギリシア人、反ギリシア人と、幾世代もの長きにわたって、人間たちが真実を取りだせないかと覗いてきたのは、井戸だったんだ。だが、そんなところにはないよ。さんざん縄や釣瓶《つるべ》を使い、なかには底にまで下りていった大胆な奴らもいたが、とってきたのは蛙。だが、ぼくはまっすぐ海に行った。
ウマニチズモに入りたまえ」

百十章　三十一

一週間後、ローボ・ネーヴィスは県知事に任命された。わたしは、また十三日に辞令が出れば断わるのではないかと期待したが、日付は三十一。この単なる数字の入れ替わりが、そこから悪魔的な本質を取りのぞいたわけだ。生のバネとは、なんと奥深いことか。

百十一章　塀

わたしには嘘や隠しだてをする習慣はないので、このページで塀の一件を語ろう。彼らの出発はもうまぢかに迫っていた。ドナ・プラシダの家に入ったら、テーブルの上に二つ折りの紙片が見えた。ヴィルジリアのメモ書きだった。夜、庭で待っているから、かならず来てほしいと書いてあった。そして、こう締めくくられていた。「塀は、路地側が低くなっています」

わたしは、不愉快だという仕種をした。手紙は常識を超えるほど無謀で思慮も浅く、滑稽にすら思えた。醜聞を招くばかりか、笑いものになるだけだ。いくら路地側で低くなっているからとはいえ、自分が壁を飛びこえる姿を想像してみたら、飛びこえようとした瞬間に通りがかりの警官に取りおさえられ、留置所へ送られる自分の姿が見えた。なにが塀が低い、だ！　低いからなんだというのだ？　きっとヴィルジリアには自分のしたことがわかっていないのだ。今ごろは後悔しているかもしれない。わたしは紙を見た。くしゃくしゃにされても屈しない紙。わたしはとっさに、それを何千のかけらにもちぎって、まるでわたしのアヴァンチュールを清算するかのように風で飛ばしてやりたくなったが、すんでのところで思いとどまった。自尊心か、逃げることへのやましさか、怖じ気か……。行くしかない。

「行くと返事してくれ」

「どこへですか？」ドナ・プラシダが訊いた。

「指定の場所に」

「何も言われていませんけど」

「この紙だよ」

ドナ・プラシダは目を丸くした。「あっ、それは今日、ご主人さまの引き出しの中でみつけたんです、わたしはまた……」

妙な気分になった。紙片を読みなおし、じっと見てもういちどみつめた。たしかにそのとおり、まだつきあいはじめたばかりのころ、庭で落ちあうために受けとった昔のヴィルジリアのメモで、たしかにそのときのわたしは本当に塀を、そう、人目につかない低い塀を飛びこえたのだった。わたしは手紙をしまった……。妙な気分だった。

百十二章　世間

それにしても、その日は奇怪なことばかりが起こるよう因縁づけられた日だった。その数時間後、オゥヴィドール通りでローボ・ネーヴィスに出会った。県知事のことや政治の話をした。彼は最初の知り合いがそばを通りかかったのを機に、何度もわたしに挨拶をしてからそちらのほうへ行った。逃げ腰だったのを覚えているが、その逃げ腰を彼はごまかそうとしていた。というより（批評家の方々よ、もしわたしがあまりに横柄な判断をしていたらおゆるしいただきたい）怯えているようだった――怯えの対象はわたしではなく、自分自身でも社会規範でも良心でもなかった。怯えていたのは、世間だった。思うに、めいめいが告発し裁きあう、目に見えない世間という匿名の法廷こそが、ローボ・ネーヴィスの意思に突きつけられた限界だった。おそらくはもう、妻のことを愛していなかったろう。だからこそ心は、最近の妻の行動を容認できる自分に対しても、無関心でいられたのだ。さらにいえば（ふたたびお手やわらかな批評を！）、彼には妻と別れる覚悟ができていたと思う。それは、読者諸君もこれまでに多くの人たちと別れてきたのと同じだ。だが問題は、世間。世間は私生活を町じゅう連れまわし、その情事をめぐって詳細な尋問を開始し、すべての状況や経緯や憶測、そして証拠をひとつひとつ収集し、それらをひまな裏庭のおしゃべりで話題として取りあげるいっぽう、この恐ろしい閨房《けいぼう》の野次馬である世間は、一家離散を食い止めもした。同時に、おのずから暴露にもつながる復讐をも阻止した。彼はわたしに対して傷ついている姿を見せるわけにはいかず、かといって離婚を考えるわけにもいかなかった。だから、それまでどおり知らぬ存ぜぬを押しとおし、その結論として、それまでどおりの感情を装うしかなかったのだ。

さぞかし辛かったろうと思う。とりわけその数日は、見るからに辛そうだった。だがそこは時間が（ここでも思想家の方々のお手やわらかなご判断をお願いしたい）、時間とは感覚を麻痺させ、事物の記憶を消し去るものだ。おそらくは歳月が棘を丸くしたのだろうし、事実も距離がそれぞれの輪郭をぼやかし、回顧的な疑念の影が現実の生々しさを覆い、また世間のほうも、少しは別のアヴァンチュールのほうに関心を移していく。子どもは成長して父親の野望を満たそうとし、すべての愛情の継承者となる。これに対外的な活動が加わり、さらには社会的な名声、その後には老いが訪れ、病と衰弱と死と葬送歌、そして死亡通知、そうやって人生の書は一ページたりとも血で染めることなく完結する。

百十三章　かすがい

さて、結論だが、もし前章にそれがあるとすれば、世間とは家族制度の良きかすがいだということ。ひょっとしたら本書を終える前に、この考えをもっと発展させることがあるかもしれない。だが、このままにしておく可能性も、ないわけではない。いずれにしても、世間とは良きかすがいで、それは家庭ばかりか政治についてもいえる。頑迷な哲学者のなかには、そんなものは衆愚や凡人の作りごとにすぎないという極論にたどりついた人もいるが、そんな極端な考え方をしても答えは出ず、むしろその健全な効能をすこしでも考慮してみれば、それこそが人間の咲かせた花ともいうべき最高作品であると、すぐに結論づけられるだろう。しかもそれは、最大多数の人による作品である。

百十四章　ある対話の結末

「そう、明日なの。あなたもいらしてくださる？」

「ばか言っちゃいけない。無理だよ」

「そう。じゃあ、さようなら」

「さようなら」

「ドナ・プラシダのことを忘れないでね。ときどき会いに行ってあげて。かわいそうに！　昨日はわたしたちのところに挨拶に来てくれたわ。ものすごく泣いてね。今《こん》生《じょう》のお別れです、なんて言いだすんだもの……。本当にいい人ね、ねえ？」

「そうだな」

「手紙のやりとりが必要になったら、彼女に受け取ってもらうわ。じゃあね、今度は……」

「二年後かな？」

「まさか！　主人は選挙までだって言ってるわ」

「そう？　じゃあ、すぐに会える。ほら、みんながこっちを見てる」

「だれ？」

「あそこのソファの人。もう別れよう」

「本当に辛いわ」

「仕方ないよ。じゃあ、ヴィルジリア、さようなら」

「またすぐ会えるわね。さようなら！」

百十五章　朝食

見送りには行かなかった。だがその時刻になると、苦悩とも歓びともつかない何かを感じた。それは、安堵と恋しさが同程度に入り混じるものだった。読者よ、こんな告白に立腹しないでいただきたい。もちろん、わたしにはよくわかっている。もし夢想の活力を刺激しようと思ったら、わたしは大きな絶望を味わい、多少の涙を流し、朝食も抜かなくてはならないのだ。それでこそ小説的だが、伝記的ではなくなる。純然たる事実を言えば、わたしは朝食をとったし、それ以外の日もとり、心の要求に応えてアヴァンチュールを思いだし、胃の要求に応えてプリュードン氏のごちそうに舌つづみを打った……。

……同世代の老齢の方々よ、ひょっとしてファロウ・ホテルのこの料理長を覚えておいでか？　そこの店主から聞いたところによれば、パリのかの有名なヴェリーやヴェフールに勤めたあと、モレ伯爵邸とロシュフーコー公爵邸でも働いていたとか。名はとどろいていた。リオデジャネイロに来たのは、ポルカ[138]と同じころか……。ポルカ、M・プリュードン、チヴォリ劇場、外国人舞踏会、カシノ・ホール、これらは当時の最高の思い出の一部だ。だがなによりも、その名人料理は格別だった。

そう、格別だったし、とくにその日の朝は、憎たらしいことに彼はわたしたちの惨劇をお見通しだったようだ。いつにもまして腕と技が冴えていた。あの絶妙な味つけ！　肉の柔らかさ！　凝った盛りつけ！　口と、目と鼻で食した。その日の値段は覚えていないが、高かったことは記憶している。ああ、あの辛さ！　わたしは盛大に恋を葬る必要があった。わたしの恋が行ってしまった、海の向こうへ、時空を越えて。そしてわたしは独りテーブルの片隅に、このわたしのあまりにものぐさであまりに虚ろな四十の齢とともに残された。わたしは、それらの齢をもうぜったいに見まいと思った。なぜなら、彼女は戻ってくるかもしれなかったからで、事実、戻ってきた。

だが、だれが夜明けの発散する空気を夕暮れに求めただろうか。

138　リオデジャネイロにポルカが伝わったのは一八四五年頃、チヴォリ劇場が開設されたのは一八四七年、カシノ・ホールは一八四五年に開業したダンスクラブ。外国人舞踏会は毎年八月にグロリア地区で開かれた。

百十六章　昔日のページの哲学

前章の終わりを書いたところであまりに悲しい気分になり、この章は書けないかもしれないと思い、そこは少し休んで、ふさぎこみの原因となっている鬱《うつ》を精神から取りのぞき、それから続けることにしようと考えた。だが、それはやめる。時間がもったいない。

ヴィルジリアが去ったことで、わたしは典型的な男やもめになった。最初の数日間は家に閉じこもり、ドミティアヌス[139]のように蠅を追いまわしていたが、これはスエトニウスが嘘を書いていなければの話。だがわたしの捕獲方法は特殊で、それを目で行なった。一匹、また一匹と、大きな居間の奥に吊られたハンモックに横たわり、両手で本を広げたまま捕まえた。すべてを捕えた、恋しさ、野望、少しの退屈、多くの放縦な空想。司教座聖堂参事会員の叔父がその時期に死に、同じように二人の従兄弟も死んだ。衝撃は受けなかった。銀行に金を預けにいくように、彼らを墓場に運んだ。いや、手紙を郵便局に持っていくように、か。封緘《ふうかん》し投函し、配達人には手渡しをするよう指定した。コトリンの娘、つまり姪のヴェナンシアが生まれたのもこのころだった。死ぬ者もあったが生まれた者もあり、わたしは蠅をそのまま追いつづけていた。

動揺することもあった。引き出しをあけて、古い手紙をひっくり返していたら、友人からのものや親戚からのものや、恋人からのもの（マルセーラのまであった）が出てきて、それらをぜんぶ開けてひとつひとつ読み返し、過去を再構築した……。愚かな読者よ、若い時分の手紙はとっておかないと、いずれ昔日のページの哲学に出合うこともないし、遠く暗闇のなかに浮かぶ自分をながめる愉しみを享受することもないだろう。三角帽子[140]をかぶり、七レグアの長ぐつを履き、アッシリア風の長いひげをはやし、アナクレオン[141]の笛に合わせて踊る自分を。若い時分の手紙はとっておくものだ！

いや、もし三角帽子がお気に召さないなら、コトリンの家族ぐるみの友人のある老練な水夫の言葉を借りよう。若いころの手紙をとっておけば、いつか「慕情を歌う」ときがくる。どうやらわが国の水夫たちは、沖に響く故郷の歌をそう呼んでいるようだ。詩的表現にすることでこそ、ほかのなによりも哀愁を要求できるものなのだろう。

139　第二代ローマ皇帝（五一～九六年）。スエトニウスの『ローマ皇帝伝』で語られているところによると、蠅を捕まえては鉄筆で串刺しにしたという。

140　ここに書かれているものは幼少時と青春期の思い出を代表するもの。「わたしの三角帽子」は子ども歌、「七レグアの長ぐつ」はペローの童話「親指小僧」に出てくる人喰い鬼が履いていた長ぐつ。後半の二つはオペラに登場するものか。

141　古代ギリシアの詩人（前五七〇年頃～）。作品は音楽に合わせて歌われた。

百十七章　ウマニチズモ

ところが二つの力と、それに第三の力が加わって、わたしはふだんの慌ただしい生活に引きもどされた。まずは妹のサビーナとキンカス・ボルバ。妹はニャン・ロロとの縁談を、文字通り性急に進めた。気がついたら、わたしはほとんどその娘を腕に抱いていた。キンカス・ボルバのほうは、ついにわたしにウマニチズモを披露してくれた。ほかのあらゆる哲学体系を打ちくずすための思想である。

「ウマニタスとは」彼は言った。「事物の根本原理で、すべての人間に分配されている人間自身にほかならない。ウマニタスには三期あって、まずは静態期、すべての創造以前の段階だ。それから拡張期で、事物の始まり。そして拡散期、人間の出現だ。じつはこのあとにもう一段階あり、それが収斂《しゅうれん》期で、そこで人間と事物が吸収統合される。拡張は宇宙を開始し、それを享受する欲望をウマニタスに暗示した。だからそこで拡散が生じるわけで、拡散とは、元来の本質が人間の形をとって増殖することにほかならない」

その説明ではじゅうぶんに明解ではなかったので、キンカス・ボルバはさらに深く掘りさげ、この思想の概要を話してくれた。彼の説明によれば、ウマニチズモは、ある側面からみると、人間がウマニタスの異なる身体の部位に配分されると考える点で、ブラフマン[142]の原理に通じるという。ただし、インド哲学では神学的かつ政治的に限定された意味しか持たないものが、ウマニチズモでは個人の価値を決定する重要なルールになっている。つまり、ウマニタスの胸や腎臓の子孫であることは「強者」であることを意味し、髪の毛や鼻の頭の子孫とは意味が違う。だからこそ、筋肉をしっかりと鍛えなければならないのだ。ヘラクレス[143]はウマニチズモを先取りしたシンボルにほかならなかったわけだ。この点に関してキンカス・ボルバは、もしその異教が神話のつやっぽい部分によって矮小化されていなかったら、真実に到達する可能性はあったと言った。だが、ウマニチズモにそんなことは起こらない。この新しい教会に安易な冒険は存在しないし、堕落も悲哀も子どもじみた歓びも存在しない。たとえば、愛は祭司で、生殖は祭式。生は宇宙の最大の恩恵であるから、たとえ乞食であっても貧困より死を好む者はひとりもいず（これはウマニタスの快い働きかけによるものだ）、したがって生の継承は遊興の機会からはほど遠く、精神的なミサともいうべき崇高な時間となる。つまり、本当の意味で存在する不幸はただひとつ、生まれないことである。

「たとえば、もしぼくが生まれていなかったらという場合を想像してみよう」キンカス・ボルバは話を続けた。「とうぜん今こうやってきみと話す愉しみも、このじゃがいもを食べる愉しみも、劇を観にいく愉しみもないわけで、これら全部をひとことで言えば、〈生きる〉ということだ。ただし、注意してほしいのは、僕が人間をたんなるウマニタスの乗り物にしているのではない点だ。そうではなく、人間は乗り物であると同時に御者であり客でもある。それは、ウマニタス自身の凝縮なのだ。だから、自分自身を賛美する必要が生じることになる。僕のこの思想体系がいかに優れているか、その証拠をお見せしよう。羨望《せんぼう》についてじっくりと考えてみるといい。羨望という感情に対して厳しい目を向けなかった道徳家は、これまでギリシアにもトルコにもキリスト教にもイスラム教にも、どこにも見当たらない。この合意は普遍的なもので、イドゥメア[144]からチジュカ[145]の山の上にいたるまで見解が一致している。だが、いいか、旧い先入観を捨てて、使い古されたレトリックを忘れ、羨望を探究するといい。この、じつに繊細で気高い感情を。人間はだれもがウマニタスの凝縮だということになれば、とうぜんのことながら、いくら正反対の外見をもっていても、基本的に人間が他の人間と対立することはない。だから、たとえば罪人に対して刑を執行する首切り役人が、詩人たちに空《むな》しい嘆きの声を上げさせることもあるが、本質的に言えばそれは、ウマニタスに対しウマニタスの掟の違反行為を修正するウマニタス、ということになる。同じことが別の個人を虐殺する個人についてもいえ、それはウマニタスの力のひとつの表われだ。その人が同じように虐殺される可能性は、いくらでもある（事実そういう例はある）。この点がおさえられれば、羨望が、闘争する賛美にほかならないことは難なくわかるだろう。そして、闘争は人類の重要な機能になるから、あらゆる好戦的な感情は、人類の幸福にもっとも適合したものとなる。だから羨望は美徳なのだ」

なんのために否定する必要があろう？　わたしは圧倒された。論の明快さ、原理の論理性、帰結の厳密さ、すべてが一切をしのぐほどに偉大で、わたしはその新しい思想を消化するあいだ、何分間か話を中断しないではいられなかった。キンカス・ボルバは、勝ちほこったという満足感を隠しきれない様子だった。皿には手羽肉が盛りつけられ、それを哲学的な穏やかさを見せながら食いちぎっていた。わたしはまだいくつか反論をしたが、いかんせん薄弱で、あっというまに論駁《ろんばく》されてしまった。「ぼくの思想をよく理解しようと思ったら」彼は結論の部分に入った。「人間のひとりひとりに配分され凝縮されている、普遍的な根本原理を忘れないことだ。いいか、戦争は災禍に見えるが、それは便利な操作でもあって、いってみればウマニタスが指を鳴らすようなもの。飢えは（と言いながら哲学的に手羽をしゃぶっていた）、飢えは、ウマニタスが自らの臓器に課す試験のようなもの。だがぼくにとっては、この鶏肉以上に、ぼくの思想の卓越性を知る恰好《かっこう》の証拠資料はない。この鶏はトウモロコシから栄養をとり、そのトウモロコシはあるアフリカ人によって植えられ、そのアフリカ人はアンゴラから輸入されたと仮定しよう。そのアフリカ人は生まれて成長して売られ、船で運ばれてきたが、その船は十人、十二人という人手によって森から切りだされた木材から造られ、それを運んだ帆は八人、十人という人手をかけて織られたわけで、ここにはそれ以外の綱や他の船体部分は考慮されていない。つまり、いまこうやって朝食に食べた鶏肉は、大勢の人間の努力と闘争の賜物で、その目的はただひとつ、ぼくの食欲を満たすことだ」

チーズとコーヒーのあいだに、キンカス・ボルバは、彼の思想は痛みの破壊でもあることを示した。痛みとは、ウマニチズモではまったくの幻想である。子どもは棒で殴られそうになると、殴られる前に目をつむって震える。この「予備態勢」こそが人間の幻想の基盤を作っていて、それが遺伝で伝えられるのだ。この思想は、それを採用したからといってすぐに痛みがなくなるものではないが、そのために不可欠なものではある。あとは、事物の自然な進化にまかせるしかない。人はいったん自分がウマニタスそのものであると納得してしまえば、その元来の本質に思いを馳せることで、どんな痛みの感覚にも立ちむかえるようになる。とはいえ、進化とはあまりに奥深いものだから、何千年単位で語ることじたい、ほとんど無理なくらいなのだ。

キンカス・ボルバは、その数日後に、大部な自著を読んでくれた。手書きの四巻本で、それぞれが百ページほどから成り、細かい文字でぎっしりと書かれ、ラテン語の引用もあった。最後の巻は、ウマニチズモに基づいた政治論だった。おそらくこの思想のなかでもっとも退屈な部分だが、おどろくほど綿密な論理で貫かれていた。とはいえ、彼独自の手法で社会が再構成されても、だからといって戦争や反乱が排除されるわけではなく、たった一打の拳骨も無差別な刺傷事件も、そして貧困や飢えや病もなくなりはしない。だが、これらが苦とされていることじたいがまさしく誤解なのであって、本来、それは体内の本質の表面的な活動にすぎず、ただ宇宙の単調さを乱す以外は、人間そのものには影響を及ぼさないようにできているから、とうぜんそれが人類の幸福を妨害することもない。また、たとえ将来、これらの苦が（こう考えることじたい根本的に間違っているのだが）、ふたたび従来のみみっちい概念でとらえられるようになったとしても、この思想体系が崩れることはない。その理由は二つ。まずひとつめは、ウマニタスが創造性と絶対性を備えた本質である以上、どんな個人も自らの先祖である根本原理のためならば、無上の喜びをもって犠牲になるはずであること。二つめは、それでも人間が大地に及ぼす精神的権力が減少することはないからで、大地は、星といいそよ風といい、ナツメヤシといいダイオウといい、もっぱら人間の享楽のために作られていることになる。パングロスは、と彼は自著を閉じながら言った、ヴォルテールが描いたほど間抜けではなかったんだ。

142　ヒンドゥ教などインド哲学における宇宙の根本原理で、普遍的に存在する万物の原理・生命の源と考えられ、唯一不変の絶対的実体とされる。

143　ギリシア伝説最大の英雄で、ゼウスの子にあたる。ゼウスの妻ヘラの激しい嫉妬の対象となり、ヘラの仕業で妻子を殺す罪を犯し、その償いのために行なう十二の難業が有名。

144　ヨルダン川付近の地名。

145　注30参照。

百十八章　第三の力

わたしを喧噪へと駆り立てていた第三の力が何かといえば、それは輝くことの快感、とりわけ、ひとりでは生きていけないという思いだった。群衆がわたしを引きつけ、拍手喝采が秋波を送っていた。膏薬のアイデアがそのころに生まれていさえすれば、とも思う。もしかしたら、すぐには死なずに有名になっていたかもしれない。ところが、膏薬は生まれなかった。生まれたのは、何かをして、何かを使って、何かのために暴れたいという思いだった。

百十九章　余談

余談になるが、このころわたしが書きとめた多くの格言のなかから数編を、ここで紹介したい。言ってみれば、退屈時のあくびだが、中身のない演説の前置きぐらいには使えるだろう。

隣人の腹痛は、がまんづよく耐えられる。

われわれは時間を潰すが、時間はわれわれを埋葬する。

ある哲学に長《た》けた御者の口癖、もしみんなが馬車に乗っていれば、馬車の魅力は減る。

己《おのれ》を信じろ。だが、だからといってつねに他人を疑うな。

唇にわざわざ穴を開け、木片を通して身を飾るボトクード族[146]の気が知れない、とはある宝石商の言葉。

善意がほとんど報われないからといって、腹を立てるな。せいぜい落胆するだけ、じっさいに肝を落とすわけではない。

146　ブラジルのインディオの部族。

百二十章　無理やりにも連れてきなさい《コンペーレ・イントラーレ》

「だめよ。望もうと望まなかろうと、結婚すべきよ」サビーナが言った。「まったく明るい将来よね！　子なしの独身のおじさんなんて！」

子なし！　子を持つという発想に、わたしははっとした。ふたたび神秘的な感覚が体に走った。そうか、父親にはなるべきか。独身生活も、それなりにいい点はあるかもしれない。だがものたりなさもあるし、その代償が孤独だとすれば、なおさらだ。子なしなんて！　いや、それはありえない。わたしは、たとえダマセーノとの姻戚関係であっても、すべてを受け入れる気になった。子なしなんて！　そのころにはもう、キンカス・ボルバに対し絶大なる信頼をおくようになっていたため、わたしは彼のもとへ行き、わたしの父性の体内での疼きを打ちあけた。その哲学者は興奮しながらわたしの話を聞き、それはウマニタスがわたしのなかで暴れているのだと告げ、わたしを結婚へと奮い立たせた。そして、ほかにもわたしの扉を叩いている客人がいるはずだと言った。まさにイエスが言った、「無理やりにも連れてきなさい《コンペーレ・イントラーレ》」だ。そのうえ、わたしのもとを去る前に、福音書もじつはウマニチズモの予言以上の何ものでもなく、それは神父らによって誤って解釈されてしまったにすぎない、と証明することを忘れなかった。

百二十一章　下山

三カ月がたったころは、すべてが快調だった。体内の流れ、サビーナ、例の娘の目、彼女の父親の願望、これらの衝動が、わたしを結婚へと後押しした。たまにヴィルジリアの思い出が戸口に現われ、それといっしょに姿を現わす黒い悪魔が、わたしの顔の前に鏡を差しだし、その中には、遠くのほうで顔を涙でくしゃくしゃにしたヴィルジリアが映っていた。だが別のピンクの悪魔もやってきて、こちらが持ちだす別の鏡には、やさしく天使のように輝くニャン・ロロの姿があった。

年齢の話はしない。その実感がなかった。ついでにいえば、わたしはそれらをある日曜日、リヴラメントの教会のミサに行ったときに捨てた。ダマセーノがカジュエイロスに住んでいたため、わたしはよく彼らのミサに付き添った。丘にはまだ人家がなく、唯一あったのが頂上に建つ古い瀟洒《しょうしゃ》な建物で、そこが聖堂だった。そしてある日曜日、ニャン・ロロと腕を組んで丘を下りていたら、なんの仕業か、わたしはここに二歳、あそこに四歳、そのすぐ先では五歳と少しずつ年齢を捨て、丘の下に着いたときにはたった二十歳で、じっさいの二十歳のときほどに快活になっていたのだった。さて、この現象がどのような状況で起きたかは、この章を最後までお読みいただければおわかりいただけるだろう。わたしたちはミサの帰りで、彼女と義父とわたしの三人連れで歩いていた。丘の中腹あたりで人だかりに出合った。すぐそばを歩いていたダマセーノがそれに気づき、興奮して先に駆けだした。わたしたちはあとを追いかけた。目にしたものは、あらゆる年齢と背丈と肌の色をした男たちで、シャツ姿の人もいれば、ジャケットを着ている人やぼろぼろの上着を羽織っている人もいた。姿勢もまちまちで、しゃがんでいる人、膝に手を突いている人、それから石に座っている人、塀に寄りかかっている人、だが全員が中央をみつめ、魂が瞳から乗りだしていた。

「なあに？」ニャン・ロロが訊いた。

わたしは黙っているように合図した。巧みに人を掻きわけると、全員が場所を開けてくれたが、みごとにだれひとりわたしを見なかった。中央が全員の目を釘づけにしていた。闘鶏だった。二人の競技者と、鋭い蹴爪《けづめ》を持った二羽の鶏が見えた。燃えさかる目に鋭いくちばし。双方が血まみれのとさかを揺らし、どちらの胸にも毛はなく、赤くなっていた。疲労がきていた。それでも闘い、目は目を睨み、くちばしを下に、それから上に向け、いっぽうが飛びかかるともういっぽうも飛びかかり、両者とも身を震わせながら怒り狂っている。ダマセーノはもう何もわからなくなっていた。目前の光景が、彼から全宇宙を奪いさっていた。下りようと言っても無駄。返事もせず聞こえもせず、闘いに夢中だった。闘鶏は彼の命のひとつだったのだ。

そこへ、ニャン・ロロがわたしの腕をそっと引っぱり、もう行こうと言った。わたしは提案を受け入れ、いっしょに下まで下りた。丘には当時まだ人家がなかったことは書いた。そして、わたしたちがミサ帰りだったことも書いたが、雨が降っていたとは書いていない。もちろん晴れていて、気持ちのいい太陽が出ていた。だが日差しが強かった。あまりに強かったので、わたしは日傘を開き、柄の中ほどを持って、のちにキンカス・ボルバの思想に新たな一ページを加えた方法で傾けた。ウマニタスがウマニタスに接吻をした……。こうしてわたしの年齢は、丘を下るにつれて剝がれ落ちていった。

麓《ふもと》のところでわたしたちは何分か立ちどまり、ダマセーノを待った。彼はしばらくしてから、他の博徒らに囲まれて試合の話をしながらやってきた。そのなかのひとり、胴元が十トスタン[147]の古い札の束を配り、勝者らが喜びを倍増させて受けとっていた。鶏はめいめいの持ち主に抱かれてやってきた。片方の鶏は、とさかがそうとうに嚙みちぎられ、血だらけだったため、わたしはとっさにそちらが敗者だと思った。ところがそうではなかった——敗者はもう一羽のほうで、とさかは見る影もなかった。両者とも口を開け、ようやく息をして疲労困憊していた。対照的に競技者は、試合中の激しい興奮はどこへ行ったのか、楽しそうに下りてきた。両者の闘いぶりをふり返り、健闘を称えていた。わたしは恥ずかしさを覚えながら歩いていった。ニャン・ロロの恥ずかしさは極致に達していた。

147　当時の一トスタンは八十レイス。

百二十二章　実に殊勝な意図

ニャン・ロロが恥じていたのは、父親だった。あれだけすぐに博徒らと打ちとけるところをみれば、昔の習慣や交友関係は知れたようなもので、ニャン・ロロは、そんな男はわたしにふさわしくないのではないかと怖れた。彼女が自分は違うと見せようとしていることは、明らかにみてとれた。彼女は自分を探求し、わたしを探求していた。優雅で上品な生活に彼女は惹かれていたが、とりわけそれは、そうすることがわたしたちという人物同士を調整するためにいちばん安全な方法に思えたからだった。ニャン・ロロは観察し、真似し、憶測していた。それと並行して、家柄が劣っていることを隠そうと努力していた。ところが、その日の父親のさらし方があまりにあからさまだったため、彼女は深く悲しんだのだった。そこでわたしは楽しい話をしようと、冗談を言ったり面白い話をたくさんしたりしてみたが、そんな努力もむなしく、彼女が明るさを取りもどすことはもうなかった。あまりに落ち込みが深く、その落胆ぶりは明らかで、わたしは彼女が意図的に、わたしの精神のなかで自分と父親の主義主張を別ものとしてとらえさせようとしているのだろうと思った。わたしは、彼女のそんな気持ちを殊勝だと思った。わたしたちはそれでさらに通じあった。

「仕方ない」わたしは、心の中で言った。「この花を、沼地から摘みとってやろう」

百二十三章　本当のコトリン

もう四十を超えていたとはいえ、親戚の和を重んじていたわたしは、コトリンに相談せずに結婚を決めるわけにはいかないと思った。彼はわたしの話を聞き、まじめな表情で、自分の親戚の問題に意見は差しはさまないと答えた。ニャン・ロロのたぐいまれなる美質を褒めれば、なにか下心があると思われてしまう。だから黙っている、と。だがそればかりか、彼は姪が本気でわたしのことが好きだと確信はしているが、もし相談されたら否定的な助言をしようと思う。それは憎しみからではない。わたしの美質には感心する――それらは褒めはじめたらきりがないくらいだし、事実それだけのことはある。ニャン・ロロだって、すばらしいお嫁さんになることを否定しようとはみじんも思わない。だが、それと結婚を勧めるという問題のあいだには、大きな溝がある。

「その件には、関わりたくない」彼は最後に言った。

「でもいつかきみは、できるだけ早く結婚すべきだって言っていたじゃないか……」

「それはまた別の話さ。結婚は不可欠だと思う。とくに政治的な野心を持っていたらなおさらだ。言っておくが、政治で独身は弊害だ。だが相手となると、なにも確かなことは言えないし、言いたくもないし言うべきでない。ぼくが口を出せることではない。ぼくから見れば、サビーナは行きすぎた。聞けば、きみにそうとう言っているらしいね。いずれにしても、サビーナはニャン・ロロの血のつながった叔母ではない。ぼくとは違う。だから……、つまり……」

「言えよ」

「いや、言わない」

おそらくコトリンのこの遠慮は、彼の残酷なまでに高潔な性格を知らない人にとっては、異常に映るだろう。わたし自身、父の遺産相続の一件があってから数年間は、彼を誤解していた。いまは彼が模範的な人間だったと認める。けちだと非難する人もいて、それも一理あったとは思う。だが、けちというのも美徳の行きすぎに過ぎず、美徳は予算のようなもので、赤字よりは黒字のほうがいい。やり方がドライだったために敵も多く、野蛮だとも非難された。この点で唯一あてはまる事例は、彼がひんぱんに奴隷を地下牢に閉じ込めたことで、奴隷は、いつもそこから血を流して出てきた。だが彼だって、凶暴な奴隷や逃亡奴隷しかそこへは送らなかったし、なにしろ長年、奴隷貿易にたずさわったために、本来この職業が必要とする以上に多少は手荒な扱いにある意味で慣れてしまっていたわけで、純粋に社会的な関係から生じた結果を、素直に人間の生来の性格に帰してはいけないのだ。そんなコトリンにも深い情があったことは、彼の子どもたちへの愛情や、その数カ月後に娘のサラを亡くしたときの悲しみ方を見れば一目瞭然だ。それは、反論の余地のない証拠だと思うし、しかもそれが唯一の証拠でもない。ある信徒会では会計係を務め、いろいろな兄弟会の会員にもなって、そのうちのひとつでは終身会員になっていたぐらいだから、けちだという評判はそぐわないのではないか。実際のところは慈善は、地に落ちることはなかったのだ。（彼が監査を務めた）兄弟会は、彼の肖像画を油絵で描かせている。たしかに、完全無欠な人間ではなかった。たとえば彼には、自分の善行のニュースをあれこれと新聞社に送るという妙な性癖があった——それが非難されるべきものだとか、褒められるものではないとする意見には、わたしも同意する。だが彼にも言い分はあって、善行は公表することで伝染するという。たしかに、ある程度それに理があることは否定できない。わたしは、彼がときどき善行を行なった目的は、きっとほかの人々のなかに博愛精神を呼びさますこと以外の何ものでもなかったと信じる（この点で、わたしは最大の賛辞を贈りたい）。だが、もしそれが目的だとすれば、たいへん言いづらいことではあるが、公表は絶対に不可欠《シネ・クオ・ノン》な条件となる。つまるところ、彼は他人に対して多少の関心という負債は抱えていたかもしれない。だが、じっさいの借りは、一レアルたりとも、だれに対してもなかった。

百二十四章　幕間の章

生と死のあいだには何があるのだろう？　短い橋か。とはいえ、もしこの章を組み込まなかったら、読者は強い衝撃を受け、本書の効果にも悪い影響をきたしかねない。ある描写から墓碑銘へと飛ぶことは、現実ではよくあることだろう。だが読者が本の中に逃げ込むのは、人生から逃げるため。これがわたしの考えだとは言わない。しかし、ここにはひとにぎりの真実があるし、少なくとも絵になる。だが繰り返す、これはわたしの考えではない。

百二十五章　墓碑

ここに永眠する

ドナ・エウラリア・ダマセーノ・ジ・ブリット

享年十九

彼女のために祈り給え！

百二十六章　慰めからも見放されて

その墓碑がすべてを語っている。それは、ニャン・ロロの病と死、家族の絶望、そして埋葬を語るよりも、よほどの価値がある。とにかく、彼女は死んだ。つけ加えれば、それは黄熱病《おうねつびょう》[148]が初めて入ってきたときだった。これ以上は言うまい。ただ、わたしが墓場まで行ったこと、悲しい別れをしたこと、しかし涙はなかったこと、それだけを言っておこう。けっきょく、わたしは彼女を本当に愛してはいなかったのだと思った。

それにしても、ちょっとした油断がどれだけの大事を招くか、注意してほしい。右も左も見さかいなく殺しまくり、わたしの妻になるはずだった若い女性の命までを奪ったこの伝染病の無差別な仕業には、いささか胸が痛んだ。わたしには伝染病の必要性が理解できず、ましてや彼女の死にいたっては、もっと理解できなかった。とりわけこの死は、ほかのどんな死よりも理不尽のようにわたしには思えた。しかしキンカス・ボルバは、伝染病はたしかに一部の特定の個人にとっては災難かもしれないが、種にとっては有益だと説明した。そしてその光景がいくら凄惨だといっても、そこにはある非常に重要な利点があることに、わたしの注意を向けさせた。それは、大多数が生き残ることである。そして、しまいにはこんな質問をわたしに向けた。全体が喪に服すなかで、その病の爪から自分が逃れられたことにひそかな感慨を覚えなかったかと。だが、その質問があまりに常軌を逸していたため、答えは出なかった。

死も語らなかったので、初七日のミサも語らないでおく。ダマセーノの悲しみは深かった。この男は、哀れにも廃墟のようだった。二週間後に会ったが、まだ慰めようもなく、ただでさえ神から大きな罰を受けている辛いところへ、人間どもの仕打ちがさらに追い打ちをかけたと言った。それ以上は言わなかった。三週間後にふたたびその話を持ち出し、彼は癒しようのない悲しみに暮れているときには、友人らに参列して慰めてほしかったのだと打ちあけた。それが、たったの十二人しか愛娘の野辺《のべ》送りに来ず、しかもその四分の三はコトリンの関係者だった。案内は八十通出したそうだ。わたしは、死があまりに日常的になってしまっているから、一見無関心になってしまうのも無理がないのではないかと言った。ダマセーノは、信じられないというふうに、悲しそうに首を振った。

「まさか！」とうめくように言った。「みんな、ぼくを見捨てたんだ」

参列したコトリンは言った。

「きみやおれたちのことを本当に思ってくれている人は、来てくれたさ。八十人来たところで、形式だけだ。どうせ政府は無能だとか、どこどこの薬屋の万能薬はどうだとか、不動産の値段とか、そんなおしゃべりをするだけだ……」

ダマセーノは黙って聞いていたが、もういちど首を振って、ため息をついた。

「でも、来てくれたっていいじゃないか！」

---

148 熱帯アフリカと中南米の風土病。重症のばあい黄疸がみられる。黄熱病がリオデジャネイロに出現したのは、一八四九年十二月のことだった。

百二十七章　形式

それにしてもこのひとかけらの智を天から授かった意味の、なんと大きいことか！　事物の関係を見抜く天資、それらを比較する能力、そして、結論をみちびく才能。わたしには、そうした心理の鑑識眼があった。そのことを、今も草葉の陰から感謝している。

事実、もし先ほどのダマセーノの言葉を聞いたのが凡人だったら、それからかなりの時間が経ったあとに六人のトルコ人女性の彫像を見ても、それを思い出すことはなかっただろう。だが、わたしは思い出した。それは、コンスタンティノープルの六人の――近代的な――女性が彫られたもので、よそゆきの服装で顔を覆ってはいるが、覆いは顔を完全に隠してしまうほどに厚い布ではなく、薄いベールで、あたかも目だけを出しているように見せてはいるものの、じっさいは顔ぜんたいを露わにしていた。

わたしは、こうしたムスリムのおしゃれの巧妙さにつくづく感心した。つまり、そうやって顔を隠しながらも――慣習に従って――じつは隠さず――美貌をアピールする。一見、これらのトルコの女性たちとダマセーノのあいだにはなんの関係もないように見える。だが、もし貴君が奥深く鋭敏な精神の持ち主ならば（わたしに対し貴君がそれを否定するとは思わないが）、そのいずれにおいても、社会的人間にはつきものの、厳格で心やさしいお伴が耳をのぞかせていることに気づくだろう。

愛すべき「形式」よ、君は人生の杖、心のバルサム[149]、人と人の仲立ち、地と天の絆。君はある父親の涙を拭い、預言者の甘い顔を引きだす。もし、それで苦悩が眠り、良心も落ちつくならば、その甚大なる功績はおまえ以外のだれにあろう。頭の帽子を通して表する敬意は、心にはなにも語りかけない。だが礼儀を弁《わきま》えた無関心は、心地よい印象を与える。理由は、昔の理不尽な様式とは違い、人を殺すのは文字ではないからだ。文字は人を生かし、精神こそが論議や疑念や解釈の対象となり、したがって闘争や死の対象となる。愛すべき「形式」よ、ばんざい。ダマセーノの心の平和と、モハメッドの栄光のために。

149　針葉樹の樹脂から抽出される、甘い香りを放つ精油。

百二十八章　議事堂にて

　さらに心にとめておいてほしいのは、わたしがそのトルコの影像を見たのが、ダマセーノの言葉から二年後で、場所が下院の議事堂だったこと、そして、ある下院議員が予算委員会の報告をめぐって議論をする大混乱のさなかだったことで、ちなみに、わたしも下院議員になっていた。この本をここまで読んできた方には、わざわざわたしの喜びを強調するまでもなかろうし、それ以外の方々にもその必要はないだろう。下院議員となって、自分の椅子の背にもたれかかり、そのトルコの影像を見ていたわたしの両側では、一方の同僚がよもやま話をし、もう片方は封筒の裏に鉛筆で演説者の似顔絵を描いていた。演説者はローボ・ネーヴィス。人生の波はわれわれを、まるで沈没船から流れついた二本の瓶のように、同じ海岸に打ちあげていた。彼の瓶には怨恨が詰まり、わたしのには良心の呵責が詰まっていたに違いない。などとわたしが、このように意味を留保するごとき疑念や不確かさのこめられた表現を使うのは、じっさいには大臣への野望以外の何も入っていなかったことを言いたいからだ。

百二十九章　良心の呵責もなく

良心の呵責はなかった。もしわたしが独自の機器を持っていれば、この本に化学のページを組み込むところだ。というのも、良心の呵責を最小限の単位まで分解し、なぜアキレスは敵の死骸をトロイアの町じゅう車で引きまわしたのか、なぜマクベス夫人は血痕をつけたまま部屋を歩き回ったのかという疑問に、実証主義的に結論を導くやり方で説明しなければならないからだ。だが、じっさいのわたしは、化学的な分析装置を持っていないばかりか、良心の呵責も持っていなかった。持っていたのは、国務大臣になる意欲。とりあえずこの章を終えなければならないので言っておくと、わたしは、アキレスにもマクベス夫人にもなりたくなかった。だが、何かになれというのであれば、血痕よりはアキレスが、そして死体を引きまわすほうがいい。プリアモス[150]の懇願は最後には聞き入れられ、軍事的にも文学的にも名声が得られた。わたしが聞いていたのはプリアモスの懇願ではなく、ロ－ボ・ネ－ヴィスの演説だったが、良心の呵責はなかった。

150 『イリアス』の登場人物で、最後のトロイア王。息子ヘクトルの遺体を引き取るために、敵将アキレスのもとを訪れ、子を思うその行為は、敵将の心をも動かし、受け入れられ、遺体を取り戻した。

百三十章　百二十九章の付記

　県知事の件があって以降、初めてヴィルジリアと言葉をかわせたのは、一八五五年のある舞踏会だった。みごとなグログラン織りの華麗な青いドレスをまとい、輝くシャンデリアの下で、昔と変わらない肩をひけらかしていた。若いころのみずみずしさはなかった。むしろその逆だった。とはいえ、まだ美しく、それは夜に映える秋の美しさとでも言えばいいか。たくさん話したが、過去のことにはいっさい触れなかったのを覚えている。すべてが、言わずともわかり合えた。曖昧で遠回しの物言い、あるいは視線、それ以上はなかった。少したってから帰っていった。階段を下りるところまで見送りながら、なぜあんな脳の腹話術が起こったのか（こんな野蛮な文言を、文献学者の方々よ、おゆるしいただきたい）。わたしは、深く回顧的な言葉をつぶやいた。

「すばらしい！」

この章は、百二十九章の第一文と第二文の間に入れたほうがいい。

百三十一章　誹謗中傷によせて

わたしがちょうどそれを脳の腹話術で言ったとき――それはたんなる意見であり、良心の呵責ではなかった――だれかが手をわたしの肩に置くのを感じた。ふり返ると、それは快活だが多少乱暴なところがある、海軍士官をしている昔の仲間だった。彼は意地悪そうに笑い、言った。

「よお、遊び人！　昔の思い出かい？」

「昔よ、ばんざい！」

「そうか、きみは晴れて職場復帰ってわけか？」

「黙れ、おせっかい野郎！」わたしは指で威嚇しながら言いかえした。

正直、そのやりとりは、口が軽かったと思う――とくに最後の言いかえし方は。だがじつは、それと同じくらいにぜひとも打ちあけたいことがもうひとつある。通常は女性のほうが口が軽いといわれるが、わたしは人間の精神に関するその論を修正せずには、この本を終えたくない。アヴァンチュールのまっ最中、男性はにやにやしたり、あるいは冷ややかに短い単音節の反応をするだけで、なかなか否定に持ちこまなかったりしたが、そのいっぽうで連れあいの女性はといえば、知らないふりをし、すべては誹謗中傷だと福音書に誓って言ったものだ。この違いがどこから来るかといえば、女性は（百一章で述べたような場合をのぞいて）愛ゆえに身を捧げる。つまりスタンダールのいう情熱的な恋愛か、あるいは、たとえばローマの一部の女性やポリネシア人女性や、ラップランドの女性やカフィール人[151]の女性のように純粋に肉体的なものの場合もあるし、あるいはまた一部の文明社会の女性もそうかもしれない。だが男性は――わたしがあげるのは上流社会の教養ある男性だが――男性は、自己の虚栄心を別の感情に結びつける。そればかりか（あくまでも禁断の恋の場合だが）、女性は別の男性に恋をすると、ある務めにそむいているように思うせいか、最大限の技を使ってそれを擬装し、その背任行為にも趣向を凝らす。だが、男は自分が不倫の原因になり、ほかの男に対して勝者になったことを実感するから、とうぜん誇らしく思い、感情はもっと軟化し、秘密性も薄れて別のものになる――まったく、優越感の輝かしい蒸散とでも言うべき、とんでもない思いあがりだ。

まあ、わたしの説明が核心をついているかどうかは別にして、後世の参考にしていただくためにもぜひ、女性は口が軽いということが男の作りあげた神話だということを、このページに書きとめておきたい。少なくとも恋愛にかけては、女性たちはまさに墓場だ。身を持ちくずすことがあるのは、多くの場合、運が悪かったり冷静さを失ったり、他人の仕種や視線に耐えられないからである。だからこそ、機知に富んだ偉大な才女ナバラ王妃はどこかで、どんなアヴァンチュールでも遅かれ早かれかならず露見することを言うために、こんな比喩を使ったのだ。「最後まで吠えないほどじゅうぶんに飼いならされた犬はいない」

151　アフリカのバントゥ系黒人。

百三十二章　まじめでない章

ナバラ王妃の言葉を引用したら、わたしたちの民族のあいだでは、拗《す》ねた人を見るとこんな質問を向ける習慣があることを思い出した。「おやおや、だれに犬を殺されたのですか?」それは言ってみれば、こういうことか。「おやおや、秘密のアヴァンチュールだか何だか知らないけれど、あなたはだれに愛を取られたのですか?」いや、これはまじめな章ではない。

百三十三章　エルヴェシウスの原則

さて、海軍士官に乗せられて、ついヴィルジリアとの情事をばらしてしまったところまで話したが、ここでエルヴェシウス[152]の論を修正しておこう――というより説明しておこう。このときのわたしにとって、利は黙っていることにあった。なぜなら、過去のことに関する疑惑を認めることは、鎮まった怨念を呼びさまし、醜聞に火をつけることになるか、たとえそこまでいかずとも、口が軽いという悪評は立つからだ。先ほど言った利とは、そういう意味である。エルヴェシウスの原則を表面的に理解すれば、わたしがやるべきことはそれだった。さて、以前わたしは男性の口が軽くなる理由を書いたが、じつはその「安全」という利よりも先に、もうひとつ別の「自惚《うぬぼ》れ」という、より内面的で即効性のある利が働く。前者が思考的で、事前に三段論法を使うことを前提とするのに対し、後者は自然発生的で直感的で、その人物の内奥から湧きあがる。きわめつきは、前者の効果は遠隔的だが、後者のほうは卑近であることだ。結論を言おう。エルヴェシウスの原則は、わたしのケースにおいても真である。だが違いは、利が外に見えるものではなく、中に隠れていたことだ。

152　フランスの思想家（一七一五〜七一年）。『人間論』で「利益と必要が、あらゆる社交性の根本である」と述べている。

百三十四章　五十歳

まだ言っていなかったが――だからいま言おう――ヴィルジリアが階段を下りていき、海軍士官がわたしの肩に手を置いたとき、わたしは五十歳だった。したがって、階段を下りていたのはわたしの人生――というよりわたしの人生の最高の部分、いや、せめて喜びや波乱や驚異に満ちた部分とでも言おうか――擬装や二面性をまとってはいたが――とにかく普通の言い方をすれば、最高となる部分である。だが、もっと崇高な言い方をすれば、最高の部分はその残りにこそあるとも言え、光栄なことに、それこそをわたしは本書の残りわずかなページで語ろうと思っている。

五十歳！　そんなことは言う必要もないだろう。というのも、わたしの文体が最初のころほどには快活でないことは、徐々に感じとれるだろうから。じつは、さきほどの海軍士官とのやりとりを終え、そいつがコートを着て帰っていったとき、正直、わたしは一抹の寂しさを覚えた。ホールに戻り、ポルカでも踊ってみるかという気になって、シャンデリアと花とクリスタルと美しい眸《ひとみ》に酔い、ひそかに浮かれ調子でかわされる私語のざわめきにうつつを抜かした。後悔はない。若返ったのだから。だが、三十分ほどして明け方の四時に舞踏会を出たとき、わたしが車の奥に何を見つけたとお思いか？　わたしの、五十の齢だ。奴らはそこで、寒さやリウマチにもめげず、しぶとく待っていたのである——さすがに疲れてうつらうつらとし、多少はベッドと休息が恋しそうな顔をしてはいたが。そのときだ——見てほしい、人間の想像力がいかに眠気に襲われながらも働くものかを——そのとき、車の屋根にとまっていたコウモリの、こんな声を聞いたように思った。ブラス・クーバスさん、若さはホールとクリスタルとシャンデリアと絹のドレスのもの——しょせん他人のものなんです。

百三十五章　忘却《オブリヴィオン》

なにやらいま、せっかくこのページまで読みすすめてくれた淑女が、本を閉じて残りを読むのをやめたような気がする。その方にとって、わたしの人生への関心は愛だから、もうそれは消滅したというわけだ。五十歳！　無用の者ではないが、もうみずみずしくはない。あと十年もすれば、わたしもあるイギリス人の言っていたことがわかるのだろう。つまり「もう自分の両親を知っている人に会わなくなった。したがってこれからは自分自身の忘却と向きあわなくてはならないのだ」ということが。

よし、太字[153]で書いてやる。忘却《オブリヴィオン》！　これほど蔑まれているとはいえ、尊く確実な人生の最後の伴侶なのだから、すべての敬意が払われてしかるべきだ。このことは、現帝政期の暁光に照らされて輝いた淑女ならわかるはずだし、パラナ内閣[154]のもとで花盛りの魅力をさんざんひけらかした淑女なら、なおさらのこと、身にしみていると思う。というのも、このお方は勝利をごくまぢかに目にしながら、ほかの人に車をとられた気分になったはずだから。自分というものをわきまえているから、もう死んだ思い出や、息もたえだえの思い出を呼びおこそうとしてやっきにならず、また今日の視線に、昨日の視線と同じ挨拶を求めることもない。今はもう、別の人々が意気揚々と、機敏に人生の歩みを開始している時なのだから。時代は変わる《テンポラ・ムタントゥール》。この、時代という竜巻とはそういうものだ。木々の葉を落とし、道のボロ布を吹き飛ばし、例外も情けもない。だから、多少なりとも哲学を持っていれば、ねたまずに、車に乗った人たちを気の毒に思うのだ。なぜなら、いずれはその人たちも、忘却《オブリヴィオン》という馬丁に降ろされるのだから。まったく、こんな芝居も、退屈している土星を楽しませるためなのだ。

153　原文では「スモール・キャピタル」で、実際にその字体が使われている。「スモール・キャピタル」とは、小文字と同じ高さで作られた大文字。

154　一八五三〜五七年のパラナ侯爵（本名：Honório Hermeto Carneiro Leão）による政府で、保守党と自由党の協働による宥和政策を実施したことで有名。

百三十六章　無益

それにしても、わたしが大きな勘違いをしているのか、あるいは無益な一章を書いてしまったのか。

百三十七章　シャコー

いや、そんなことはない。そこには、わたしが翌日キンカス・ボルバに話した考えと、それにつけ加えて、気分が沈んでいるなどとせつせつと語った寂しい胸の内が集約されている。ところがこの哲学者は、持ち前の勘のよさを生かし、そんなことではわたしが、憂鬱という致命的な階段を転げおちるだけだと叱りとばした。

「わがブラス・クーバス、そんな湯気に負けてはだめだ。ばかたれ！　男になれ！　強くなれ！　闘え！　勝つんだ！　輝くんだ！　権勢をふるうんだ！　支配するんだ！　五十歳こそ科学と政治の齢。元気を出せ、ブラス・クーバス！　まぬけなことを言うな。廃墟から廃墟へ、花から花への移ろいなんて、おまえとなんの関係があるゆ？　人生を楽しむことを考えろ。いいか、最悪の哲学は、川岸に寝そべり、止《とど》まるところを知らぬ水の流れを見てなげく、泣きべその哲学だ。止まらないのが水の務めだろう。規則となれあい、それを利用することを考えろ」

偉大なる哲学者の権威の価値とは、最小限の事物にこそある。キンカス・ボルバの言葉は、頓挫《とんざ》していたわたしの精神と心を揺り動かす魔力を持っていた。さあ、行こう。われわれこそ政府になるのだ。時機もいい。それまでのわたしは、大きな議論には参加してこなかった。大臣の地位を、追従《ついしょう》や茶話会や、袖の下や票で狙っていた。だが、ポストは巡ってこなかった。早急に演壇を手に入れる必要があった。

ゆっくりと行動を開始した。三日後、司法の予算の審議中、わたしは機会をとらえて大臣に対し、国民軍のシャコー帽[155]のサイズを小さくしてはどうかと、丁重に質問を向けた。質問じたいに大きな狙いがあったわけではない。それでも、それが一国の政治家の出す提案として不適切ではないことを示そうと、フィロポイメン[156]を引きあいに出した。軍隊の円楯が小さいので、もっと大きなものに替えるように命令を出したばかりでなく、槍についても軽すぎるとして、同様の措置を命じた人物である。それを載せても歴史のページの重要性が損なわれはしないと、歴史自身が判断した事実である。わが国のシャコーは格好が悪いばかりでなく、非衛生的でもあるため、大幅な小型化が必要である。炎天下のパレードでは熱くなりすぎて、命にかかわる可能性もある。ヒポクラテス[157]の教えのひとつに頭寒があることは確かなので、たんに制服であるという単純な理由で、一市民に健康と命、そして結果的には家族の将来までを危険にさらすよう強要するのは、あまりに酷である。議会および政府は、国民軍が自由と独立の城壁であることを認識すべきで、市民のほうも過酷な奉仕に無償でひんぱんに駆りだされるからには、とうぜんのことながら軽量で実用的な制服が制定されることによって、負担の軽減を図ってもらう権利がある。さらにシャコーは、重さのせいで市民の頭も下がりがちだが、祖国が必要としているのは、権力の前でももっと堂々と泰然とできる市民ではないか。そう言って、最後は次のようなイメージで締めた。地に向けて枝を垂れる柳は、墓場の木である。凜と屹立する椰子の木こそ、砂漠と公園と庭園の木にふさわしい。

　この演説に対する反応は、まちまちだった。形式や熱弁ぶりや文学と哲学の引用に関しては意見が一致し、だれもが完璧だ、シャコーひとつであれだけの論を展開できる人はほかにいない、と言った。だが政治的な面については、多くの人が嘆かわしいという見方をした。なかには、わたしの演説は議会の惨事だと言う人までいた。しまいには、わたしのところにやって来て、もうわたしを野党だとみなす人もおり、その中には野党の人たちまでがいて、内閣不信任案の提出にも都合がいいと匂わせた。そういう解釈は誤解であるばかりでなく、わたしの内閣への支持は有名なだけに、名誉毀損だと言ってわたしは猛然と否定した。わたしは、シャコーの小型化はあと数年を待てないほどの大問題ではないし、いずれにしても切除部の長さでは妥協でき、四分の三インチか、あるいはそれ以下でもいい。つまるところ、たとえ採用されなくとも、わたしの案を議会でデビューさせられたこと、それだけでよかったのである。

だが、キンカス・ボルバは何ひとつ責めなかった。ぼくは政治家じゃないから、と彼は昼食をとりながら言った。きみがうまくいったのかどうかはわからない。きみがすばらしい演説をしたことはわかる。そう言って、とくに目立った部分や美しい比喩や力強い主張をあげ、偉大な哲学者にふさわしく、控えめに賛辞を贈ってくれた。そのあとで、その問題を自分に引きよせてシャコーを批判しはじめたが、そのあまりの明快さに、わたし自身もほんとうにシャコーの危険性を納得させられてしまった。

155 高い円筒形の帽子で、ひさしがついている。多くの軍が主として上級士官用などに採用。ド・ゴールがかぶっていたことでも有名。

156　アルカディアのメガロポリスの政治家（紀元前二五三〜紀元前一八三年）で、アカイア同盟の指導者。

157　古代ギリシアの医者（紀元前四六〇頃〜紀元前三七〇年頃）で、「医学の父」とも呼ばれる。

百三十八章　批評家へ

親愛なる批評家へ、

数ページ前で五十歳だと書いたとき、わたしは次のように続けた。「わたしの文体が最初のころほどには快活でないことは、徐々に感じとれるだろう」。おそらくこの文は、今のわたしの状況を思えば、理解不可能だったと思う。しかしわたしは、ぜひとも貴君の注意を、その考えの微妙な部分に向けたい。わたしが言いたいのは、わたしがこの本を書きはじめたときより歳をとったということではない。死んだら、歳はとらない。言いたいのは、つまり、わたしは人生の各局面を語るたびに、それに相当する感覚を体験しているということだ。ああ、いちいち説明しなければならないとは、なんとやっかいな！

百三十九章　いかに国務大臣にならなかったかについて

百四十章　前章の説明

物ごとには沈黙で語ったほうがいいことがある。それが、前章の題材だ。夢やぶれた野心家にはわかるはず。一部の人が指摘するように、権力への情熱はすべての情熱のなかでもっとも強いものだから、議席を失った日の絶望や苦悩や失意がいかほどだったか、想像してみてほしい。すべての希望が消え失せた。政治生命も果てた。なのにキンカス・ボルバときたら、哲学的帰納法を当てはめ、わたしの野心が権力への真の情熱ではなく、気まぐれや遊び心だったと言った。彼に言わせれば、その気持ちにしたところで野心以上に深いわけではなく、女性がレースや髪飾りにみせる愛着とたいして変わらないから、よけいにわたしを苦しめるのだと。彼はさらに言った。クロムウェルやボナパルトばりの人物であれば、あまりに権力への情熱がじりじりと焼けつくため、右の階段がだめなら左の階段というように、全力を投じてそこに到達しようとする。だが、わたしの気持ちにそういうところはない。気持ちじたいにそれだけの力がないから、結果に対してもそれと同じだけの確信が持てない。だからこそ、苦悩はよけいに大きく、幻滅も大きく、悲しみも大きくなる。わたしの気持ちはウマニチズモによれば……。

「もうそんなウマニチズモ、くそ食らえだ」わたしは言葉をさえぎった。「知ってもなんにもならない哲学は、もううんざりだ」

そんな乱暴な割り込み方は、相手が偉大な哲学者だけに、非礼同然だった。だが彼のほうからわたしの怒りを赦してくれた。コーヒーが運ばれてきた。午後一時、わたしたちがいたのはわたしの書斎だった。庭に面した立派な書斎で、良書や美術品が並び、その合間にはヴォルテールがいた。そのブロンズ像のヴォルテールが、わたしを見るときの皮肉っぽい笑いをつよめた、まったく悪党だ。立派な椅子。外には太陽。キンカス・ボルバが、冗談か詩のつもりか、自然の大臣と呼んだ大きな太陽。涼しい風がそよぎ、空は青かった。それぞれの窓には――三つあった――鳥の入った籠が吊るされ、田舎のオペラを奏でていた。これらすべてが、事物が人間に対して仕組んだ陰謀のような様相を呈していた。わたしはといえば、「わたしの」部屋で「わたしの」

庭を眺め、「わたしの」椅子に座り、「わたしの」鳥の囀《さえず》りを聞き、「わたしの」蔵書に囲まれ、「わたしの」太陽に照らされながら、あともうひとつ、わたしのものにならないあの椅子への憧れを断ちきれないでいた。

百四十一章　犬

「で、これからどうする？」キンカス・ボルバが、空のコーヒーカップを窓台のひとつへ運びながら訊いた。

「わからない。しばらくチジュカに籠もる。人間から逃げる。おれは恥ずかしいし、つくづく厭になった。あんなに夢見たのに、なあ、キンカス・ボルバ、あんなに夢見たのになぁ、けっきょく、ただの人だ」

「ただの人！」キンカス・ボルバは、いきどおりながら言葉を挟んだ。

わたしの気を晴らそうと、彼はわたしを散歩に誘った。われわれはエンジェーニョ・ヴェーリョ[158]方面へ向かった。もろもろのことを哲学しながら歩いていった。この散歩の恩恵を、わたしはぜったいに忘れない。偉大なその男の言葉は、知の中でも、心から湧きでるものだった。彼はわたしに、闘いから逃げてはいけないといった。演壇から締めだされたのなら、新聞社を作るべきだ。品位に欠ける表現まで使い、そうやってときには哲学者の言葉も俗語で味つけできることを示した。新聞を創刊して「あんな党閥、崩壊させろ」と言った。

「それはすばらしいアイデアだ！　よし、新聞を創刊する。そうして、あんな連中、めちゃめちゃにしてやる……」

「闘うんだ。めちゃめちゃにするかどうか、そんなのはどうでもいい、要は闘うこと。人生は闘いだ。闘いのない人生なんて、宙のただなかに浮かぶ死んだ海だ」

それからまもなく、われわれは犬の喧嘩に出くわした。凡人にはなんの価値もない出来事だ。キンカス・ボルバはわたしを引きとめ、犬を観察するように言った。犬は二匹だった。足下には戦いの原因となった骨があることを示し、その骨に肉がついていないという状況にも、忘れずにわたしの注意を向けさせた。ただの、何もついていない骨。犬は唸り、目を爛々《らんらん》とさせて噛みつきあう……。キンカス・ボルバは杖を小脇に挟み、陶酔状態に入ったようだった。

「おお、美しい！」と、ときどきつぶやく。

その場から連れだそうとしたが、だめだった。彼はしっかりと大地に根を張り、ふたたび歩きだしたのは喧嘩が完全に終了した時点で、一匹が嚙みつかれて負けを喫し、飢えをみやげに退散したときだった。偉大な哲学者らしく抑えてはいたが、心底から嬉しそうだった。その光景の美しさに注意するように言い、もういちど争いの目的を確認したうえで、要するに犬が空腹だったのだと言った。だが、食べ物に不自由をしていることは、哲学全体の効果にとってはなんの意味もない。さらに、この地球のどこかほかのところへ行けば、この光景がもっと壮大になることがあるのを思い起こさせることを忘れなかった。そこでは、人間という被造物こそが、骨やもっとつまらない食べ物を巡って犬と争っていると。行動に人間の知性がからむので、戦いはなお複雑になり、さらに幾世紀にもわたって蓄積された狡猾さが加わるから、などなど。

158　リオデジャネイロの町北部の旧地区名。以前はイエズス会の農場があった。

百四十二章　秘密の依頼

一曲のメヌエットに、なんと多くのものが込められていることか！　とは、だれかの言葉。ひとつの犬の喧嘩に、なんと多くのものが込められていることか！　とはいえ、わたしも適宜《てきぎ》、反論のひとつやふたつを唱えないほど従順で臆病な弟子ではなかった。歩きながら、疑問がひとつあると言った。食べ物を犬と争うことのメリットがわからない、と。すると、彼は格別にやさしく教えてくれた。

「たしかに、人間と争うほうが理に適っている。というのも、戦う者同士の条件が同じだから、強いほうが骨を手にする。だがそれを犬と争うのも、見世物としてなかなか壮大だと思わないか？　その気になれば、イナゴだって食える、洗礼者ヨハネ[159]のように。あるいは、もっとひどいのにエゼキエル[160]がいる。つまり、食べられるからやっかいなんだ。となると、あとはどちらがより人間らしいかという問題になる。要するに、自然の要求を楯にそれを争うのか、それとも宗教的称揚のためにそれをするのか。ただし、宗教の場合は変容しうるが、食欲は生命や死と同様に永遠だ」

家の玄関前まで来ていた。そこでわたしは、ある女性が持ってきたという一通の手紙を渡された。中に入ると、キンカス・ボルバは哲学者らしい遠慮を働かせて、本棚のひとつに並ぶ本の背表紙を眺めはじめたので、その間にわたしは手紙を読んだのだが、それはヴィルジリアからのものだった。

良き友へ、

ドナ・プラシダが重態です。なにかしてあげてください。階段路地《ベコ・ダス・エスカヂーニャス》に住んでいます。慈善病院に入れてやれないでしょうか。

心からの友

文字はヴィルジリア本来の上品で正確なものではなく、乱暴で不揃いだった。署名のVに至っては、とてもアルファベットを書いたとは思えない落書きだった。もし手紙だけがとつぜん現われたら、書き主を特定することは難しかっただろう。わたしは裏を返し、もういちど表に返した。哀れなドナ・プラシダ！　でも、あのガンボアの海岸の五コントをやったじゃないか、なんでまた……。

「これを読めばわかる」キンカス・ボルバは、本を棚から一冊取りだしながら言った。

「何が？」わたしはおどろいて訊き返した。

「きみには真実しか言ってないってことが。パスカルは、ぼくの精神的な父の一人だ。でも、ぼくの思想のほうが価値は高いが、彼が偉大であったことを否定はしない。ほら、このページで書いていることを読んでみろ」といい、帽子をかぶったままステッキを脇に挟み、その箇所を指さした。「いいか、人間は残りの宇宙に対して優勢な点がひとつある。それは、死ぬことを知っている点だ。それを宇宙はまったく知らない。161
な？　したがって骨を犬と争う人間は、飢えを知っている点で犬よりもひじょうに優勢だということになる。だから、さっき言ったように、争いが壮大になる。〈死ぬことを知っている〉という表現は奥深い。でも〈飢えを知っている〉というぼくの表現のほうが、もっと奥深い。というのも、死という事実は、言ってみれば人間の理解に限界を与える。消滅への意識はほんの一瞬しか持続せず、消えたらおしまいだが、飢えは再燃し、それに対する意識的な状態を長引かせるという利点がある。だから（傲慢なことを言うつもりはないが）、パスカルの公式はわたしのより劣ると思うんだ。もちろん、だからといって、パスカルの思想が偉大じゃなくなるわけではないし、パスカルは偉大だ」

159　新約聖書に登場する預言者。荒野で洗礼活動を行ない、ヨルダン川でイエスに洗礼を授けた。

160　紀元前六世紀頃の預言者。旧約聖書『エゼキエル書』の作者で、神の怒りや黙示的光景を描いたとされている。預言をしたためた巻物を食べた、などの記述もある。

161　『パンセ』の中で、「人間は考える葦である」という有名な言葉に続けて出てくる一節。

百四十三章　行くもんか

彼が本を棚に戻しているあいだ、わたしはもういちど手紙を読んでいた。昼食のときに、わたしがほとんど話さず、ものを嚙んだまま呑み込みもせず、部屋の隅っこやテーブルの端や皿や椅子をみつめ、見えない蠅を追うばかりなのを見て、彼は言った。「何かあったね？　あの手紙だろう？」——そう、その通り。わたしはヴィルジリアの依頼にうんざりしていた。迷惑だった。ドナ・プラシダには五コントやったじゃないか。わたしも以上に、いや、わたしほどに気前のいい奴がいるとは、とうてい思えない。五コントだぞ！　それをどうしたのだ？　どうせ、ばらまいたに決まっている。盛大な宴会を開いて食いつぶし、いまは慈善病院へというわけなのだろうが、それをおれに連れていけだと？　どこでも死ねばいいのだ。何よりおれは、階段《ベコ・ダス・》路地《エスカディーニャス》なんて知らないし、思いだせなかった。だが名前からして、どうせこの町のどこか狭く薄暗い路地裏だろう。そこへ行けだと？　近所の見世物になって、ドアをノックしろというのか。冗談じゃない、行くもんか。

百四十四章　相対的有用性

だが、夜とはよき助言者、昔の恋人の願いは礼儀として聞くものだと、たしなめてくれた。

「期限切れの手形か、支払いは一刻を争う」そう言ってわたしは立ち上がった。

朝食が終わると、ドナ・プラシダの家へ行った。目にしたのは、むさ苦しいおんぼろのベッドに、ボロ布に包まれて横たわる骨の束だった。わたしは、いくらかの金を与えた。翌日、慈善病院に運ばせたが、その一週間後に息を引きとった。いや、それは嘘だ。夜が明けたときには死んでいた。人生を、入ってきたときのように、ひっそりと去った。わたしはもういちど自問した。七十五章と同じ問いだ。つまり、司教座の聖具保管係と菓子作り女が、特別な睦みあいの瞬間にドナ・プラシダに生を授けたのは、このためだったのか。だが、すぐにそのあとではっと気がついた、もしドナ・

プラシダがいなかったら、わたしとヴィルジリアの恋愛は中断されていたか、あるいは、燃えあがる絶頂の最中にただちに潰されていたことだろう。つまりそれが、ドナ・プラシダの人生の有用性だったのだ。相対的な有用性だ、それは認める。だが、この世で絶対的なものなどあるのだろうか?

百四十五章　たんなる繰り返し

五コントについては言うまでもなかろうが、近所の石工がドナ・プラシダに気があるふりをして言いより、彼女の感覚、いや虚栄心かもしれないが、それを呼びさますことに成功して結婚した。数カ月後、事業話をでっちあげ、債権を売って金を持ち逃げした。書くまでもない。キンカス・ボルバの言う、犬の喧嘩である。たんなる先章の繰り返し。

百四十六章　設立趣意書

　新聞の創刊を急ぐ必要があった。わたしは設立趣意書をしたためたが、それはウマニチズモの政治的応用であった。ただ、キンカス・ボルバがまだそれを本として刊行していなかったため（毎年修正を加えていたのだ）彼のことにはいっさい触れないことにした。キンカス・ボルバは、政治面に応用した新原理のいくつかを彼の未刊の本からとった旨、一筆書いて、署名した内々の断わりを残すことだけ要求した。

　最高の趣意書だった。社会を是正し、悪弊を打ちはらい、自由と自己保存という健全な原則を擁護し、商業と農業の振興を訴え、ギゾー[162]やルドリュ・ロラン[163]を引用し、最後には「われわれの説く新しい教義はかならずや現内閣を打倒する」という警句を置いたが、これについてキンカス・ボルバは、偏狭で地域偏重主義的だと評した。正直なところ、当時の政治的状況を思えば、趣意書は最高の出来だと思った。キンカス・ボルバが偏狭だと評した最後の警句についても、そこにはもっとも純粋なウマニチズモがいっぱいに詰まっていることを示し、じっさいに彼自身もそう思うと白状した。そもそも、ウマニチズモは何ものをも排除しない。ナポレオン戦争も蛇の喧嘩も、われわれの教義に照らせばいずれも同等の崇高性を備え、違いはただ、ナポレオンの兵士は自分が死ぬことを知っているが、蛇は外から見るかぎりそうではなさそうな点だ。つまり、わたしがしたことは、われわれの思想体系の社会への応用にほかならなかった。すなわち、ウマニタスがウマニタスの安寧《あんねい》のために、ウマニタスの交替を望んでいるということだった。

「きみはぼくの愛弟子だ、ぼくのカリフだ」キンカス・ボルバは、それまでには耳にしたこともないほど優しい口調で叫んだ。「ぼくは、偉大なモハメッドのようにものが言える。たとえいま、ぼくに対して太陽や月がはむかってこようが、自説を引っ込めることはしない。わが親愛なる友ブラス・クーバスよ、信じてほしい、これこそが永遠の真実。世界に先立ち、世紀のあとに来る真実だ」

---

162 フランスの政治家・歴史家（一七八七〜一八七四年）。ルイ・フィリップの七月王政期

では首相も経験した。

163　フランスの共和主義の政治家（一八〇七～七四年）。

百四十七章　狂気

わたしはただちに新聞業界に対し、数週間後にブラス・クーバス学士の編集による野党系の新聞が創刊される見込みだと、控えめな通知文を送った。わたしがその通知文を読みあげるなり、キンカス・ボルバはペンを取り、わたしの名前の横に、まさにウマニタスらしい兄弟愛を込めて、次のように書き添えた。「先の議会でもっとも栄誉を得た議員の一人」

翌日、わが家にコトリンが入ってくる。少し取り乱していたが、それを隠して無理に平静を装い、明るくすらふるまっていた。新聞の通知文を読み、そんな計画は友人かつ親戚として断念させねばと思ったのだという。それは間違っている、致命的な間違いだ。わたしが窮地に追い込まれ、下手すれば議会への扉を閉ざすことになると説明した。内閣は、わたしはそう思わないかもしれないが、自分から見れば完璧であるばかりでなく、きっと長期政権になる。だからそれを敵に回してなんの得になる？　大臣のなかにはわたしに好意的な人がいることを知っているから、あわよくばポストのひとつくらい……。わたしはそこで口を挟み、この一歩を踏みだすときも自分はよく考えたから、いまさら一歩も引くわけにはいかない。設立趣意書を読むようにも提案したが、彼は、わたしの狂気には微塵《みじん》たりとも関わりたくないと、猛然とはねつけた。「そう、まさに狂っている」彼は繰り返した。「もう何日か考えてみろ。狂っているとわかるから」

同じことをサビーナがその夜、劇場で言った。娘をボックス席のコトリンのもとに置いたまま、わたしを廊下に連れだした。

「ブラス兄さん、どういうつもり？」と思いつめた様子で訊いた。「いったいなんでまた、政府を挑発するの？　何もあんなことしなくても……」

わたしは、まるで物乞いのように議席を恵んでもらうのは似合わない。狙いは内閣打倒だ、今の情勢にはふさわしくないと思う――それから、ある哲学的な体系のこともある。わたしはつねに、言葉遣いにおいては、たとえ力が入ったときでも礼儀をわきまえると請けあった。もともと暴力はわたしの好みではない。サビーナは扇子を指先に打ちつけながら首を振り、懇願調と脅迫調を交互に交ぜて、先ほどの話を蒸し返した。わたしは、それはできない、だめだと言ったらだめだと言った。サビーナは期待を裏切られ、自分や夫の忠告よりも、嫉妬深い他人の忠告に耳を貸すのかと息まいた。「どうぞご勝手に。わたしたちの務めは果たしたわ」そう言うと、くるりと背を向け、ボックス席に戻っていった。

百四十八章　難問

新聞を発刊した。その二十四時間後、他紙にコトリンの声明文が掲載された。要は「わが国を分けている二大政党のいずれの党員でもないが、義兄ブラス・クーバス学士の新聞に対しては、直接的・間接的を問わずいっさい影響力がないことを明らかにしておいたほうがいいと考えた。同氏の政治的な主張や行動には、全面的に反対である。現内閣は(ほかの同程度の有能な閣僚で構成されたいかなる内閣と同様)公共の幸福を増進するよう約束されていると思う」ということだった。

わが目を疑った。いちど目をこすり、もういちどこすって、迷惑で非常識で不可解な声明文を読み返した。いずれの政党とも関係がないのなら、そんな新聞の創刊というありきたりの一件が、どうしたというのだ？　ある内閣をいいと思うか悪いと思うか意見を持っている市民が、全員、新聞紙上でそんな宣言をするわけでもあるまいし、その義務もないはず。とにかく、この件に対するコトリンの干渉は謎で、もうそれは個人的な攻撃といってもよかった。それまでのわれわれの関係は良好で良心的だったし、和解後はいちどもいさかいが起こったことはなく、その気配すらなかった。それどころか、思い出されるのは純然たる親切ばかり。たとえば、わたしは議員だったから、海軍工廠への物資提供の口をきき、彼はそれを今でも期限どおりに納めつづけて、つい数週間前にも、あと三年もすれば二百コントの利益になると言っていた。それほどに大きな恩義の記憶も、義兄の顔に公に泥を塗ることを阻止できなかったのか。そんな無分別と忘恩行為を同時に犯す宣言をするからには、よほど強力な動機があったにちがいない。正直、難問であった……。

百四十九章　恩の理論

……あまりの難問に、そうとうに長く親切に考えてくれたキンカス・ボルバも、匙《さじ》を投げた。「もう終わり！　すべての問題に、五分の注意を傾ける価値があるとは限らない」

忘恩行為、という批判をキンカス・ボルバは全面的に退けたが、それはあり得ぬこととしてではなく、理不尽なこととしてで、それはよきウマニタスの哲学の結論にそぐわない、というのが理由だった。

「ひとつ否定してはいけない事実がある」彼は言った。「それは、恩を与える側のよろこびは、つねに受ける側を上回るということだ。恩とは何か？　それは、恩を受ける側の特定の不自由を解消させる行為だ。主たる効果が生じた時点で、すなわちそれは不自由が解消されるということだが、有機体は元の状態、すなわち無関心の状態に戻る。たとえば、きみがズボンのウエストをきつく締めすぎたと仮定しよう。この不快感を解消するために、きみはウエストのボタンを外し、ほっと息をついて一瞬の快感を味わうと、有機体は無関心の状態に戻り、その行為を遂行してくれた指のことは忘れる。永続するものはいっさい存在しないから、記憶が霧消するのはとうぜんの成りゆきだ。なぜなら、記憶は気中植物ではなく、大地を必要とするからだ。ほかにもまだ好意が期待できるとなれば、たしかに恩を受けた側にはずっとその最初の記憶が残る。このことは、哲学の発展のなかで見出されるもっとも崇高な事実のひとつだが、それは不自由の記憶という考え方によって説明がつく。あるいは、ほかの公式を使えば、記憶のなかで持続する不自由とも言え、要は記憶が過去の苦痛を想起させ、適当な救済策へ向けて慎重を期すよう忠告するのだ。とはいえ、そんな状況でなくとも、恩を受けた記憶が持続する場合がないわけじゃないが、その場合はあるていど強い愛情が伴う。だが、それは例外中の例外で、哲学者の目から見ればなんの価値もない」

「でも」とわたしは反論した。「もし、恩の記憶が恩を受けた側に残る理由が何もないのなら、恩を与えた側にはさらにないのではないか。そのへんを説明してくれないかね」

「元来の性質として明白なことは、説明できない」キンカス・ボルバは答えた。「でも、もう少し補足はできる。恩を行使する側の記憶のなかでなぜ恩が持続するかといえば、それは恩とその効果の性質そのものから説明できる。まず、善行をはたらいたという実感が生まれ、その結果、自分たちには善行が行なえるという意識が生まれる。次に、他の被造物に対する優越感が得られる。これは、状態においても手法においても生じる。そして、世界の優れた知見が唱えるところによれば、これこそが人間という有機体にとって、もっとも合法的に得られる快感のひとつなのだ。エラスムスは[164]『痴愚神礼賛《ちぐしんらいさん》』のなかで、いいことをいくつか書いた。そのひとつに、気持ちよさそうにたがいに搔《か》きあう二匹のロバの話がある。ぼくは、このエラスムスの指摘を否定するつもりは毛頭ない。だが、彼が言わなかったことをひとつ言おう。それは、もし片方のロバの搔き方が相手より上だったら、きっと前者の目には満悦による特別な表情が浮かぶはずだということだ。なぜ美女が何度も鏡を見るかといえば、それは自分が綺麗だと思うからにほかならず、さらに言えば、それはほかのそれほど綺麗でもない多くの女性たちや、絶対的に不器量な女性たちに対して、一定の優越感を得るからではないだろうか。良心だって同じこと。自分が美しいと思えば、とことん自分をみつめるのさ。良心の呵責もそうだ。それは、自己嫌悪におちいった良心の悪あがきにすぎない。だが、忘れないでほしいのは、すべてがウマニタスの純粋なる放射であることを考えれば、恩にしろその効果にしろ、それらがまったくもって礼賛すべき現象だということだ」

---

164 ルネサンスの人文主義者デジテリウス・エラスムス（一四六六〜一五三六年）で、『痴愚神礼賛』は、ラテン語で書かれた諷刺文学。

百五十章　自転と公転

どんな事業や情愛や年齢にも、人生の一サイクルがある。わたしの新聞の創刊号はわたしの心を広大な暁光で満たし、青々とした樹冠を茂らせ、わたしに若い時分の快活さを取りもどさせてくれた。その六カ月後には老いが訪れ、その二週間後には死を迎えたが、それはドナ・プラシダのと同じようにひっそり迎えるものとなった。夜が明けて新聞が息絶えているのをみつけた日には、わたしは長い道のりを歩いてきた人のように息をついた。こう考えると、人間の生とは、ちょうど宿主が寄生植物を養うように、あるていどの短い生をいくつか養っているものと言っても、そう荒唐無稽ではないように思う。だが、このような明瞭でも適切でもない比喩をわざわざ使うよりも、天体のイメージのほうがいい。人間は大きな神秘の周りを、自転と公転という二重の回転をしながら回るものだ。自分に与えられた日々を持ち、それらは木星と同じくばらばらで、それらによって、その人のそこそこ長い年は構成されている。

わたしが自転を終えようとしていたとき、ローボ・ネーヴィスは公転を終えようとしていた。大臣への階段に片足をかけて迎えた死だった。少なくとも数週間ほどは、次期大臣だとささやかれていた。そのうわさがわたしを憤りと嫉妬で満たしただけに、訃報を聞いたときにわたしがほっとしなかったと言ったら、嘘になる。安堵と、一、二分の快感。快感とは言いすぎだが、本当だ。諸世紀に誓う、それは純然たる真実である。

埋葬に行った。霊安室には、棺のかたわらでむせび泣くヴィルジリアの姿があった。顔を上げたときには、本当に泣いているのが見えた。出棺のさいには、悲嘆に暮れて棺に抱きついた。人が近寄って彼女を引きはなし、奥へ連れていった。諸君に言う、涙は本物だった。わたしは墓地へ行った。何もかも言ってしまえば、わたしはあまり話す気になれなかった。喉か良心かに、石が引っかかっていた。墓地では、とくに墓底に横たわる棺の上にひとすくいの石灰をかけたとき、石灰の鈍い音が響き、一瞬ふるえた。一瞬ではあったが、不愉快だった。よりによって、午後は重たく鉛色。墓場、喪服……。

百五十一章　墓碑銘の哲学

わたしは一団を離れ、墓碑銘を読むふりをして立ちさった。ところで、わたしは墓碑銘が好きだ。墓碑銘は文明人のあいだにあって、過ぎさった面影のたとえわずかな端切れでも死からもぎ取るよう、人間に働きかける、奥に秘められた信心深いエゴイズムの一表現である。身内が共同墓地に眠ると知る者に込みあげる、あの慰めようのない悲哀は、そこから来るのだろう。人知れず朽ちていく、そのことが己にも迫りくるように思えるのだ。

百五十二章　ヴェスパシアヌスの貨幣

もう全員が帰ってしまっていた。わたしの車だけがぽつんと主を待っていた。わたしは葉巻に火をつけ、墓地をあとにした。葬式の光景がまぶたから消えず、耳からはヴィルジリアの泣き声が離れなかった。とりわけ泣き声は虚ろに、ある問題を孕みながら謎めいて響いた。ヴィルジリアは夫を裏切った、心から。そしていまは夫を悼《いた》んで泣いていた、それも心から。それこそが、道すがらずっと結びつけられずにいた難しい取りあわせだった。だが、家に着き、馬車を降りるときには、その取りあわせもじゅうぶん可能で、むしろかんたんかもしれないと思った。やさしい自然よ！　苦悩の税金はまるでヴェスパシアヌス[165]の貨幣。出所の匂いは問わず、善からも悪からも取りたてる。もしかしたら、道徳はわたしの共犯を叱るかもしれない。だが、無情な友よ、そんなことはお前に関係はない。ちゃんと期限どおりに涙を受けとったのだから。

ああ、なんとやさしい自然、ひと三倍やさしい自然！

---

165 古代ローマ皇帝（九～七九年、在位六九～七九年）。税金の取り立てを徹底化し、財政の再建を果たした。

百五十三章　精神科医

だんだん憂鬱になってきたので、こういうときは寝たほうがいい。寝たらインド太守になった夢を見て、起きたときはインド太守の気分だった。わたしはときどき、好んでこうした地域や境遇や信仰のあいだに横たわる対照性について、空想をめぐらせた。つい数日前の空想では、革命が起こって社会も宗教も政治もひっくり返り、キャンタベリーの大司教がペトロポリス[166]の一介の徴税人になったという仮定のもとで、えんえんと空想をめぐらせた。はたして徴税人は大司教を追いだすだろうか。それとも、大司教のほうが徴税人を拒絶するだろうか。そして、どれだけの大司教が徴税人のなかに宿り、どれだけの徴税人が大司教と共存できるだろうか、などなど。一見、答えの出ない難問だが、現実では完璧に解決可能な問題で、要は一人の大司教のなかに二人の大司教——つまり大司教の顔と別人の顔——が共存できることに気づけばいいのだ。よし、わたしもインド太守になろう。

たんなる冗談のつもりだった。だがそれをキンカス・ボルバに言うと、ある種の警戒と哀れみを浮かべてわたしを見、わたしは狂っていると親切心から教えてくれた。思わず笑った。だが、哲学者の尊い確信だけに、わたしの中にはそれなりの恐怖心がめばえた。唯一、キンカス・ボルバに言い返せた言葉は、そんな自覚はないというものだったが、ふつう狂人は自分に関するもの以外には概念を持たないから、そんな反論には意味がなかった。たとえば、哲学者は些細なことにこだわらないという通説に根拠があるかどうか、考えてみるといい。翌日、キンカス・ボルバはわたしのところに精神科医をよこした。知っている男で、恐ろしくなった。だが彼は、最大限の気遣いを見せて手ぎわよく診察し、帰るときにはあまりにも明るく挨拶をしてきたものだから、わたしは勇気を得て、本当にわたしが狂っているとは思わないのか訊いてみた。

「大丈夫です」とにこにこして言った。「あなたほど正気な方はめったにいません」

「じゃあ、キンカス・ボルバが勘違いしたのですね?」

「そう、そのとおりです」そして続けた。「むしろ、友だちなら……、少し気分転換をさせてあげたほうが……、というのも」

「え！　じゃあ?……あれだけの精神を持った哲学者ですよ！」

「関係ありません。狂気は、だれの家にでも入ります」

わたしの苦悩を想像してほしい。精神科医は自分の言葉の効果を見て、わたしがキンカス・ボルバの友であることを認め、警告の度合いを弱めた。なんでもない可能性もあると言い、ほんの粟粒ていどの狂気で、実害を及ぼすことはまずなく、人生に一種のスパイスを与えるだろうと言い添えた。それでも、わたしが怖がってその意見を受けつけないのを見ると、精神科医はにっこり笑い、じつに奇妙な話をしてくれたが、あまりに奇妙な話なので、少なくとも一章は割く価値があろう。

166　リオデジャネイロ州の高原地域にある都市。皇帝の夏の離宮があった。

百五十四章　ピレウスの船

「ぜひ覚えておくといい話があります」精神科医は言った。「あの、アテネの有名な狂人の話です、その人は、ピレウス[167]に入ってくる船はぜんぶ自分のものだと考えたのです。たんなる貧乏人にすぎず、おそらくは寝るためのディオゲネス[168]の樽すら持っていなかった。でも、想像上で船を持っていることが、ヘラス[169]じゅうのドラクマ[170]に相当したのです。しかし、考えてみれば、われわれはだれでもみんな自分のなかにアテネの狂人を持っているんです。もし、いや自分は、いまだかつていちども頭の中で平底《ひらぞこ》船の二、三艘すら所有したことがないという奴がいたら、少なくともそいつは嘘をついていると思っていい」

「ということは、あなたも？」わたしは訊いた。

「そう、わたしも」

「そして、わたしも？」

「そう、あなたも。そして、お宅の下男だって例外じゃない、そこの窓のところで絨毯の埃を払っている奴は、お宅の下男でしょう？」

そのとおり、われわれが庭で話しているあいだ、その横で絨毯をはたいていた男、それはたしかに、うちの下男のひとりだった。そこで精神科医は、その下男が先ほどからずっと窓という窓をすべて開けはなち、カーテンも巻きあげ、外から見る人に対して豪華に飾られた応接間をできるかぎり見せびらかしていると指摘し、次のように結論づけた――お宅のその下男も、やはりアテネの狂人を抱えているんです。船が自分のものだと思っているんですよ。一時間の幻想が、地上最大の至福を彼に与えているのです。

167 エーゲ海に面したギリシアの港町。現代ギリシア語では「ピレアス」と発音する。

168 古代ギリシアの哲学者（紀元前四一二頃～紀元前三二三年）で、ソクラテスの孫弟子にあたる。住む場所に頓着せず、酒樽に住んだこともある。

169 ギリシアの古名。

170 古代ギリシアで広く用いられた通貨。

百五十五章　心からの考え

「もしあの精神科医の言うことが正しいなら」わたしはひとりごとを言った。「キンカス・ボルバのことも、それほど嘆かなくてもいいのかもしれない。要は、程度の問題だ。とはいえ、気をつけてやらんと。狂気が別のところから脳に入ってこないようにしてやらないと」

百五十六章　使用人の誇り

キンカス・ボルバは、わが家の下男のことに関しては精神科医と違う見方をした。たしかにイメージとしては、きみのところの下男はアテネの狂人に通じるといえるかもしれない。だがイメージは、アイデアとも、自然の観察から導かれた結果とも違う。きみの下男が持っているのは高貴な感情で、ウマニチズモの規則に完全に従っている。すなわち、使用人としての誇りだ。彼の意図は、自分がそこいらの使用人ではないことを見せることにある、と。それから、わたしの注意を主人より気位の高い大邸宅の御者に向けさせ、さらには客の社会的な違いに応じて対応が変わるホテルのボーイたちにも向けさせた。そしてすべては、あの繊細で高貴な感情の表われだと結論づけた──それこそが多くの場合、人間が靴を磨きながらも崇高でいられることの、何よりの証拠だというわけだ。

百五十七章　輝かしい時代

「崇高なのはきみだ」わたしは、両腕を彼の首に回しながら叫んだ。

事実、これほど奥の深い人間が発狂するとは信じられなかった。抱擁後にわたしはそれを本人に言い、精神科医の懸念も打ちあけた。その宣告が彼に引き起こした反応を、わたしは描くことはできない。震えて蒼白になったのを覚えている。

わたしがふたたびコトリンと仲直りをしたのはちょうどそのころで、もう諍《いさか》いの原因もわからなくなっていた。時宜を得た和解だった。というのも、孤独が身にこたえ、生きることがわたしにとって最大の労苦、すなわち労せずに得る労苦になっていたからだ。少しして、コトリンから第三修道会の会員になるよう誘いを受けた。わたしはそれを、キンカス・ボルバに相談せずには引き受けなかった。

「なりたければなればいい」彼は言った。「ただし、期限つきでね。ぼくは今、ぼくの思想に教義や典礼の部分を加えている。ウマニチズモは宗教でもあるべきだ、未来の宗教、唯一真なる宗教だ。キリスト教は、女や物乞いにはいい。ほかの宗教もそれより価値があるかといえば、そんなことはない。どれも凡俗さと脆さでは似たり寄ったりなんだ。キリスト教の天国もイスラム教の天国といいとこ勝負だし、仏陀の涅槃《ニルヴァーナ》にしたところで、全身麻痺患者の考えに過ぎない。ウマニタスの宗教とはどうあるべきか、きっとわかる。最終的な吸収、つまり収縮期は、本質の再構成であって、その消滅ではない、などなど。呼んでくれるところはどこへでも行け。だが、忘れるな、きみはぼくのカリフだ」

ということで、わたしの謙虚さをここでご覧にいれよう。わたしは＊＊＊第三修道会に入会し、いくつかの役職にも就き、このときがわたしの人生でもっとも輝いた時代となった。だが何も言うまい、口をつぐむ。自分の奉仕活動について、わたしが貧者や病人に何をしたか、受けた見返りのことも言うまい。いっさい何も言わない。

ここでわたしが、どんな風変りな褒賞《ほうしょう》でも、個人的で即効性のある褒賞に比べるとほとんど価値がないことを示せば、あるいは社会経済にとっても何か役に立つのかもしれない。だがそれでは、その点は黙秘するという約束を破ることになる。それに良心をめぐる現象は、分析がひじょうに難しい。ひとつを語りはじめたら、それに関係することすべてを芋づる式に語らなければならなくなり、しまいには心理学の一章になってしまう。とにかく、そのころがわたしの人生でもっとも輝かしい時代だった、そのことは言っておこう。だが、場面は悲しいものばかりで、不幸一色のものもあったが、それは快楽一色のものと同じくらいにうんざりで、たぶんもっと悪い。だがそんななかで、病人や貧者の心に届けるよろこびこそが心の救いだった。それは逆ではないか、よろこびは受けとる側だけが味わうものだろう、などと言わないでほしい。そんなことはない。わたしはそれを反射させて受けとり、それでもじゅうぶんに大きく、あまりに大きかったために、自分という卓越したアイデアを持たせてもらえたのであった。

百五十八章　二つの出会い

そうこうするうちに数年、そう、三、四年が経ったろうか。そんな職務にも飽きて退任したが、そのときには相当の額の寄付をすることを忘れず、それによってわたしは聖具室の肖像画の権利を得た。だがこの章を、その第三修道会の病院で遭遇した、ある死の記述なしに終えることはしまい。だれの死か、想像がつくだろうか……？あの麗しのマルセーラだ。彼女の死に立ちあったのは、貧民窟へ施しを届けにいった日で、そこでみつけたのは……。今度こそ想像がつかないだろう……みつけたのは、茂みの花エウジェニア、ドナ・エウゼビアとヴィラッサの娘で、彼女は最後に置いてきたときと同じくらい足を引きずり、いっそう哀れになっていた。

エウジェニアは、わたしに気づくと青ざめて目を伏せた。だが、それも一瞬だけだった。すぐに顔を上げると、毅然とわたしを見すえた。わたしのふところから施しを受けるつもりはないことを察し、わたしはまるで資本家の令夫人に対するかのように、手を差しのべた。彼女は挨拶して部屋に引っ込んだ。それ以降、二度と会うことはなかった。どんな人生を送ったのか、母親は死んだのか、いったいどんな憂き目に遭ってそんな悲惨な状況になったのか、知るよしもない。知っているのはただ、彼女があいかわらず足を引きずり、哀れだったこと。そんな深い衝撃に打たれて病院に着くと、そこではその三十分後に、前日に運び込まれたマルセーラがわたしの目の前で息を引きとった、醜く、痩せさらばえて……。

百五十九章　半狂気

　老いを実感し、わたしは力を必要としていた。だがキンカス・ボルバは、その半年前に彼の哲学の真髄をたずさえてミナスに戻ってしまっていた。四カ月後に帰ってきて、ある朝わたしの家に入ってきたときの姿は、以前パセイオ・プブリコ公園で会ったときとほぼ同じ状態だった。違いは、視線が別のものだったことだ。発狂していたのだった。なんでも、ウマニチズモを改良するために原稿をすべて焼却し、すべてを一からやり直すつもりだという。教義の部分は、文字化まではされていないが完成し、それこそが未来の宗教だと言った。

「ウマニタスに誓いを立てるか?」彼が訊いた。

「わかっているくせに、立てるよ」

声がなかなか胸から出てこなかった。だがわたしは、このときはまだ残酷な真実の全貌を把握していなかった。キンカス・ボルバは発狂していたばかりでなく、発狂していることを自覚していて、そのわずかに残る意識の部分が、まるで暗闇のなかの弱々しいカンテラのように灯り、それが状況のおぞましさをさらに複雑にしていた。彼にはそれがわかってはいたが、病に対して腹を立てることはなかった。それどころか、それもまたウマニタスの証《あかし》で、それが自分と戯れているのだと言った。著書の長い章を次々と暗誦し、公唱聖歌、連禱と続き、とうとうしまいには、ウマニチズモの儀式のために作ったという聖なる踊りを披露した。足を上げて振るときの陰鬱な愛嬌は、異様なほどに幻想的だった。かと思えば、隅っこでむっつりと黙り込み、じっと宙に目をすえ、目はときどき思いだしたように理性のしぶとい光を放つが、それがまるで涙のように悲しかった……。

死はまもなくわが家で訪れ、その間もなお痛みは幻想にすぎないと、繰り返しうったえつづけた。パングロスも、あの酷評されるパングロスも、ヴォルテールが考えたほどバカじゃなかったのだと。

百六十章　否定の章

　キンカス・ボルバの死とわたしの死のあいだに入るのが、本書の冒頭で語った一連の出来事だ。その主たるものが『ブラス・クーバス膏薬』の発明なのだが、それはわたしがかかった病気のせいで、わたしといっしょに息果てた。神聖な膏薬よ、きみはぼくを、科学と富をも超える存在として人類の頂点に立たせることもできたはず。なぜならば、きみは天が直接与えてくれた純粋な霊感だったのだから。だが、偶然は、それとは逆の決定を下したのだ。そしてそのために、諸君は永遠に心気症とつき合うことになったわけだ。

　この最終章は、全体が否定から成っている。わたしは膏薬で名声を勝ちとることもできず、大臣にもなれず、カリフにもなれず、結婚も経験しなかった。だが、これらのないないづくしのいっぽうで、額に汗してパンを買わずにすむという幸運にも恵まれた。そればかりではない。ドナ・プラシダのような死を迎えることもなければ、キンカス・ボルバのように半ば発狂することもなかった。あれこれ合算すれば、だれもがわたしの人生はプラスマイナス・ゼロで、したがって、生に対しては一銭の借金なく終わることができたと想像するだろう。だが、それでは想像力が足りない。なぜならば、この神秘の此岸に来てから、わたしはわずかな黒字を出したことに気づいたからだ。まさにそれが、この否定の章の究極の否定なのだが――わたしは子どもを持たなかった。つまり、われわれの苦という遺産を、どの被造物にも伝えることはなかったのだ。

《索　引》

解説　マシャード・ジ・アシスと『ブラス・クーバスの死後の回想』

武田千香

ブラジルの文学百選を募ると、この『ブラス・クーバスの死後の回想』（*Memórias Póstumas de Brás Cubas* 一八八一年）は必ず上位に入り、やはり同じ作者の『ドン・カズムッホ』（*Dom Casmurro* 一八九九年）とともに首位を争うこともある。このことが示すように、マシャード・ジ・アシス（一八三九～一九〇八年）は、だれもが認めるブラジルの文学の頂点に座す作家である。とりわけ『ブラス・クーバスの死後の回想』の評価は高く、ブラジルの文学のアンソロジーでこの作品を取りあげないものはまずない。『ブラス・クーバスの死後の回想』は、マシャードの文学のみならず、ブラジルの文学全体から見てもきわめて重要な不朽の名作である。

マシャードは残念ながら日本のみならず世界においても、その高い文学的な質にふさわしい知名度を獲得していず、その理由は何よりもポルトガル語で書かれているというのが大きい。もしも英語やフランス語といったもっと文化的（政治的）影響力のある言語で書かれていたら、ヨーロッパの代表的な古典文学と肩を並べていただろうとはよく言われることである。それでも最近では、スーザン・ソンタグやハロルド・ブルームなどの高名な批評家が世界の重要な作家としてマシャードを挙げたこともあって、徐々にではあるが注目されるようになってきている。ソンタグは、あるインタビューで、マシャードは「十九世紀の主要な作家の一人であり、ラテンアメリカ最高の作家だ」という言葉を残している。

ブラジルにはグラシリアノ・ハモス、クラリッセ・リスペクトル、ギマランィス・ホーザ（以上、小説家）、カルロス・ドゥルモン・ジ・アンドラージ、ジョアン・カブラル・ジ・メーロ・ネット（以上、詩人）など、他のラテンアメリカの国や地域の作家らに劣らない作家が多数いるが、やはりあまり日本で知られていないのは、マシャードと同様に、ポルトガル語で書かれているという要因が大きい。だが、ブラジルでマシャードは、これらの作家の中でもブラジルで別格の扱いを受けている。彼一人が、十九世紀という「ブラジル文学」の確立期に活躍した作家であることもあって、古典文学としての価値を賦与しやすいというのもあるだろう。二〇〇八年は、マシャードの没後百周年にあたり、それを祝う記念行事の規模は、日本で生まれ育った私から見ると、異常に映るほど盛大であった。まさに「マシャード現象」と言いたくなるほどに、年間を通して没後百周年がいたるところで祝われ、百年の命日には、自らが創立に携わり、初代会長を務めたブラジル文学アカデミーにおいて、ルーラ・ダ・シルヴァ大統領（当時）臨席のもと、記念式典が荘厳に執り行なわれた。これによりマシャードは、実態ばかりでなく、名目上も「ブラジル最高の作家」の地位をゆるぎないものにしている。

古典と言われる文学には、読めば読むほど味わい深く、いつまでも謎や問いがくすぶり続ける作品がある。『ブラス・クーバスの死後の回想』は、その最たるものだろう。これを数十ページで語ることはとうてい不可能だが、作品世界へのいざないとして、『ブラス・クーバスの死後の回想』の私の拙《つたな》い読みのさわりの部分だけでも紹介させていただくことにする。だが、これはあくまでも一読者による解釈のひとつにすぎない。

一 「小説」への挑戦

「小説」の常識を覆す「小説」

『ブラス・クーバスの死後の回想』刊行直後に寄せられたある批評は、こんな書きだしで始まる。

——『ブラス・クーバスの死後の回想』は小説か？（カピストラーノ・ジ・アブレウ）

この言葉が示すように、この作品は、まずは小説であることそのものが疑われた。これに対するマシャードの答えはこうである。

——それは是であり非である。つまり、ある人にとっては小説だろうし、ある人にとってはそうではない。

つまり『ブラス・クーバスの死後の回想』は、「小説」でありながら、同時に「非・小説」でもあるということになるのだが、そんな反応を受けたのも無理はない。なにしろ、この作品が発表された頃のブラジルは、文学潮流としてはロマン主義に翳りが見え始め、写実主義・自然主義期に移り始めていたが、大方の趨勢としてはまだ、起伏に富んだ筋立てで女性読者を涙と感動で誘う新聞連載小説が大きな人気を呼び、それこそが「小説」とされた時代であったからだ。『ブラス・クーバスの死後の回想』のところどころに見られる「小説」への対抗意識は、そのような文学的な動向に対する批判精神の表われだ。

『ブラス・クーバスの死後の回想』の特徴といえば、まずはテクストの視覚効果や、細切れの章構成といった独特な形式が挙げられるのがふつうである。だが、それとは対照的に、何ひとつ特別なことが起こらない単調なあらすじも、当時の人にとっては甚だしく奇異に映ったはずだ。というのも、この物語の内容を一言でまとめれば、結局は偉業を成し遂げ得なかったごく平凡な男の、何の変哲もない不倫物語となるからだ。彼は、スキャンダルを起こして駆け落ちを強いられたわけでも、また夫の恨みを買って果たし合いを迫られたわけでも、復讐されたわけでもない。ドラマティックな展開は何ひとつ用意されず、ヴィルジリアとの情事（不倫）は、言ってみれば時の流れと成り行きに任せた自然消滅というつまらない終わり方をしている。

もちろん、このような批評界の戸惑いや抵抗を、マシャードは見越していた。ヴィルジリアとの別れを語るブラス・クーバスに次のように言わせたのは、その表われである。

「こんな告白に立腹しないでいただきたい。もちろん、わたしにはよくわかっている。もし夢想の活力を刺激しようと思ったら、わたしは大きな絶望を味わい、多少の涙を流し、朝食も抜かなくてはならないのだ。それでこそ小説的だが、伝記的ではなくなる」（百十五章）

マシャードは意識的に、「ページを、血の滴で赤く染めるような真似」はせず、「青ざめた女性読者」（六十三章）に迎合する小説を書くことを避けたのである。

マシャードの挑戦

新しい文学を拓《ひら》くという意味で、マシャードには少なくとも二つの意図があったろう。ひとつは、波瀾万丈の筋立てや感傷性で読者を釣るような通俗小説とは異なる「非・小説」的な、新しい形式の模索である。彼は読者に対し、ただ劇的な展開に涙するのではなく、もっと自分の頭で考え、自分で判断することを求めていた。というのも彼は、ブラジルのその時代の作家の多くと同様に、文学を通して大衆を啓発しようという意欲に燃えていた一人だったからだ。つまり『ブラス・クーバスの死後の回想』は、読者教育的な観点からは、読書術の練習帳として捉えることができる。「軍人と神父のどちらに軍配が上がるか、そこはぜひ読者にご判断いただきたい」（二章）と読者の参加を促す姿勢や、「どうやら貴君も、ほかの読者や貴君の同士と同じく、考察よりも逸話のほうをお好みのようだが、まあそれも当然だと思う」（四章）という皮肉は、その表われだ。

もうひとつは、ブラジルの文学の新しい在り方への挑戦である。当時の国民文学づくりに邁進《まいしん》していたブラジルの作家らは、ブラジルの風土や文化事象を絵画的に織り込むことで国民性をアピールしようとする傾向が強かった。だが、マシャードはそれに疑問を呈し、文学に描き込まれなくてはならないのは「作家をその時代のその国の人間に仕立て上げている内奥の感情」だと考えていた（「ブラジルの現代文学事情―国民性という衝動」、一八七三年）。このため、マシャードの小説は、ブラジルの絵画的な描写がないという理由で否定的に受け取られたことも少なくない。同時代の批評家シルヴィオ・ホメーロはまさにその理由でマシャードを批判したし、二十世紀初頭に

「ブラジルらしさ」を希求したモデルニズモ（モダニズム）の作家らの間で、マシャードの評価は高くなかった（たとえば、モデルニズモの旗手マリオ・ジ・アンドラージは批判的であった）。『ブラス・クーバスの死後の回想』は、ブラジルの風景や事象の直接的な描写ではなく、「内奥」の部分を書き込むことを目指した、実験小説でもある。

ちなみに、同じ時代の作家らは、ロマン主義が去った後は、ヨーロッパに倣って写実主義や自然主義的な手法に頼ることで「ブラジルの文学」を実現しようとした。ブラジルの最初の自然主義小説とされているアルイジオ・アゼヴェードの『ムラート』は、『ブラス・クーバスの死後の回想』と同年の一八八一年に発表されている。他方マシャードは、二十世紀を先取りした作家とよく言われることからもわかるように、自然主義文学にも懐疑的で、その眼はすでにその先をみつめていた。文学史においてマシャードは、写実主義作家として位置づけられることも多いが、マシャードの文学の研究者は、どの潮流も超越しているとして、分類不能とすることも多い。

理想と現実が相克する十九世紀ブラジル

ブラジルの人と社会の「内奥」を描くことを目指したマシャードの批判のまなざしは当然のことながら文学を超えて、ひたすらヨーロッパを模範に近代化を図るブラジルへと向けられ、それは旧《ふる》い社会との矛盾をますます顕在化していくブラジルへの憂慮として表われた。その懐疑的姿勢は、『ブラス・クーバスの死後の回想』においては近代そのもの、そして西洋の知の絶対性に対する問いとしても認めることができる。

ブラジルは、一五〇〇年にポルトガル人が初めて上陸して以来(いわゆる「発見」)、一八二二年に独立を果たすまで、三百年以上にわたって、植民地としてポルトガルの支配を受けてきた。ポルトガルの新大陸進出は反宗教改革の一環でもあり、王室は征服の手段として十字架を使い、またカトリック教会のほうも、宗教改革によって失墜した権威を回復するために、世俗の王権を利用した。つまり、ブラジルにおける植民地活動は宗教と政治の一体化のもとに推進され、この体制は、ブラジルが独立した後もなお続き、政教分離が実現したのは、ようやく一八八九年に共和制に移行したときである。経済的には、まずは砂糖を、続いては金を、その後にはコーヒーをヨーロッパへ送り続け、長い間ヨーロッパの第一次産品の供給地であり続けた。そしてその生産を支えていたのが、アフリカから連れてこられた黒人奴隷の労働力であった。

マシャードが人生の大半を送った第二帝政期と言われる時期(一八四〇〜一八八九年)は、ブラジルが政治的独立を果たし、ヨーロッパをモデルに急速な近代化を図りつつも、まだそのような旧体制を色濃く残していた時代だ。とりわけブラジルは、他のラテンアメリカ諸国よりも保守的な傾向を帯びていたと言われる。その原因は、ブラジルがポルトガル出身の皇帝を戴いて「ブラジル帝国」として独立したことにある。一八〇八年、ナポレオンによる侵攻を受けたポルトガル王室は、イギリスの支援を受けてリオデジャネイロに逃避し、ブラジルは一夜にして植民地から、言ってみれば宗主国のような立場に「昇格」した。独立は、その延長の上に実現されたのである。

旧体制を引きずったままの近代化のひずみは、社会のいたるところに現われた。その最たる例が、奴隷制度の存続である。ブラジルは、近代国家を創りあげるうえでヨーロッパを模範としたため、自由・平等・博愛の精神を導入する一方で、それと並行して現実の社会では、掲げられた理想とは真っ向から対立する奴隷制度が厳然と維持された。ブラジルにおける奴隷制度の廃止は一八八八年まで待たなければならず一八三三年に廃止したイギリス帝国、十九世紀前半に廃止したラテンアメリカの多くの国々に比べてもかなり遅く、アメリカ大陸最後の廃止国となった。したがって、一八八一年に出版された『ブラス・クーバスの死後の回想』は、ブラジルがまだ奴隷制社会であった時代の文学作品として読まれなければならない（雑誌上の発表は一八八〇年）。とにかくマシャードが生きた十九世紀のブラジルは、新と旧、伝統と近代、理想と現実、秩序と非秩序が相克する社会だった。『ブラス・クーバスの死後の回想』に見られるテクストの複雑さと奇抜さは、マシャードがそこに描き込もうとしたブラジル社会の複合性と無関係ではないだろう。

二　対立概念とは無縁の世界

死者の語り手

この小説の奇抜さを何よりも象徴するのが、「死者の語り手」という存在だろう。ブラス・クーバスは一章で、「わたしが死者になった作者ではなく、作者となった死者である」と名乗っていることからわかるように、『ブラス・クーバスの死後の回想』は、生前は作家ではなかった人間が、死んでから作家に転向して書いたという設定になっている。本来、書き物などできるはずのない死者が物を書くという倒錯的な発想が何よりもこの小説の〈非・常識〉性という最大の特徴を表わしている。

さてマシャードはなぜこんな突拍子もない語り手を創りあげたのか。まず思いつく理由は、死者ならば「世間の目」にも生者の「検証や裁き」にも縛られることがないから、「赤裸々に（二十四章）」さらけ出す自由を獲得できるというものだろう。たしかに現世と縁が切れれば、しがらみから解放され、語り手は自由になる。だが、理由はそんな〈常識〉的なものではない。

ブラス・クーバスは死の直前に、一頭のカバによって「諸世紀の源流」へ連れていかれるという超自然的な体験をしている。そこで彼は、自然《ナトゥレーザ》あるいはパンドラと名乗る女性に出会い、ある衝撃的な光景を見せられた。それはすべての世紀とあらゆる人種の行進を通して暴かれる人間社会の悲惨な現実だった。人間の歴史とは、帝国同士の騒乱、欲望と憎悪の闘争、生ける物と事物の相互破壊にほかならず、生とは食いつくし食いつくされること。歴史は血なまぐさい闘争の連続。進歩は幻想。芸術も科学も砂上の楼閣。幸福や希望もしょせんは人間を闘争に掻きたてるための神話。人間はただそれをむなしく追いかけ、みじめに果てていくのみ。何よりも人間の生自体が、そこでは果てしなく流れる永遠と永遠の狭間に起こるほんの一瞬の事件になり果て、生死は単なるルーティーンに過ぎなかった。

パンドラから見せられた、まるで濁流のように渦巻く人間の生は、「影と光」、「真実と過ち」、「倦怠と闘争」、苦と楽の区別もなくすべてが混沌とし、パレードの最後は一切が相互に浸食し合い溶け合って無へ流れ込んでいた。パンドラ自身も「母」にして「敵」であり、そして「生」でも「死」でもあった。つまりパンドラの世界には二分法は存在せず、支配するルールはただひとつ、パンドラが「それ以外の掟はない」と言った「エゴイズム、自己保存」であった。

最初こそ大きな衝撃の中でみつめていたブラス・クーバスだったが、それは次第に面白い光景になり、しまいには生への執着も失って、パンドラに「腹を開けてわたしを呑みこんでくれ」と、自ら死を願い出ている。このときのブラス・クーバスは先ほどまでとは打って変わってすっかり「落ちつきはらい、覚悟も決まって」、「調子っぱずれの間抜けな笑い」を浮かべ、「なにやら愉快といってもいいほどの気分」になっていた。パンドラと出会ったことで、ブラス・クーバスが大きな変化を遂げたのがわかるだろう。ブラス・クーバスの態度の変化は、彼がそのパンドラの世界観を受け入れたことを表わしている。「諸世紀の源流」への旅は、言ってみれば、パンドラ的世界へのイニシエーションだったのである。

この体験は重要である。なぜなら、もし彼が死ぬ直前にパンドラに出会っていず、この世界観を伝授されていなかったら、この回想記は存在し得なかったからである。つまりこれは、彼が単純に自分の生涯をふり返って書いたものではない。パンドラから教わったその世界観に基づき、捉えなおされた彼の人生記なのである。言いかえれば、『ブラス・クーバスの死後の回想』は、死者となったブラス・クーバスだからこそ執筆できた書物で、作家ブラス・クーバスは彼の死後に誕生した。「墓場が揺りかご」だと言ったのはこのためである。そして「精神錯乱」という章が、七章という比較的早い段階に置かれているのもそれが理由だ。この回想記の「テーゼ」ともいうべき前提は、早いうちに読者に提示される必要があったのである。

死によってブラス・クーバスが得た自由は、この視点から捉えられるだろう。パンドラと出会ったブラス・クーバスは、真対偽、善対悪というような二分法とは無縁の境地に達し、世の中を規定するあらゆる秩序から解放された。死によって彼が得た自由とはこれである。死者となったことで、彼は善悪を規定する道徳、規範、制度など、人間社会に生きるために必要なありとあらゆる制約から解き放たれたのである。生者ブラス・クーバスと、死者ブラス・クーバスとの決定的な違いはここである。

五コントのドラマ

二分法が適用されない世界観は、ブラス・クーバスがボタフォゴ海岸で拾った、五コントをめぐるドラマによく表われている。彼はその金を、ブラジル銀行に預ける。だが、その同じ彼が、以前、金貨を拾ったときには警察に届けていた。この違いは何か。もちろん金額の差が関係ないとは言えない。だが、それ以上に彼にはそれを警察に届けなければならない理由があった。その前夜に人妻のヴィルジリアとワルツを踊り、不倫に陥る感触を得ていたため、その疾《やま》しさを善行で相殺する必要があったのである。言いかえれば、彼の〈善〉の背後には〈善〉ならざるもの、すなわち〈非・善〉が隠され、たしかに表に出た行為だけを見れば、二つの行為は善行と悪行という対照的な様相を帯びていたが、それらはいずれも、元をたどれば、共通して彼のエゴにいきつく。まさに「悪徳も多くのばあい、美徳の肥やし」（七十六章）なのである。

その後、五コントは、ブラス・クーバスが愛人と密会するために借りた隠れ家の管理人ドナ・プラシダの手に、老後の足しとして渡る。だが、ここでもその善行は純粋な〈善〉ではない。なぜなら彼がその金を与えたのは、不倫の手引きという仕事を嫌悪し、抵抗した彼女を手なずけたいという魂胆があったからだった。やはり〈善〉の背後には〈非・善〉があり、〈美徳〉も〈非・美徳〉も出所は同じだったのだ。

ここで注意したいことは、『ブラス・クーバスの死後の回想』では〈善〉と〈悪〉が対立する概念ではないことだ。同じように〈美徳〉と〈悪徳〉も対立しない。〈善〉や〈美徳〉は、それぞれ〈非・善〉と〈非・美徳〉と補完し合う関係にあり、同様に〈悪〉や〈悪徳〉も、それらには〈非・悪〉と〈非・悪徳〉が対応する。たしかに表面では、〈善〉や〈悪〉という形をとるかもしれない。だが、それらはいずれも、ルーツにはブラス・クーバスのエゴがあり、それが都合と必要性に応じて、〈善〉や〈悪〉に姿を変えて表面に出てくるだけなのだ。これこそが、『ブラス・クーバスの死後の回想』の物語世界の基底に横たわり、パンドラが「わたしには、それ以外の掟はない」と言いのけた「エゴイズム」である。

三　問われる規範・制度・道徳・知の体系

規範・制度・道徳とは何か

『ブラス・クーバスの死後の回想』を読んだ多くの読者が、いちいち突っかかってくる語り手に対して、いつの間にかそれに反応していることに気づいたのではないか。たとえば次に挙げるのはブラス・クーバスが、足の悪い女性を一週間弄んだ経験を綴った後で、読者に向けて語る部分だ。

三十四章　繊細な心へ

いま、わたしの本を読んでくれている読者の五人か十人の中に、ひとつぐらいは繊細な心が宿っていて、前章を読んできっとやりきれない気持ちになり、エウジェニアの行くすえを思って震えはじめ、おそらくは……。そう、おそらくはその奥で、わたしのことをシニカルなやつだと思ったことだろう。わたしがシニカルだって? 繊細な心よ、冗談じゃない。(中略) わたしは人間だったのだ。

実際にこの本を手にとった読者は、この発言に対し、どのような印象を持っただろうか。「足が悪い」からという理由で、相手の全人格を否定するような行動をとり、しかも自分のその行為を、人間だから当然だろうと開き直るブラス・クーバスの言動は、通常の社会の〈規範〉や〈道徳〉や〈常識〉には背く。おそらくブラス・クーバスのあまりに身勝手で〈非・常識〉な発言に反発した人は少なくないだろう。しかし逆に、本来は口にできないタブーを代弁してくれたことで痛快に思った人もいたのではないか。このような読者の多様な反応は、ブラス・クーバスが読者に向ける神経を逆なでするような〈非・常識〉的な発言によって生まれるものである。

だが、面白いのは、それら正反対の反応が、いずれも最後は、同じ心の揺らぎに追い込まれることだ。というのもたしかに〈常識〉的な読者は、いったんはブラス・クーバスの〈非・常識〉な発言に反発を覚えるだろう。しかし、次の瞬間には、自己の内部に潜むエゴとその欲求に気づき、ブラス・クーバスの主張に理があることを認めざるを得なくなる。とはいえ、〈常識〉を備えたこの人物にとっては、そんな自分を許すわけにはいかない。その結果、その人は自己矛盾に陥り、あるべき姿（〈規範〉を守る理想的な自分）と、許しがたい自己の本性の間を揺らぎ始める。

それからブラス・クーバスに同調する〈非・常識〉的な読者のほうも、やはり最後は自己矛盾に陥る。なぜならば、彼らもそのままずっとブラス・クーバスに共感してはいないからだ。おそらく彼らは心のどこかで良心の呵責を覚える。というのも「良心の呵責」とは、〈善〉が行なえないゆえに自己嫌悪におちいった「良心の悪あがきにすぎない」からだ（百四十九章「恩の理論」）。その結果、その人は、〈善〉が行なえる「美しい」自分になりたくて、やはり〈常識〉と〈非・常識〉の間で揺らぎ始める。つまり実際の「読者」は、〈常識〉の度合いにかかわらず、〈常識〉と〈非・常識〉の間で揺れ、それらについて考えることになる。そもそも〈常識〉とは何なのか。〈常識〉と〈非・常識〉の違いはどこにあるのか。〈規範〉とは何なのか。何を以て〈規範〉というのか。

ブラス・クーバスの度重なる挑発を受けて、読者はそれまで自分が依拠してきたさまざまな社会的・政治的・倫理的・宗教的な規範の枠組みを大きく問い直すことになる。すると〈常識〉と〈非・常識〉、〈規範〉と〈非・規範〉の対立は徐々に崩壊に向かい、融解して混じり合い始め（まるでパンドラがブラス・クーバスに見せた光景の結末ではないか！）、読者は自分の中に新しい現実を作ることを余儀なくされ、必然的に変化を被る。そう、私たち読者は、いつの間にか、パンドラ的世界へのイニシエーションを受けるわけである。

さて、私たちが枠組みの虚偽性に気づいていくのは、〈常識〉や〈規範〉や〈道徳〉ばかりでない。制度にしても同じことだ。たとえば「結婚」や「愛」にあこがれたために最後は「骨の束」となって果てるしかなかったドナ・プラシダと、「結婚」や「愛」に妙な期待を抱かなかったために幸せな男女関係に出会ったヴィルジリアの対照性が示すのは、結婚「制度」の虚構性以外の何であろうか。なにしろブラス・クーバスとヴィルジリアは、結婚するために出会いながら破局を迎え、ヴィルジリアが他の男と結婚し「社会のあらゆる掟が立ちはだかる」（五十七章）状況になって初めて激しく愛し合うようになり、さらに彼らの心は、社会の障害が多ければ多いほど燃え上がったのだから。

問われる西洋の知

同じようにブラス・クーバスは、知の体系をはじめとするヨーロッパの諸制度や価値観に対しても厳しい懐疑の目を向ける。

『ブラス・クーバスの死後の回想』が、きらびやかなまでにヨーロッパの古典からの引用に満ちていることは、最初の数章を読めばだれもが気づくはずだ。このためこの小説は一見ヨーロッパの伝統を踏襲し、自らをヨーロッパ文学の正統なる末裔として位置づけているかのような錯覚を与える。現にマシャードは、あたかもブラジルを無視してヨーロッパに迎合した作家であるかのような評価を受けたことが少なくない。

だが、『ブラス・クーバスの死後の回想』でのヨーロッパの古典の引用が、まったくヨーロッパへの迎合に当たらないことは、少し注意すれば明らかだ。たとえば「下りぬ者は幸いなり」というタイトルがつけられた三十三章を見てみよう。この続きに来るべき文句は、本文中に出てくる「彼らには若き乙女らの初接吻《キス》が与えられるだろう」で、これは言うまでもなく「心の貧しいものは幸いである。天国は彼らのものだからである」で始まる、新約聖書の『マタイの福音書』第五章から第七章にある山上の説教のパロディだ。

パロディとは、故意に場違いなものに置き換えることによって、原典の矛盾を暴露し、批判する働きがある。この部分が、足の悪い女性との一件の合間に置かれていることを考えれば、ブラス・クーバスの意図は明白だろう。彼は、自分の破廉恥な行為をあけすけに語りながら、心の謙虚さを説く聖書のこの箇所を引用することで、それらの比較検討を読者に促し、聖書と人間社会がいかに乖離しているかを気づかせようとしているのだ。ここで疑念の視点が差し込まれるのは、西洋の文化の基盤であるキリスト教の教義そのものである。聖書の教えに潜む矛盾が暴かれれば、聖書の絶対性は崩れる。〈絶対〉は〈非・絶対〉となり、〈聖〉は〈非・聖〉になる。

聖書ばかりでない。ブラス・クーバスが引用する他のヨーロッパの古典、たとえばパスカルの『エセー』、ヴォルテールの『カンディード』、キンカス・ボルバが「恩の理論」を語ったときに引用したエラスムスの『痴愚神礼賛』なども、聖書と同じように読者との対話に借り出され、その都度、パロディによってずらされ、問い直される。ブラス・クーバスが問うているのは、西洋の知の体系であり、彼は西洋の伝統的な秩序を疑い、模範を転覆しているのだ。

いったん「ずれ」が生じると、そこにユーモアが生じる。『ブラス・クーバスの死後の回想』に漂うコミカルなムードはそこから生まれているものであろう。だが、問い自体は真剣である。『ブラス・クーバスの死後の回想』が「高度な哲学書」でありながら、その哲学が「一枚岩ではな」く、「いま厳格だったかと思うと、すぐ戯言になり、何かを打ち立てることもないかわりに壊すわけでもなし、燃え上がりもしないが凍らせもしない」「暇つぶし以上、伝道書以下、という代物」（四章）というブラス・クーバスの言葉には、この含みがあるのだろう。

だが、パロディは、それ自体が既存の〈常識〉や〈規範〉を前提にして成り立っているため、それらが完全に否定されることはない。つまり『ブラス・クーバスの死後の回想』の世界では、たとえ〈常識〉や〈規範〉に対して〈非・常識〉や〈非・規範〉が設定されたからと言って、〈常識〉や〈規範〉が完全になくなることはなく、〈常識〉や〈規範〉は、〈非・常識〉や〈非・規範〉と共存し続ける。ただし〈常識〉や〈規範〉はそれら一辺倒であることをやめ、相対性を帯びるから、〈常識〉と〈非・常識〉の両面を併せ持つ新しい現実が、読者の中に生まれることになる。

ウマニチズモ

ところで『ブラス・クーバスの死後の回想』には、「ウマニチズモ」という奇妙な思想が登場するが、これも同じような視点から解釈できるかもしれない。「ウマニチズモ」という名称ついて、まず頭に思い浮かぶのは、「人文主義」（葡humanismo、英humanism）だろう。キンカス・ボルバが「羨望《せんぼう》」の価値を逆転させた場面を思い出してほしい。彼はまず羨望について「イドゥメア（ヨルダン川付近の地名）からチジュカ（リオデジャネイロ郡の行楽地となっていた森林地帯）の山の上にいたるまで」（百十七章）が一致して否定的な見解を持っているとしたうえで、それとは正反対の羨望に対する肯定的な見解を提示する。つまり考えようによっては、彼は羨望という感情に代表させて、それまで西洋の人文主義が築き上げてきたあらゆる価値体系への批判も込めたと考えられる。

またボルバによれば、ウマニチズモの根本原理であるウマニタスは、「人間のひとりひとりに配分され凝縮されている、普遍的な根本原理」（百十七章）で、「異なる身体の部位に配分されると考える点で、ブラフマンの原理に通じる」が、この二つの間にはある違いがあると言う。その違いとは、ブラフマンの配分のされ方には「神学的かつ政治的に限定された意味」しかないが、ウマニタスの場合はそれが「個人の価値を決定する重要なルール」につながることで、それゆえにウマニタスは「胸や腎臓」を先祖に持つと強者となるが、「髪の毛や鼻の頭の子孫」(同)は弱者になる。しかし、よく考えてみると、その論には矛盾がある。なぜなら一方でウマニタスは「普遍的な根本原理」だと言いながら、それには生まれながらにして不平等が備わっていると言っているからだ。つまりウマニタスは〈普遍〉的でありながら〈非・普遍〉的だということになる。

だがその矛盾は、ひとたび当時のブラジル社会の現実に目を向けると、決して矛盾ではなくなる。というのもその時代のブラジルでは、ヨーロッパから輸入された自由・平等思想が礼賛されていた一方で、奴隷制度もまだ存在していたからだ。つまり人類の平等や自由という〈普遍〉性が理想として掲げられながら、同時にそれを否定する奴隷制度が合法的に存在し、それとは真っ向から対立する不平等の原理が現実を支配していたのだ。奴隷制が支配する社会では、人間は生まれながら不平等を背負い、主人の子は主人で奴隷の子は奴隷というように、身分は先祖によって生来定められていた。〈普遍〉的な存在でありながら、先祖が腎臓か鼻かで価値が異なるというウマニタスは、まさしくこのブラジルの現実を反映している。ブラス・クーバス（マシャード）が生きた社会において〈普遍〉性は〈非・普遍〉性だったともいえる。ブラジルの文学研究者シュヴァルツは、マシャードの小説を分析した際に、ブラジルの社会が旧体制を温存したまま取り入れたヨーロッパの近代的な思想を「場違いの思想」という言葉で表現したが、奴隷制という旧体制を残したまま、自由・平等思想を取り込んだちぐはぐさは、その好例である。

矛盾を来すのは、ヨーロッパの新思想との関係においてばかりではない。カトリック教会までが、神の前での平等を謳いながら支配階級の利害と密接に結びついていた。カトリックの教義に従えば、奴隷制度は糾弾すべき対象になるはずだが、教会はその廃止へ向けて取り組むどころか、自らが奴隷を所有し、奴隷らにも実質的な教義ではなく、ひたすら忍耐と屈従の〈美徳〉を教え込んだ。

同様の矛盾は法律にも見られた。黒人奴隷同士または黒人奴隷と自由人が結婚することや、奴隷が自らの食料を栽培することを認める「人道的な」政策が公式には明記されていた。だが実際にそれらが遵守されることは稀で、法律と現実の社会的な慣行とは明らかに矛盾していた。このように〈人道〉主義が謳われながら、現実では

〈非・人道〉的な奴隷制度が横行していたのだ。百二十三章「本当のコトリン」は、何よりもそれを如実に物語っている。「本当の」という形容詞がつけられていることこそが〈非・人道〉主義的実態への告発であることを表わしている。「本当の」コトリンは、一方ではいろいろな兄弟会の会員になるなど熱心に慈善活動を進め、他方では「ひんぱんに奴隷を地下牢に閉じ込めたことで、そこから奴隷は、いつも血を流して出て」くるありさまだった。また監査を務めた兄弟会には肖像画を描かせ、自分の善行は新聞社に書き送るのが常だった。ウマニチズモは、自由・平等・友愛、人間愛、博愛といった理想を掲げるヒューマニズム（葡 humanismo）をも意識して、その虚構性を告発するために打ち上げられた似非思想だとも勘繰られる。

また、弱肉強食や自然淘汰を正当化するウマニチズモの主張が、当時のブラジル社会において一世を風靡した進化論や後の優生学の主張に酷似していることに注目すれば、それはヨーロッパ伝来の科学的合理主義の批判にもなる。その時代のブラジルはひたすらヨーロッパの知を導入し、それを模範として信奉する傾向が強かった。その最たる例が、オーギュスト・コントが打ち立てた実証主義だ。現代ではほとんど真剣に研究されることもなくなっている実証主義だが、十九世紀の後半にはラテンアメリカの国々に多大な影響を与え、ブラジルも例外ではなかった。ボルバがもっともらしく唱える静態期、拡張期、拡散期といった三段階で発展するウマニタスの理論は、コントの『実証哲学講義』（一八三〇〜四二年）に書かれている人間の精神の三発展段階（神学的段階、形而上学的段階、実証主義段階）を模したものとも言われる。事実、ボルバは、思想ばかりでなくその人となりまでがコントを思わせる。コントもやはり精神異常を来したし、何よりも晩年には自分の哲学を「真の宗教」にすべく、人類を「偉大なる存在」として、「人類教（Religion de l'Humanité）」なる宗教を創始している（ちなみにブラジルにはいまもなお人類教会は存在する）。このように考えると、ウマニチズモという命名には、コントの人類教が念頭に置かれている可能性も否定できず、そこにはマシャードの、当時のブラジルを席捲した一連のヨーロッパ伝来の科学的合理主義への批判が、実証主義のパロディに代表させて込められている可能性もある。

だが、神に代えて人間を中心に据えた近代の思想そのものに「人類教」という比喩を宛がえば、ウマニチズモは何よりも、近代以降、この世界の主役にのし上がった人間（ヒューマン）の思い上がりのすべてを表象しているともいえるかもしれない。

四　視覚テクストと演劇性

「人生＝演劇」メタファー

そもそも『ブラス・クーバスの死後の回想』ほどの文学作品を、数十ページで紹介しようとすることじたいが無謀なところへ、敢えてそのエッセンスのいくつかをここでは抽出しているわけだが、この小説の最大の特徴である視覚的なテクストに触れないわけにはいかないだろう。このテーマは、記号論的な観点から研究されることが多いが、実は私はこれを、本作品の演劇性と、ひいてはこの作品の独特なナラティヴ（語り口）と、併せて考察すべきではないかと考えている。もちろんこの小説を物語論的な視点から、一人称の語り手が実存的な変化を被った後で、自らの人生を客観的に振り返る回想と位置づけることも可能だろう。だが、『ブラス・クーバスの死後の回想』のナラティヴはそんな単純なものではないというのが、私の捉え方だ。

この小説の構造をひも解くためには、二つのメタファーを念頭に置くと、わかりやすくなる。まずひとつめは、「人生とは芝居である」というものだ。『ブラス・クーバスの死後の回想』が、死者となったブラス・クーバスが作家に転向し、語り手となって自らの生涯を振り返りながら書いた回想記であることに間違いはない。だがその際、彼はある喩えを使った。それは人生とは芝居であり、生者の世界は劇場であるというものだ。つまり彼は自分が生きてきた人生を散文ではなく、芝居として捉えなおし、自らの人生という芝居を振り返っているのだ。そして振り返る際には、それを淡々と語るのではなく、読者を観客に見立て、あたかもパフォーマンスを演じるかのような手法をとりつつ、しかし実際にはそれを回想記として紙に綴り、読者に提供した。要するに「劇中劇風の回想記」である。

したがって、『ブラス・クーバスの死後の回想』に登場するブラス・クーバスは単一の存在ではなく、二人に分けられる。一人は舞台の袖で物語を語るナレーター（司会）で、もう一人はかつての自分を演じる役者ブラス・クーバスである。読者の反発をわざと引き起こして挑発する語り手は前者に相当する。そしてそれとは別に、自分の人生を再現する役者ブラス・クーバスがいるわけだが、おそらく視覚的テクストは、その演技（身体表現）と深く関係していると考えられる。百三十八章で、彼は人生の各局面で味わった感覚をそのまま文体へ反映させていると断わっているが、たとえば大臣になるという「野望に破れた」ときの「沈黙」を「・・・・」で表わしたのは、彼の言葉（声）を失った状況を、そのまま紙面に再現したかったからであろう。

もっともわかりやすい例をあげよう。献辞を見てほしい。『ブラス・クーバスの死後の回想』の献辞は、すべてが同一の活字で書かれているわけではいない（次頁の写真を参照）。原文では二種類の活字体が使われ、さらに太字の部分があり、大きさも小から特大まで四段階に分かれている。日本語訳では、書体の違いは明朝体とゴシック体で使い分け、太字の部分はそのまま太字にし、大きさも原文どおり四通りに分けた。「私の死体の」、「冷たい肉を最初にかじった」、「虫に」、「懐しい思い出のしるしに」が大、「捧げる」が中、「を」が小、そして、「死後の回想」が特大といった具合である（本書十二頁）。

言語化可能な上演内容は文字テクストで読者に伝えられる。だが、声の大きさや表情や演技といった非・言語的なものは、通常のテクストで伝達することは不可能に近い。おそらくは彼は、文字の差異によって自分の身体表現を再現しようとしたのではないか。テクストそのものに視覚的工夫を加えることで、言い得ぬものを、読者の前に現出させようとしたのではないかと思うのだ。この献辞は、役者ブラス・クーバス

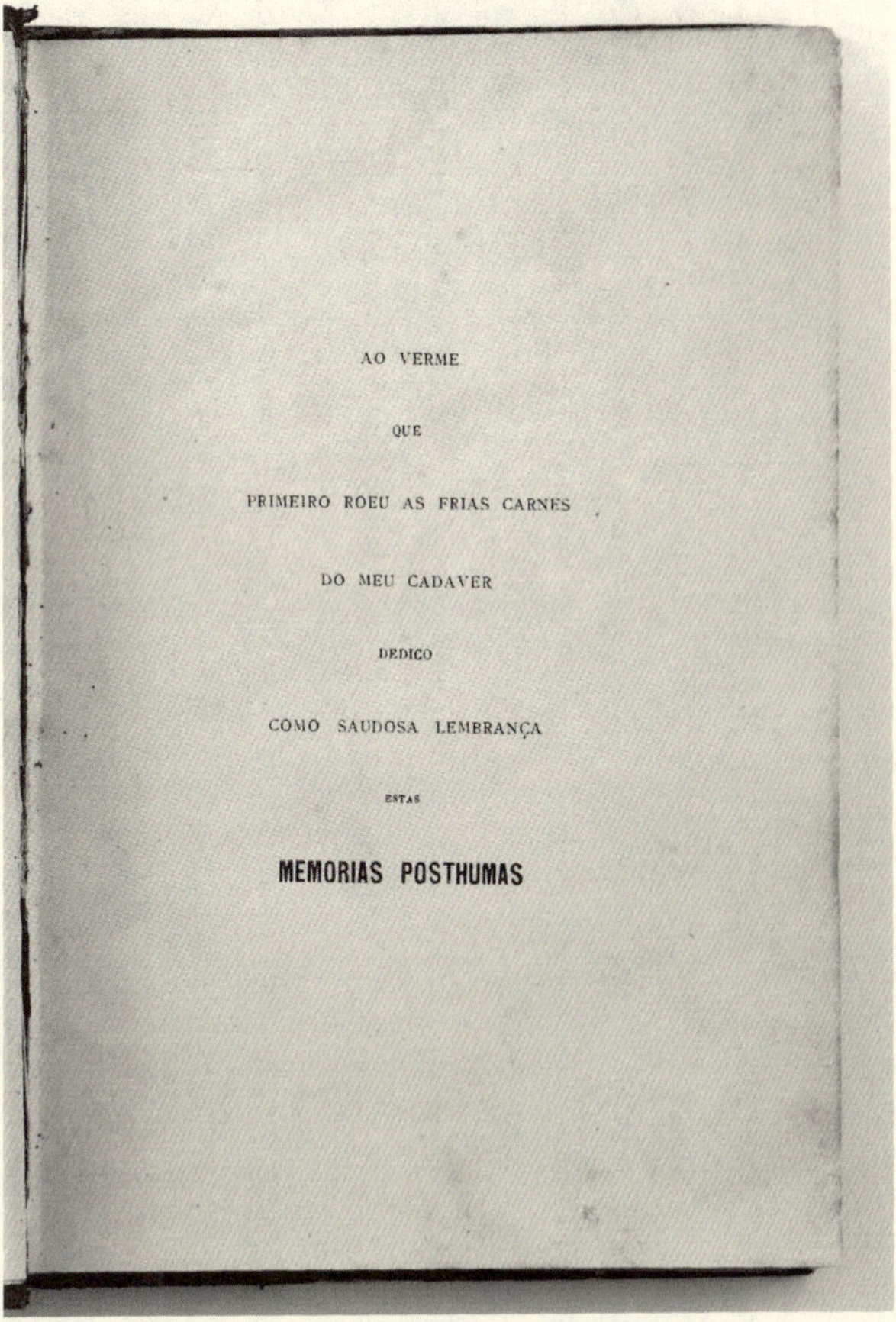
AO VERME
QUE
PRIMEIRO ROEU AS FRIAS CARNES
DO MEU CADAVER
DEDICO
COMO SAUDOSA LEMBRANÇA
ESTAS
MEMORIAS POSTHUMAS

『ブラス・クーバスの死後の回想』初版本の献辞

による前口上と考えればよいだろう。小文字や中文字のところは小さめの声で（文法的な機能語や献辞の常套句にそれほどの重要性はない）、大文字の部分は声高に言い、特大のところはひときわ声を張りあげる部分だろう。つまり彼が強調したかったのは、この本が「死後の回想」であること、そしてこの本は「自分の死体の冷たくなった肉を最初にかじった虫にこそ」捧げたく、題名はほかでもない「死後の回想」だということなのだ。

「人生＝本」メタファー

もうひとつのメタファーは、「人生＝本」というものである。原本の初めを取り上げてみよう。通常、本には目次があるが、実は『ブラス・クーバスの死後の回想』の原書に目次はなく、いきなり読者へ向けた序文、献辞、そして、本文が始まっている。これもブラス・クーバスの人生の様態そのものを表わしている。なぜなら人生とは、先が見えないものであるため、誕生時に人生の目次を提示することは不可能だからだ。

人生とは、生きながら作っていくものであり、後から過去を修正したり抹消したりすることはできない。ブラス・クーバスが随時、前出の箇所をふり返って修正を加えているのは、人生のそうした特徴に倣ったからで、パスカルの「人間は考える葦である」をもじって「人間は考える正誤表」だと言ったのも、人生の各局面を版に喩えた（二十七章）のも、彼が人生を書として捉えているからである。

『ブラス・クーバスの死後の回想』には、極端に短い章が散見され、一段落しかない章が、全百六十章の三十章を占める。面白いのは、それらが均等に配分されていず、後半になるほど増加傾向にあることだ。このことはいろいろな解釈ができるが、本が人生ならば、章はその局面になるから、短章の増加は、休憩を頻繁に取る必要性が生じ、語りのペースが落ちたともとれるし、あるいは息切れをイメージしたともとれる。事実、ブラス・クーバスは、自分が身体の衰えを文体に反映させたことを告白している（「わたしの文体が最初のころほどには快活でないことは、徐々に感じとれるだろう」〈百三十四章〉）。

そしてまたブラス・クーバスは、「わたしの本とわたしの文体は、まるで千鳥足。右へ行ったり左へ行ったり、歩いたかと思えば立ち止まり、ぶつぶつぶやき、唸り、大笑いをし、天を脅して、滑って倒れ落ちる……」（七十一章）とも言っている。ここからは、彼が文体を自らの歩行にも結びつけていることがわかる。この文を読むと、何やら舞台の上でそのセリフを口にしながら、自分のそんな人生を身体で実演するパフォーマー、ブラス・クーバスの姿が浮かんでくるではないか。『ブラス・クーバスの死後の回想』が、本来は言語でメッセージを伝えるテクストの、素材性という非・言語的な側面によって、ブラス・クーバスの人生や、それを演じる役者ブラス・クーバスの言い得ぬ感情や感覚や状況を現前させようとしたことは、言ってみれば言語という制度への挑戦でもある。マシャードの挑戦は、社会の制度に対してばかりではなかったのだ。

実はこの点に関しては、非常に残念なことがある。現在、ブラジルで流通している版では、以上述べたような献辞や章構成における視覚的な側面がほとんど無視されているのだ。献辞は活字の多様性は活かされず、章のレイアウトも、マシャードが出版したガルニエ社版では、章ごとにページが替えられているが、現在、市場に出回っているものは、私の知る限り、ページ替えをされたものはなく、すべての章が一続きに並べられている。これは、原作に対する重大な損傷である。この訳書では、文庫版という制約のなかで、できうるかぎり原典の要素を再現したつもりである。

五 マシャード・ジ・アシス、人生と文学

マシャード・ジ・アシス

ところでこの解説は〈常識〉に反して、マシャード・ジ・アシスという作家自身について、ここまでほとんど触れてこなかった。というのも、実はこれをすることは、「読者へ」と題す序文でブラス・クーバスのメッセージに反することになり、詮索好きな読者に釘を刺すブラス・クーバスの「作品そのものがすべてである」と言って、ためらいがあったからなのだが、ここは、現代の日本という時代や場所（国）の、大きな隔たりを有する受容環境に免じて、少しご紹介させていただこう。

マシャード・ジ・アシス（本名ジョアキン・マリア・マシャード・ジ・アシス、Joaquim Maria Machado de Assis）は、一八三九年六月二十一日に、リオデジャネイロのリヴラメントの丘で生まれた。このリヴラメントの丘とは、百二十一章でブラス・クーバスがニャン・ロロと仲良く相傘で下りたあの丘である。一八〇五年生まれのブラス・クーバスが四十歳を迎えていたとあるから、『ブラス・クーバスの死後の回想』

にある描写は一八四五年ごろのもので、ちょうどマシャードが幼少時代をそこで過ごした時期と重なる。リヴラメントの丘は、当時は大半が元上院議員の未亡人ドナ・マリア・ジョゼ・ジ・メンドンサ・バホーゾ・ペレイラの敷地で、一家はそこに暮らしていた。母親がその屋敷で縫い子として働いていたため、一角を住居としてあてがわれていたのだ。

マシャードが生まれた頃のブラジルは独立してまだ二十年ほどしか経っていず、首都リオデジャネイロはまだ人口二十万から三十万人の小さな町だった。奴隷制度が敷かれ、住民の三人から四人に一人がアフリカ人奴隷およびその子孫だったといわれる。屋敷にも大勢の奴隷が働いていただろうが、マシャードの両親は奴隷ではなく、奉仕と引き換えに住まいを与えられる「アグレガード」(食客、居候。女性の場合は「アグレガーダ」)であった。『ブラス・クーバスの死後の回想』でいえば、ドナ・プラシダのような立場に相当する。母親のマリア・レオポルジーナ・マシャード・ジ・アシスは、ポルトガルのアソーレス諸島のサン・ミゲル島から渡ってきた移民で、奴隷でこそなかったが、一家は奴隷船に乗ってブラジルに渡ってきたらしい。父親はフランシスコ・ジョゼ・ジ・アシスといい、とくに金塗装を専門とする壁や家具の塗装職人だった。父親と母親の祖母はいずれもリヴラメントの屋敷の奴隷であった。二人が結婚したのは一八三八年のことで、「黒人の血」を濃く引く父親と「白人」の母親を持つ「ムラート（混血）」のマシャードが生まれたのはその翌年のことだった。

このように、マシャードは被支配者層の貧しい家に生まれ、出自は恵まれたものではなかった。あらゆることが主人（家長）の意の赴くままに運ばれる厳格な奴隷制度では、たとえ奴隷でなくとも、非支配者層の人間として生まれた以上は、自由がかなり制限され、不当な扱いを受けた。マシャードはそれを肌身で感じながら育ったことだろう。マシャードの文学において「アグレガード」は、人間の本性と権力関係を探求するための重要な題材となっている。たしかに、生まれは恵まれていなかったが、マシャードにとって不幸中の最大の幸運は、文字の読める両親のもとに生まれたことだった。読み書きの初歩は親から習ったと思われる。だが、六歳のときに二歳違いの妹がはしかで亡くなり、十歳のときには母親も結核で亡くしている。

実は十五歳までのマシャードの生い立ちについてはほとんどわかっていない。とくに記録に残るような特別な身分ではなかったという以上に、本人が身の上について語ることを極力避けたという理由が大きい。次に記録が現われるのは十五歳の一八五四年で、父親が菓子作りをする混血女性のマリア・イネスと再婚したときである。ちょうどそのころ、新聞「貧しき者たちの新聞」に投稿した詩（「DPJA夫人へのソネット」）が掲載され、通常これがマシャードの最初の文芸作品とされる。

作家マシャード

マシャードの人生の大転換となったのが、一八五八年にパウラ・ブリットの書店で働き始めたことだった。そこは知識人のたまり場で、マシャードは文学サークルへ参加し、同人誌への投稿の機会に恵まれたばかりでなく、文学界の第一線で活躍する著名な作家の知遇を得た。ブリットは、以前、自分が勤務していた王立印刷所での印刷工の職や、「コヘイオ・メルカンチル」新聞社の校閲の仕事も紹介するなど、マシャードの才能への支援を惜しまなかった。マシャードはそれを機にジャーナリズムの世界に入り、詩のみならず、多くの新聞で時評《クロニカ》を執筆するようになる。政治から文芸まで幅広い題材を扱う時評は、その後もマシャードが生涯にわたって取り組んだジャンルである。当初はリベラルな辛口の論調で知られたが、後にはユーモアとアイロニーを駆使し、時評というよりも短編小説に分類したくなるようなものもある。

すなわち、今でこそ小説家として知られるマシャードだが、出発は小説ではなかった。詩人としてデビューし、その後はジャーナリストとしても活躍し、そのほか演劇批評も執筆していた。また、戯曲の執筆をも精力的に手がけるなど、一八六〇年代まではは、むしろ演劇界のほうに親しんでいる。小説を書きはじめたのは一八六〇年代後半になってからのことで、本の刊行は一八七〇年の短編集『リオデジャネイロ短編集』が最初で、長編は一八七二年刊の『復活』以降である。

結婚もその頃で、一八六九年のことであった。相手は、ポルトガル出身の詩人にして友人のファウスチーノ・シャヴィエール・ジ・ノヴァイスの妹で、マシャードより四歳年上のカロリーナという女性だった。カロリーナは、一八六六年に兄を頼ってブラジルに渡ってきたたいへん教養のある女性で、マシャードにイギリスやポルトガルの文学の手ほどきをし、マシャードは作品を公表する前には必ず原稿を妻に見てもらったとも言われている。マシャードは、持病にてんかんを抱え、四十歳以降は網膜炎からくる視力の低下に悩むなど病弱で、カロリーナは、そんなマシャードをかいがいしく世話したらしく、二人のおしどり夫婦ぶりは有名であった。一九〇四年に妻に先立たれた後、マシャードはほとんど外出することもなくなり、一九〇八年に出版された遺作『アイレスのメモリアル』には仲睦まじい老夫婦が登場するが、妻カルモはカロリーナがモデルであることを、晩年の友人に手紙で打ち明けている。

結婚後もしばらくは文筆業で生計を立てていたが、一八七三年には農業・商業・公共事業省に入省し、経済的安定を得た。その後は、省庁改編による中断はあったものの、逝去四カ月前に、健康上の理由から離職するまで、公務のかたわら執筆をつづけた。

一八九六年には、ブラジル文学アカデミーの正式な創立に先立って設立準備委員会が開催され、彼は満場一致で初代会長に選ばれた。『ブラス・クーバスの死後の回想』の出版時にすでにブラジルの文壇の第一人者ではあったが、社会の底辺に生を受けた奴隷の子孫が名実ともに文学界の頂点を極めたのは、このブラジル文学アカデミー会長就任を以てのことである。このように、マシャードは、ブラジル社会の下から上まで隅々を知り尽くしていた。だからこそ多くの視点が混在し相克する社会を、描き込むことができたのだった。

マシャードは、それから十年あまり後、一九〇八年九月二十九日、リオデジャネイロのコズミ・ヴェーリョの自宅で息をひきとっている。

マシャードの文学の中の『ブラス・クーバスの死後の回想』

マシャードの文学は、一般的に、ロマン主義的な色合いの濃い前期と、ペシミズムを特徴とする後期に分けられるが、その分水嶺とされるのが『ブラス・クーバスの死後の回想』である。

『ブラス・クーバスの死後の回想』は、まず一八八〇年三月十五日から十二月十五日まで十七回にわたって雑誌、「ヘヴィスタ・ブラジレイラ」に連載され、翌年一八八一年一月にはもう本のかたちになって店頭に並べられていた。雑誌の連載から本になる段階で、章の数が百六十三章から百六十章に減らされ、献辞が加えられるなどいくつか修正が加えられた。その後、一八九六年に改訂されている。

その前の長編小説『ヤヤ・ガルシア』の発表年とのあいだはわずか二年しかないが（構想の期間自体は実質的に一年もなかった可能性が濃厚である）、まるで別人が書いたのではないかと思うほどの違いがある。

あまりの変貌ぶりに、その理由はさまざまな憶測を呼んだ。大きな病《やまい》に罹り転地療養を余儀なくされ、人生観が変わったからとか、四十歳を過ぎて人生に対する幻想がなくなったからとか、あるいは富裕階級が権力を握りつづけるブラジルに幻滅し、その横暴さを通して社会を描くようになったというのもある。また最近ではマシャードの読者に対する姿勢や認識の分析から、いくらメッセージを送っても届かない民衆に幻滅した結果（実際は識字率の問題が大きかっただろう）、教化することを諦めて、一部の読者のみに向けて、ヨーロッパのものに劣らない小説を書いたという見解もある。

どれも納得できる理由ではあるが、少なくともひとつ言えるのは、あらゆる秩序や制度や規範を超越する姿勢が主流として現われたのは、『ブラス・クーバスの死後の回想』が初めてであることだ。たとえば恋愛は、『ヤヤ・ガルシア』以前の小説では、結婚へ到達するためのプロセス、すなわち制度に参入するための道徳に適った行為であった。だが、『ブラス・クーバスの死後の回想』では、恋愛と結婚が無理なく共存している。正式な結婚生活を送りながら、奔放な愛を楽しめるのは、〈規範〉と〈非・規範〉、〈道徳〉と〈非・道徳〉、そして〈制度〉と〈非・制度〉の併存が十分あり得る『ブラス・クーバスの死後の回想』の世界だからこそ、なのである。

ブラジルという国は、たとえば「神と悪魔が住む国」といった具合に、対照的なものが混在する社会と表現されるのをよく耳にする。これこそがまさに『ブラス・クーバスの死後の回想』に描かれている世界であり、そう考えると、『ブラス・クーバスの死後の回想』は、まさに単なる絵画的描写ではないブラジル社会を書き込もうとしたマシャードが目的を遂げた作品だったといえるのだろう。

マシャード・ジ・アシス年譜

一八三九年
六月二一日、リオデジャネイロで、フランシスコ・ジョゼ・ジ・アシスと、マリア・レオポルジーナ・マシャード・ジ・アシスの長男として誕生する。

一八四〇年　一歳
ペドロ二世の成人式。第二帝政開始。

一八四一年　二歳
妹のマリア誕生。

一八四五年　六歳
妹マリアがはしかで死去（四歳）。代母のマリア・ジョゼ・ジ・メンドンサ・バホーゾも死去。

一八四九年　一〇歳
母マリア・レオポルジーナが結核で死去。

一八五〇年　一一歳
奴隷貿易禁止令。

一八五四年　一五歳
父フランシスコ・ジョゼが、マリア・イネス・ダ・シルヴァと再婚。パウラ・ブリットの書店での勤務開始（推定）。一〇月三日、「貧しき者たちの新聞」に、詩（「DPJA夫人へのソネット」）を投稿。

一八五五年　一六歳
パウラ・ブリット主宰の「マルモッタ・フルミネンセ」に、詩を定期的に投稿。

一八五六年　一七歳
王立印刷所に印刷工の見習いとして入る。

一八五八年　一九歳
パウラ・ブリット書店で校閲担当。四月一一日、ペトロポリスの「パライーバ」に執筆開始（〜六月二六日）。「コヘイオ・メルカンチル」でも、執筆と校閲を担当。のちに妻となる、カロリーナの兄であるポルトガル出身の詩人、ファウスチーノ・シャヴィエール・ジ・ノヴァイスがリオに到着。

一八五九年　二〇歳
「エスペーリョ」で、演劇批評を中心に執筆。『絵画的なブラジル』を共訳。

一八六〇年　二一歳
「リオデジャネイロ日誌」の編集者になる（〜一八六七年）。「絵入り週刊」に執筆開始（〜一八七五年）。

一八六一年　二二歳
喜劇『幻滅』、翻訳劇『まぬけに惚れる女たち』を発表。

一八六二年　二三歳
雑誌「未来」（ファウスチーノ・シャヴィエール・ジ・ノヴァイス主宰）、「家族の新聞」に執筆。ブラジル演劇院の検閲官に就任（一二月三一日〜）。

一八六三年　二四歳
『マシャード・ジ・アシス演劇集』を発刊（「プロトコール」と「扉の道」収録）。

一八六四年　二五歳
父フランシスコ・ジョゼ死去。処女詩集『さなぎ』出版。パラグアイ戦争開始。

一八六六年　二七歳
ファウスチーノ・シャヴィエール・ジ・ノヴァイスの母の死に伴い、妹カロリーナが来伯。喜劇『燕尾服姿の神々』発表。「リオデジャネイロ日誌」にヴィトール・ユゴーの『海の労働者』の翻訳を掲載し、同年に三巻本として出版。発狂しはじめたファウスチーノ・シャヴィエール・ジ・ノヴァイスを見舞い、カロリーナと知り合う。

一八六七年　二八歳
薔薇勲章を受章。官報（*Diário Oficial*）の編集長補佐に就任（～一八七四年）。

一八六九年　三〇歳
八月一六日、ファウスチーノ・シャヴィエール・ジ・ノヴァイス死去。一一月一二日、カロリーナ・アウグスタ・シャヴィエール・ジ・ノヴァイスと結婚。

一八七〇年　三一歳
四月二三日、「午後の新聞」にディケンズの『オリバー・ツイスト』の翻訳を掲載開始するが、すぐに中断。二番目の詩集『蛾』と『リオデジャネイロ小品集』を出版。パラグアイ戦争終了。

一八七一年　三二歳
「自由出生法」施行。

一八七二年　三三歳
最初の長編小説『復活』を出版。

一八七三年　三四歳
『午前十二時の物語』を出版。農業・商業・公共事業省に入省。

一八七四年　三五歳
新聞「グローボ」に『手と手袋』を連載。同年のうちに本として出版。

一八七五年　三六歳
「ガゼッタ・ジ・ノチシアス」創刊、執筆。詩集『アメリカーナス』出版。

一八七六年　三七歳
六月、「ブラジルの図解」に執筆開始（〜一八七八年四月）。「グローボ」に『エレーナ』を連載し（八月六日〜九月一一日）、同年に本として出版。一一月七日、農業局長に昇進。

一八七七年　三八歳
ブラジルの小説の父とも称される、親友ジョゼ・ジ・アレンカール死去。

一八七八年　三九歳
「クルゼイロ」に『ヤヤ・ガルシア』を連載し（一月一日〜三月二日）、同年に本として出版。一二月二七日より翌年三月まで目および腸の病のためノーヴァ・フリブルゴで療養。この間に『ブラス・クーバスの死後の回想』を構想、執筆。

一八七九年　四〇歳

六月、雑誌「ヘヴィスタ・ブラジレイラ」に原稿執筆開始。七月一五日、雑誌「エスタサォン」にも投稿開始（〜一八九八年三月三一日）。

一八八〇年　四一歳

二月六日、目の病のために休職。カモンィス三百周年の記念行事の一環として、喜劇『君、君だけ、愛……』を上演。「ヘヴィスタ・ブラジレイラ」に『ブラス・クーバスの死後の回想』を連載（三月一五日〜一二月一五日）。

一八八一年　四二歳

『ブラス・クーバスの死後の回想』、『君、君だけ、愛……』が本として出版される。一二月一八日より「ガゼッタ・ジ・ノチシアス」に頻繁に投稿（〜一八九七年二月二八日。それ以後も、一九〇四年六月二日まで時折投稿。その中には有名なクロニカ「週」の連載もある）。

一八八二年　四三歳

短編集『ばらばらの紙』出版。一月五日、三カ月間休職し、ノーヴァ・フリブルゴで療養。

一八八四年　四五歳

『日付のない物語』出版。最後の家（コズミ・ヴェーリョ通り一八番地）に引っ越す（それまではアンドラーダス通り、ラランジェイラ地区のサンタ・ルジア通り、カテッチ通りに居住。最後の家は一九三〇年代末に取り壊された）。

一八八六年　四七歳

雑誌「エスタサォン」に『キンカス・

ボルバ』連載開始（六月一五日〜一八九一年九月一五日）。

一八八八年　四九歳
奴隷制度廃止（五月一三日法）。

一八八九年　五〇歳
三月三〇日、農業・商業・公共事業省農業局商業部長に昇格。共和制移行。

一八九〇年　五一歳
ミナス・ジェライス州ジュイス・ジ・フォーラ、バルバセーナ、シチオ（現アントニオ・カルロス）への旅行（これが生涯唯一のリオ州外の旅となった）。

一八九一年　五二歳
『キンカス・ボルバ』出版。継母マリア・イネス死去。

一八九三年　五四歳
農業・商業・公共事業省交通部長。

一八九五年　五六歳
一二月、「ヘヴィスタ・ブラジレイラ」に執筆開始（〜一八九八年一〇月）。

一八九六年　五七歳
短編集『いろいろな物語』出版。ブラジル文学アカデミーの設立準備委員長に就任。創立後の会長に満場一致で選出。

一八九七年　五八歳
六月二〇日、ブラジル文学アカデミー創立。カヌードスの乱終結（一八九六〜）。

一八九八年　五九歳
農業大臣秘書官。

一八九九年　六〇歳
『ドン・カズムッホ』、『集められたページ』出版。

一九〇一年　六二歳
『詩全集』を発表し、その中に「西洋人」が収録される。
一九〇二年　六三歳
一二月一八日、産業・交通・公共事業省会計部長に就任。
一九〇四年　六五歳
『エサウとヤコブ』出版。一月、病気の妻を連れてノーヴァ・フリブルゴへ。
一〇月二〇日、妻カロリーナ死去。
一九〇六年　六七歳
『古い家の遺物』出版。
一九〇八年　六九歳
遺作『メモリアル・ジ・アイレス』を出版。六月一日、病気のために離職。
九月二九日、三時二〇分、自宅で死去。

訳者あとがき

『ブラス・クーバスの死後の回想』と決定的な出会いを果たしてから二十余年、翻訳を決意して十五年の歳月が経った。この間、いったい私は何度、ポルトガル語の原書と、日本語の翻訳原稿の間を往復しただろうか。その作業を通して私は、〈私の言語〉と〈非・私の言語〉、〈私の常識〉と〈非・私の常識〉、〈私の文化〉と〈非・私の文化〉、〈私の社会〉と〈非・私の社会〉……の間を何度も行き来し、そのたびに〈私の常識〉を問い、〈私の言語〉や〈私の文化〉や〈私の社会〉……をみつめなおした。それは同時に〈非・私の言語〉、〈非・私の常識〉、〈非・私の文化〉、〈非・私の社会〉……について考えることでもあった。

そうするうちに、いつの間にか私の頭の中に比較的厳然と存在していた諸々の境界が次第に曖昧になり、柔軟になっていた。この結果、もしかしたら私は、通常の日本社会の〈常識〉からいくらかずれた人間になったかもしれない。だが、それと並行して、人生に対する鷹揚な姿勢と自由な発想を獲得できたような気もしている。もしかしたら、ほかのだれよりもパンドラ的世界へのイニシエーションを受けたのはこの私だったのかもしれない。私の人生観にこれほど大きな影響を与えた書物はほかになく、この本は確実に私を変え、いまや私の人生にとってかけがえのない「非・バイブル」となっている。

そのようなわが変化を振り返ると、『ブラス・クーバスの死後の回想』は、すぐれた人生の薬としての効能を発揮したようにも思える。となればブラス・クーバスは、たしかにストーリーの上では心気症治療薬「ブラス・クーバス膏薬」の発明を逃したかもしれないが、その目標は書物のかたちで達成したといえるのではないか。ブラス・クーバスのめざした新薬が、軟膏でもシロップでもなく、「紙状」である「膏薬」であったのもうなずける。

そしてブラス・クーバスが叶えた夢はそれだけではない。『ブラス・クーバスの死後の回想』が、出版後百三十年を経たいまもなお古典文学として読まれ続けていることを見れば、彼は、あれほど執着した名声も手に入れ、「クーバス」の名を後世に残したいという父親の悲願も果たしたことになる。

日本の社会や文化は、明治以来、西洋を模範として近代化を遂げてきた。そして近代化の行き詰まりも指摘されるようになってきている。かといって、私たちはすでに社会の基盤になっているともいえる〈西洋〉や〈近代〉を今さら捨てることはできない。このような状況で、〈西洋〉と〈非・西洋〉、そして〈近代〉と〈非・近代〉の両方を許容するこの『ブラス・クーバスの死後の回想』は、私たちがこれからの新しい価値観や社会の在り方を模索していくうえで、大きなヒントを与えてくれるのではないか。

＊　＊　＊

この翻訳を完成させるまでの十五年間、実に多くの人のお世話になった。まずは恩師のアストリッジ・カブラル（Astrid Cabral）氏と、元同僚で貴重な友人のホナルジ・ポリット（Ronald Polito）氏。このお二方は、翻訳を進める中で、この作品の汲めども尽きぬ疑問を解決すべく、執拗に質問を送り続ける私に、決して愛想を尽かすことなく根気よく答えてくださった。このお二人のご厚意とご協力なくしてこの翻訳はあり得なかった。いくら感謝してもしきれない。

また、現職場に着任以来ご指導くださり、この出版の機会を与えてくださった東京外国語大学長の亀山郁夫氏、マシャードの文学を、おそらくは初めて日本の出版界で本格的に「発見」してくださった川端博氏、そして刊行にあたり貴重な助言をくださった光文社翻訳編集部の中町俊伸氏にも心から感謝を申し上げたい。

このほか実に多くの方々からご指導や激励を賜った。とても全員の名前は記せないが、その全員に感謝の意を表したい。

＊　＊　＊

なおこの翻訳には底本として、Machado de Assis. *Memórias póstumas de Brás Cubas*. (estabelecimento do texto: J. Galante de Souza). Rio de Janeiro/Belo Horizonte: Livraria Garnier, s.d., Machado de Assis. *Memórias póstumas de Brás Cubas*. (Comissão Machado de Assis). Rio de Janeiro: Ministério da Educação e Cultura – Instituto Nacional do Livro, 1960. を使用し、適宜、Machado de Assis. *Memorias*

Posthumas de Braz Cubas. Rio de Janeiro: Typographia Nacional Machado de Assis. *Memórias póstumas de Brás Cubas.* Rio de Janeiro: Civilização Brasileira; Brasília, INL,1975 を参照した。

光文社古典新訳文庫

ブラス・クーバスの死後《しご》の回想《かいそう》

著者 マシャード・ジ・アシス
訳者 武田《たけだ》 千香《ちか》

2012年5月20日 初版第1刷発行
2025年2月5日 第3刷発行

発行者 三宅貴久
印刷 大日本印刷
製本 大日本印刷

発行所 株式会社光文社
〒112-8011東京都文京区音羽1-16-6
電話 03（5395）8162（編集部）
03（5395）8116（書籍販売部）
03（5395）8125（制作部）
www.kobunsha.com

ISBN978-4-334-75249-1 Printed in Japan

いま、息をしている言葉で、もういちど古典を

長い年月をかけて世界中で読み継がれてきたのが古典です。奥の深い味わいある作品ばかりがそろっており、この「古典の森」に分け入ることは人生のもっとも大きな喜びであることに異論のある人はいないはずです。しかしながら、こんなに豊饒で魅力に満ちた古典を、なぜわたしたちはこれほどまで疎んじてきたのでしょうか。

ひとつには古臭い教養主義からの逃走だったのかもしれません。真面目に文学や思想を論じることは、ある種の権威化であるという思いから、その呪縛から逃れるために、教養そのものを否定しすぎてしまったのではないでしょうか。

いま、時代は大きな転換期を迎えています。まれに見るスピードで歴史が動いていくのを多くの人々が実感していると思います。

こんな時わたしたちを支え、導いてくれるものが古典なのです。「いま、息をしている言葉で」──光文社の古典新訳文庫は、さまよえる現代人の心の奥底まで届くような言葉で、古典を現代に蘇らせることを意図して創刊されました。気取らず、自由に、心の赴くままに、気軽に手に取って楽しめる古典作品を、新訳という光のもとに読者に届けていくこと。それがこの文庫の使命だとわたしたちは考えています。